ENDZEIT: UND DRAN BIST DU!

Lothar Beutin

Edition Milestone

Impressum Edition
Milestone, Berner Str. 7, 12205 Berlin

Umschlagbearbeitung von: Lothar Beutin
https://www.lothar-beutin.de

Ideologien sind bewaffnete Ideen

IGNAZIO SILONE

INHALT

TAG 1

Montag

Anke war das erste Mal bei einer Straßenblockade dabei. Sie hatte zwar schon an vielen Versammlungen der Endzeit-Aktivisten, wie sich die Gruppe nannte, teilgenommen. Aber ihr fehlte der Mut, selbst aktiv zu werden. Doch wie Armin sagte: „Unser Name steht dafür, dass wir nicht länger warten werden, um die Klimakatastrophe noch aufzuhalten."

Die Blockade der Berliner Stadtautobahn war für Mittwoch geplant und der Gedanke, einer Horde von erbosten Autofahrern gegenüberzustehen, bescherte Anke schon jetzt ein flaues Gefühl im Magen.

Vor kurzer Zeit hätte sie eine Teilnahme an solchen Aktionen für sich ausgeschlossen. Doch Armins Ausstrahlung hatte sie am Ende überzeugt. Es reichte nicht mehr, sich nur theoretisch mit der bevorstehenden Klimakatastrophe zu befassen. Um etwas zu bewirken, war es nötig, selbst aktiv zu werden.

Armin Sandler und Volker Friedmann waren die Gründer der seit über einem Jahr existierenden Endzeit-Aktivisten. Der introvertierte Endfünfziger Volker war der Kopf; Armin dagegen das Herz und mit seiner Ausstrahlung hatte er auch Anke für die Gruppe begeistert. Der Mittdreißiger, mit dem dunkelblondem Vollbart, dessen blaue Augen vor Entschlossenheit leuchteten, entsprach genau dem Typus eines Mannes, dem Anke schwer widerstand.

Anfangs hatte Armin sie kaum beachtet. Doch das änderte sich, als er sah, welches Potenzial Anke in sich trug. Seitdem ruhten seine Blicke öfter auf ihr und ließen sie hoffen, dass dahinter mehr steckte, als nur die Wertschätzung für eine promovierte Klimaforscherin, die nach ihrem Studium vom renommierten Potsdamer Institut für Klimaforschung übernommen worden war.

Doch nachdem Anke immer dann heraushielt, wenn es um direkte Aktionen gegen Klimaschädlinge ging, betrachtete er sie bald als eine von denen, die trotz besseren Wissens ihre Komfortzone nicht verlassen wollten.

Als einzige Tochter gutsituierter Eltern hatte Anke nie finanzielle Sorgen kennengelernt. Über ihre Herkunft hatte sie geschwiegen, um nicht dem Stereotyp des Kindes aus reichem

Elternhaus zu entsprechen, das sich aus Überdruss mit einer radikalen Gruppe einlässt.

Anke hatte mit ihrer Vergangenheit gebrochen, nachdem ihre Eltern nicht einsahen, dass ihr gelebter Luxus auf Kosten der Ärmsten der Welt aufgebaut war. Als Studentin kam sie in Kontakt mit Klimaschützern und war so auf die Endzeit-Aktivisten gestoßen.

Es wäre ihr auch nicht in den Sinn gekommen, dass Armin sich über sie erkundigt hatte. Er machte das grundsätzlich bei Neueinsteigern. Doch bei ihr kam sein Wunsch hinzu zu wissen, welche Persönlichkeit hinter dieser zarten, blonden Frau steckte, die wie eine Elfe vor ihm stand.

Man konnte nie ausschließen, dass sich Verräter in die Gruppe einschlichen, um im geeigneten Moment alles zum Scheitern zu bringen. Durch sein Studium der Politik hatte Armin gelernt, dass Revolutionen häufiger durch Verrat in den eigenen Reihen scheiterten, als durch die Aktionen ihrer politischen Gegner.

Was Anke betraf, hatte sich ein solcher Verdacht schnell in Luft aufgelöst. Bei Karl sah es in dieser Hinsicht allerdings anders aus. Karl Meurer fiel vor allem durch seine Unbekümmertheit auf. Er benahm sich, als könne nichts und niemand ihn gefährden. Stets in vorderster Linie bei Verkehrsblockaden, ließ er sich durch aggressive Autofahrer, die ihn mit Häme und Dreck überschütteten, nicht aus der

Fassung bringen.

Karl war Ende dreißig, kräftig und arbeitete als Dreher in einer Metallwerkstatt. Nach seinen Worten hatte er eine gescheiterte Ehe hinter sich. Er besaß den richtigen Riecher, um geeignete Orte und Zeitpunkte für Straßenblockaden herauszufinden. Ebenso war er über bevorstehende politische Entscheidungen zu Klimafragen oft bestens informiert.

Armin hielt Karls Gerede zuerst für bloße Prahlerei. Doch laut Anke passte es zu Gesetzesvorhaben, die als Entwurf auch über ihren Schreibtisch gegangen waren. Somit gab es für Armin nur eine Erklärung. Karl bekam Informationen von Hintermännern mit dem Ziel, ihn für die Arbeit der Gruppe unentbehrlich zu machen. Als er Karl daraufhin ansprach, stritt dieser ab, Zugang zu inoffiziellen Quellen zu haben.

Auch Volker sprach sich dafür aus, Karl genauer unter die Lupe zu nehmen. Für diese Aufgabe schien Armin die sechsundzwanzigjährige Christa Barkowski als am besten geeignet.

Christa hatte sich seit dem Tag ihrer Aufnahme den Zielen der Endzeit-Aktivisten verschrieben. Sie bestritt ihr Leben durch Gelegenheitsjobs und war eine Kneipenbekanntschaft von Armin, der sie eines Abends mit zu sich in die Wohnung nahm.

Nach zwei Bieren schlug sie vor, mit ihm ins Bett zu gehen und sprach dabei auch über ihr Geldprobleme. Ob er ihr nicht mit einem Fuffi aushelfen könnte? Armin war einverstanden. Er gab ihr fünfzig Euro und sie verbrachte die Nacht mit ihm.

Bis zu diesem Abend hatte Christa nur vage Vorstellungen, was ihre Zukunft betraf. Armins Instinkt sagte ihm, dass sie für die Endzeit-Aktivisten nützlich sein konnte. Am Tag darauf nahm er sie zum Gruppentreff mit. Diese Begegnung war ein Wendepunkt in Christas Leben. Sie fand die Orientierung, die ihr bis dahin gefehlt hatte. Dazu kam das Geld, das Armin den Aktiven für Einsätze auf der Straße auszahlte. Beides genügte als Ansporn, um Christa bei Straßenblockaden in vorderster Reihe zu sehen.

Mit ihrer direkten Art war sie das genaue Gegenteil der feenhaften Anke. Die dunkelhaarige, gutgebaute Christa, die dem zum Trotz jeglichen Tribut an ihre Weiblichkeit verachtete, sollte sich näher mit Karl befassen. Mit dem Ziel herauszufinden, ob sein Aktivismus echt, oder es nur die Maske eines Verräters war.

„Klar bin ich bereit, für die Gruppe ein persönliches Opfer zu bringen", hatte Christa gesagt. Zudem fand sie Karl nicht unansehnlich, was sie Armin jedoch verschwieg. Karl war Single und schon länger nicht mehr mit einer Frau zusammen gewesen. Christa merkte schnell, dass er für ein Abenteuer offen und ihren Avancen nicht abgeneigt war.

Als sie ihm an diesem Abend vorschlug, nach dem Gruppentreff das nahegelegene Nachtcafé aufzusuchen, und später auf einen Absacker mit zu ihm in die Wohnung kam, sagte er nicht nein. Aus einem Verdauungsschnaps wurden drei. Christa meinte, zu müde zu sein, um sich mitten in der Nacht auf den langen Weg nach Berlin-Hellersdorf zu machen und Karl bot ihr an, bis zum Morgen bei ihm zu bleiben.

„Gerne, aber ohne mit dir zu vögeln“, war ihre Bedingung. Sie wollte nicht ihr Pulver verschwenden, bevor sie hinter seine Kulisse geguckt hatte. Karl ließ sich seine Enttäuschung nicht anmerken. So, wie es aussah, würde ihm das nächste Mal mit ihr mehr Befriedigung verschaffen.

TAG 2

Dienstag

Karl stand früh auf. Er musste zur Arbeit und als Christa ihn danach fragte, erzählte er ihr von der Schlosserei Hammer & Amboss, die im Stadtteil Marienfelde eine dreiviertel Stunde mit der S-Bahn entfernt war. Er bot ihr an, in seiner Wohnung zu bleiben und dort zu frühstücken, doch Christa hatte noch etwas vor.

Vor der Haustür verabschiedeten sie sich mit einem langen Kuss, der viel versprach. Als Karl außer Sicht war, lief Christa zu einem nahegelegenen Taxistand und nannte dem Fahrer die Adresse von seiner Arbeitsstelle.

Christa versteckte sich in einem Hauseingang auf der Straßenseite gegenüber der Schlosserei. Karl müsste in der nächsten Viertelstunde dort eintreffen, doch er kam nicht. Mittlerweile war über eine Stunde vergangen, seit sie eingetroffen war.

Das Risiko, ihn in diesem Moment zu treffen, erschien Christa gering. An der Pforte der Fabrik fragte sie nach ihm und gab an, er hätte seine Wohnungsschlüssel bei ihr vergessen. Der Pförtner überlegte und schüttelte den Kopf. Solange wie er hier arbeitete, wäre ihm ein Karl Meurer nie untergekommen.

◆ ◆ ◆

Das alles muss noch nichts bedeuten, erklärte Armin, nachdem er Christa angehört hatte. Doch sein Verdacht, dass mit Karl etwas nicht stimmte, verfestigte sich. Als Christa gegangen war, rief er Volker an, um zu bereden, wie sie weiter vorgehen sollten.

Volker saß am Schreibtisch in seiner Wohnung in Friedrichshain. Eine Eilmeldung der Umweltverbände, die den Rückzug wichtiger asiatischer Banken aus Projekten der klimaneutralen Energiegewinnung ankündigte, ließ ihn aufhorchen. In Asien setzten sie wieder mehr auf Kohleverstromung und Kernenergie. Allein in China stand der Bau von vierundzwanzig neuen Kohlekraftwerken an.

Er kratzte sich nachdenklich am Kinn. Die Macht der asiatischen Investoren war groß genug, um den europäischen Bemühungen für den globalen Klimaschutz einen schweren Schlag zu versetzen.

Das lag auch daran, weil einzelne EU-Staaten das Ziel der Klimaneutralität nur halbherzig anstrebten. Vermutlich hofften sie auf chinesische Investoren, um ihre schwächelnde Wirtschaft wieder anzukurbeln. Ein Scheitern der Klimaziele war nur noch zu verhindern, wenn man solche Abweichler zu strengeren Maßnahmen zwang. Deutschland als führende Wirtschaftsmacht hatte genügend Einfluss, um so etwas in der EU durchzusetzen. Nur fehlte der politische Wille dazu.

Nachdem er das gelesen hatte, kam Volker eine Idee, wie die kleine Schar der Endzeit-Aktivisten den sofortigen Stopp der Kohleverbrennung gegen die Bundesregierung durchsetzen konnte. Sein Plan überstieg alles, was die Gruppe bisher auf die Beine gestellt hatte, sodass er ihn vorerst nur wenigen aus der Gruppe offenlegen wollte.

Als er dabei war, seine Ideen näher zu skizzieren, rief Armin an und erzählte, was Christa über Karl herausbekommen hatte. Womöglich sammelte der nur Beweismaterial, um sie beide als Anführer einer kriminellen Vereinigung in den Knast zu bringen.

Volker war beunruhigt. Falls Armin recht hatte, wurde die Zeit knapp, um den Plan zu verwirklichen, den er sich gerade ausgemalt hatte.

„Was schlägst du vor?“, fragte Armin.

„Christa soll sich weiter mit Karl befassen, bis es klar ist, mit wem wir es zu tun haben. Aber es wird Zeit, etwas zu unternehmen, um die Regierung zu einer Wende in der Klimapolitik zu zwingen!"

„Das ist leicht gesagt. Und was stellst du dir dabei vor?"

„Jedenfalls keine Straßenblockaden", sagte Volker, „sondern etwas, was viel durchschlagender ist."

„Und wie soll das aussehen?"

„Sag Christa, sie soll sich den nächsten Sonntag freihalten. Wir treffen uns am S-Bahnhof Wandlitz zu einem Picknick im Grünen. Da werden wir alles besprechen. Wir werden zu viert sein, ich sage Grischa Bescheid!"

TAG 3

Mittwoch

Das Wetter an diesem Mittwoch im Juli war durchwachsen. Die lange Periode der Trockenheit war seit ein paar Tagen einer launischen Wetterlage gewichen, die dem Osten Deutschlands Regen und kühlere Temperaturen bescherte. Vor Aufregung hatte Anke in der Nacht davor nur vier Stunden geschlafen. Doch im letzten Moment drücken wollte sie sich nicht.

Im Gruppentreff hatten sie alle Einzelheiten zum Ablauf der Aktion besprochen. Neben Armin, Volker, Christa, Anke und Karl waren drei weitere Aktive mit dabei. Justus, ein ehemaliger Waldorflehrer, der Gymnasiast Michael Krauthase und Grischa Komarow, ein aus der Ukraine geflüchteter Informatiker. Volker hatte eine Erklärung verfasst, die auf Flyern und im Internet verbreitet wurde:

Was wir wollen!
Wir „Endzeit-Aktivisten“ leisten entschlossen Widerstand gegen den fossilen Wahnsinn unserer Gegenwart. Wir sind der Überlebenswille der Gesellschaft! Denn wir haben noch zwei bis drei Jahre, in denen wir den fossilen Pfad der Vernichtung noch verlassen können. Was wirst du in diesen zwei bis drei Jahren tun – was ist deine Verantwortung? Höre uns zu und entscheide dich endlich!

Armin, Karl und Justus hatten jeder ein Auto angemietet, um damit den Verkehr auf der Stadtautobahn zum Erliegen zu bringen. Laut Plan sollten die drei Autos nebeneinander fahren und auf ein Stoppsignal alle Spuren der Autobahn blockieren, um den Autoverkehr vor der Ausfahrt Hohenzollerndamm vollständig zu stoppen. Alle acht trugen orangefarbene Warnwesten. Flyer, Plakate und Klebstoff lagen auf den Rücksitzen der Autos.

Armin nickte Anke anerkennend zu, als sie mit Christa in den weißen VW-Golf einstieg. Karl saß am Steuer und begrüßte die beiden überschwänglich. Armin, der das Manöver dirigierte, fuhr einen dunkelblauen VW-Transporter mit Volker als Beifahrer. Armin wollte sich vor der Ausfahrt auf der dritten Spur neben den beiden anderen PKWs einfädeln. Sein Hupsignal sollte im entscheidenden Moment das

Zeichen zum Anhalten in einer Reihe geben.

Der neunundsechzigjährige Justus von Trenk war als Fahrer eines schwarzen Skodas für den mittleren Fahrstreifen verantwortlich. Justus fühlte sich berufen, die Erde vor dem Untergang durch eine materialistische Gesellschaftsordnung zu bewahren. Sein Beifahrer war der achtzehnjährige Gymnasiast Michael Krauthase, Sohn eines Alt-Achtundsechzigers, der sich als verbeamteter Lehrer längst mit der früher bekämpften Konsumgesellschaft arrangiert hatte. Michael verachtete seinen Vater, weil er seine Ideale verraten hatte, und war in die Gruppe eingetreten, um es besser zu machen.

Der Ukrainer Grischa Komarow saß bequem hinter den beiden auf dem Rücksitz. Wenn es seine Arbeit erlaubte, war er bei den Aktionen dabei, doch er hielt sich an den Theorieabenden zurück. Grischa hatte nie groß über sich gesprochen und Volker hatte den anderen erklärt, dass das mit seinen traumatischen Erfahrungen in der Ukraine zusammenhing. Seine Familie war durch den Krieg zerrissen. Er hatte vor vierzehn Monaten noch rechtzeitig das Land verlassen, bevor man wegen des Krieges die Grenzen für ausreisende Männer dichtmachte.

◆ ◆ ◆

In Höhe des Funkturms fädeln sich die

drei Autos an der Einfahrt Halensee auf dem Stadtring ein. Es herrscht bereits dichter Straßenverkehr und es erfordert Geschick, die drei Fahrzeuge in einer Reihe auf den Spuren einzuordnen. Eile ist nötig, denn die nächste Ausfahrt Hohenzollerndamm liegt nicht mehr weit von ihnen entfernt.

Als der Golf und der Skoda nebeneinander fahren und ihre Geschwindigkeit verringern, schert Armin in letzter Sekunde mit dem VW-Bus auf die linke Spur. Er hupt und bremst scharf ab, wobei er einem BMW den Weg abschneidet. Auf dem Beifahrersitz des VW hört Anke deutlich das Quietschen der Bremsen. Bei der Vorstellung, was auf sie zukommt, spürt sie ihr Herz klopfen.

Mit dem Hupsignal stoppt Christa den Golf auf der rechten Spur, neben ihr bremst Justus auf gleicher Höhe. Aus dem Beifahrerfenster blickt Anke auf die sieben Meter hohe Betonmauer, welche die tief abgesenkte Stadtautobahn begrenzt.

Wie in einer Falle, schießt es ihr durch den Kopf. Sie sieht, wie Armin und Volker in ihren orangefarbenen Westen fast gleichzeitig aus dem VW-Bus springen. Schon haben sie die Lücke hinter ihren Autos erreicht, entrollen die Plakate und setzen sich auf die Fahrbahn.

Das zuerst vereinzelte Hupen aus dem Stau des zum Stehen gebrachten Verkehrs schwillt zu einem gellenden Konzert an. Anke kämpft gegen ihre Übelkeit, als Christa sie anschreit: „Steig aus! Nimm deine Sachen und setz dich zu Karl!"

Der fast zwei Meter große Justus steht wie ein Kapitän auf der Brücke neben der geöffneten Fahrertür des schwarzen Skodas. Sein Blick schweift über die in Sekundenschnelle sich verlängernde Schlange der gestoppten Autos, Lastwagen und Omnibusse. Der Moment gibt ihm ein rauschhaftes Gefühl der Leichtigkeit. Seine beiden Mitfahrer sitzen bereits auf der Straße, entrollen ihre Plakate und sind dabei, sich auf dem von der Julisonne aufgeheizten Asphalt anzukleben.

Anke spürt einen Schubs und hört Christa erneut schreien. „Mach schon! Auf die Straße und kleb dich fest."

Sie taumelt ein paar Schritte vorwärts und kommt neben Karl zum Stehen, der schon auf dem Asphalt sitzt. Anke ist wie gelähmt. Sie lässt sich langsam sinken, während sich die Türen der wartenden Autos öffnen und das Geschrei der Leute, die auf die Gruppe zulaufen, sich mit dem Hupkonzert zu einem Höllenlärm mischt.

Sie sieht, wie Karl und Christa ihre Hände auf den Asphalt drücken, doch ihr Blick richtet sich auf den Fahrer eines Lieferwagens, der dicht hinter dem Golf angehalten hat. Der Mann braucht nur wenige Schritte, um direkt vor ihr zu stehen.

„Du klebst dich hier nicht fest!" Er packt Anke an ihrer Jacke und zieht sie unsanft über die

Straße. „Wo ist der Autoschlüssel? Deine Karre muss hier weg. Ich habe eilige Arzneiwaren auszuliefern. Ihr seid ein paar blöde Spinner!"

Anke wehrt sich nicht, als er sie über den Asphalt schleift. Das Plakat mit der Aufschrift *Unser Klima ist am Kipppunkt!* wickelt sich um die Beine des Mannes, der es wütend zur Seite kickt.

Vor der Betonmauer lässt er sie fallen und mustert sie. „Der Schlüssel!"

Sie schüttelt den Kopf. „Ich bin nur mitgefahren."

Er ist um die dreißig und sieht kräftig aus. Als er sich zu ihr herunterbeugt, hält Anke sich die Hände vors Gesicht. Sie rechnet damit, von ihm im nächsten Augenblick geschlagen zu werden. Er knurrt etwas und starrt auf ihre zerrissene Bluse, aus der ihr BH hervorlugt.

„Bleib da bloß liegen Mädchen, sonst wird's ernst ..."

Trotz dieser Worte strahlen seine grünen Augen keinen Hass aus. Er richtet sich wieder auf und läuft mit wenigen Schritten zu seinem Lieferwagen zurück.

Anke fehlt der Mut, zurück an ihren Platz neben Karl zu kriechen. Inzwischen bilden einige Männer einen Kreis um Karl und Christa. Sie schimpfen und versuchen, die beiden von der Straße zu ziehen.

Sie hört Christa brüllen: „Du tust mir weh! Das ist Körperverletzung. Hau ab du Schwein!" Sie tritt mit den Füßen gegen einen älteren Mann, der nach ihr greift.

Oben an der Betonmauer stehen Passanten und beobachten, was sich auf der Autobahn abspielt. Einige haben ihre Handys gezückt und filmen. „Lass die Frau los, du Nazi!“, schreit einer. „Ich hab‘ dich schon auf Video!“

Der Mann, der versucht hat, Christa von der Straße zu zerren, lässt von ihr ab und verschwindet in der Schlange der wartenden Autos.

Als sich das Geräusch der Polizeisirenen nähert, lockert sich der Ring um die Blockierer. Bis sich die Polizisten ihren Weg zur Blockadestelle gebahnt haben, sitzen fast alle wieder brav hinterm Steuer.

Anke hat sich die ganze Zeit nicht von der Stelle gerührt. Sie beobachtet immer noch den Typen, der sie an die Mauer gezerrt hat und aus dem Lieferwagen mit seinem Handy fotografiert.

Inzwischen haben sich die Polizisten auf die Blockierer verteilt. Justus hat sich nicht festgeklebt und wird von vier Uniformierten an die Seite getragen, wo sie ihn unweit von Anke auf den Boden plumpsen lassen. Die anderen Beamten knien neben den sechs Aktivisten und beginnen deren Hände vom Klebstoff zu lösen.

Anke schaut hoch, als ein Schatten auf ihr Gesicht fällt. Vor ihr und Justus stehen drei Polizisten. „Ausweis“, sagt einer von denen. „Nichts dabei“, erwidert Justus und wird daraufhin zum Einsatzwagen eskortiert, dessen zuckendes Blaulicht die Szene beleuchtet.

Nachdem sie ihre Personalien aufgenommen hat, mustert die Polizistin Anke abschätzig. „Sie können jetzt gehen, Frau Dr. Scheumann. Sie bekommen eine Anzeige wegen gefährlichen Eingriffs in den Straßenverkehr!“

Als Anke aufsteht, zeigt sie auf die Ausfahrt zum Hohenzollerndamm. „Da geht’s lang!“

Anke zögert. Sie will die Gruppe nicht im Stich lassen.

„Wenn sie nicht sofort die Autobahn verlassen, nehme ich Sie wegen Widerstand gegen die Staatsgewalt fest.“ Die Polizistin nestelt an ihrem Gürtel mit den Handschellen. „Dann wird es noch unangenehmer für Sie.“

Anke löst sich aus ihrer Erstarrung und läuft zuerst mit kleinen, dann immer schneller werdenden Schritten über die Auffahrt hoch bis zur Straßenkreuzung. Als sie bemerkt, dass ihre Bluse zerrissen ist, zieht sie den Reißverschluss ihrer Warnweste zu. An der Einmündung zum Hohenzollerndamm stehen ein paar Leute und gaffen. Einige rufen etwas, als Anke sich nähert, und schütteln ihre Köpfe. Zwei jüngere Männer begrüßen sie mit hoch erhobenen Daumen. „Du hast Mut, Mädchen“, sagt einer von ihnen.

Anke wirft einen Blick auf die Stadtautobahn. Von hier sieht sie nicht alles, was dort passiert, doch der schwarze Skoda wird in diesem Moment zur Seite geschoben. Dahinter bilden die Polizisten eine Gasse, um den Verkehr wieder in

Fluss zu bringen.

Der S-Bahnhof Hohenzollerndamm liegt dicht neben der Autobahn, die in den 1960er Jahren entlang der Bahnstrecke gebaut wurde. Anke gibt sich einen Ruck, überquerte die Autobahnbrücke und läuft über die Treppe nach unten auf den Bahnsteig.

Sie steigt in den ersten Zug ein, ohne sich darum zu kümmern, ob es für sie die richtige Verbindung ist. Aus dem Fenster der abfahrenden S-Bahn entfernt sich der Ort des Geschehens erst langsam, dann immer schneller. In diesem Moment bemerkt sie, dass ihr Slip vollkommen durchnässt ist. Sie lässt ihren Oberkörper nach vorne sinken und weint.

◆ ◆ ◆

Am Abend nach der Blockade traf sich die Gruppe in einem Parteibüro in der Linienstraße. Nachdem die Polizisten sie von der Autobahn losgelöst und ihre Personalien aufgenommen hatten, durften alle gehen.

Die Stühle im Büro waren zu einem Kreis angeordnet, damit sich alle ansehen konnten.

Christa war immer noch wütend. „Ihr glaubt es nicht! Diese Idioten verpesten mit ihren Autos die Luft, als hätten sie nichts von dem gehört, was jeden Tag passiert."

Sie schaute auf ihr Handy. „Hier! Italien erwägt Notstand für einige Regionen. Da lodern Brände und es gibt Unwetter. Da fliegen sie in den Urlaub nach Rhodos, während die Leute dort verzweifelt gegen Waldbrände kämpfen! Unglaublich!“

Sie stampfte wütend mit dem Fuß auf den Boden.

„Doch soweit muss man gar nicht gehen. Da ist das brennende Schiff mit ein paar tausend Autos vor der holländischen Küste. Die Trockenheit in Deutschland! Die Grundwasserspeicher sind in Gefahr! Die Weltbevölkerung hat jetzt schon die Ressourcen für 2023 verbraucht und wir tragen mit hohen CO2 Emissionen mächtig dazu bei.“

Ihre Stimme überschlug sich: „Und da sagt mir so ein Wichser, so wie du aussiehst, musst du dich schon ankleben, damit dich überhaupt einer beachtet! Wenn ich nicht angeklebt gewesen wäre, hätte ich ihm in die Eier getreten.“

„Lass dich nicht durch Gerede aus der Ruhe bringen“, sagte Justus. „Wenn Worte dich verletzen können, fehlt es dir an Gleichmut.“

Christa verzog verächtlich ihr Gesicht. Sie hielt nichts von ihm und fühlte sich darin bestätigt. Anke bemerkte, wie Grischas Miene sich verhärtete. Sie schreckte zusammen, als Armin sie ansprach.

„Und du Anke, wie war das erste Mal auf der Straße für dich?“

Alle sahen sie an. Sie blieb stumm, lächelte verlegen und zuckte mit den Schultern.

„Sie hat sich prima angestellt“, bemerkte Karl. „Der Kerl, der sie an die Seite gezerrt hat, war wesentlich kräftiger als sie!“

„Wir brauchen mehr Menschen, die uns in solchen Fällen schützen. Die einen Ring um uns bilden“, meinte Justus.

„Wenn du die findest, dann nur zu!“, gab Armin von sich und ließ Anke dabei nicht aus den Augen.

„Der Kerl aus dem Lieferwagen hat uns gefilmt“, sagte Michael. „Ich hab‘ den beobachtet. Das war ein Fascho, das habe ich gleich gemerkt. Wer weiß, was der mit den Bildern anstellt.“

Armin übertönte das entstandene Stimmengewirr. „Anke, wirst du wegen heute Ärger im Institut bekommen?“

„Ich glaube nicht. Die Meisten von uns stehen hinter den Klimaaktivisten. Selbst dann, wenn sie mit Straßenblockaden auf sich aufmerksam machen.“

Sie zögerte einen Moment. „Aber die Polizistin, die mich kontrollierte, meinte, ich bekäme eine Anzeige wegen Eingriffs in den Straßenverkehr.“

„Das kennen wir schon. Bisher ist da nie groß was passiert“, warf Volker ein.

„Und wenn, gibt es einen Solidaritätsfond, der die Prozesskosten und mögliche Geldstrafen übernimmt“, fügte Armin hinzu.

Anke war überrascht. „Das wusste ich nicht. Was ist denn das für ein Fond?“

„Die *Society for Energetic Transition*, kurz SET. Das ist eine Nichtregierungsorganisation, die für die Energiewende eintritt und Menschen unterstützt, die sich dafür einsetzen."

„Dahinter stehen Leute, die aus allen möglichen Gründen nicht selbst an Aktionen teilnehmen und zum Ausgleich uns Aktivisten finanziell unterstützen. So wie die *Open Society*, die Geflüchteten mit Geld hilft, in sichere Länder zu gelangen", fügte Volker hinzu.

Grischa hob müde seinen Kopf. „Leute, wir haben es gerade mal für eine halbe Stunde geschafft, den Verkehr zu stoppen. Was hat das eigentlich gebracht?"

Alle schwiegen, bis Volker darauf antwortete.

„Grischa hat recht. Die Polizei ist jedes Mal besser auf unsere Aktionen vorbereitet. Wir haben das Spiel jetzt schon ein Dutzendmal betrieben. Die Zeit bis zur Räumung wird immer kürzer. Und was ist bisher passiert? Greenwashing und falsche Versprechungen von einer Regierung, die vorgibt, die Erderwärmung zu bekämpfen!"

Seine dunklen Augen bekamen einen düsteren Ausdruck. Anke sah in sein Gesicht. Wie fahl seine Haut war und wie die Schatten in seinem Gesicht im Neonlicht noch tiefer erschienen, als gewöhnlich.

Karls Stimme riss sie aus ihren Gedanken. „Nur Geduld, Volker. Wir sind damit wieder in den Schlagzeilen. Und darauf kommt es an. Den Leuten wird immer bewusster, dass es mit der Verschwendung von Ressourcen nicht mehr so weitergeht wie bisher!"

Volker schüttelte den Kopf. „Aber auch das nutzt sich ab. Vor allem, wenn wir immer wieder dasselbe unternehmen. Auf die Straße setzen, ein paar Autos blockieren, und nach einer halben Stunde läuft es weiter wie zuvor. Und wir sind nicht die einzigen Klimaaktivisten, die sowas machen."

Sein Gesichtsausdruck war hart. „Wir brauchen eine Aktion, die politisch grundlegend etwas ändert!"

„Wir könnten die Dienstwagen von Regierungsmitgliedern blockieren oder uns an die Türen der Ministerien anketten", schlug Christa vor.

„Da bist du schneller weg vom Fenster, als du nur Papp sagen kannst", gab Armin von sich. „Vergiss nicht, in den dortigen Dienststellen unterstützen doch eine Menge Leute unser Anliegen. Nur können sie es zurzeit noch nicht offen aussprechen."

Christa zuckte mit den Schultern und verzog ihr Gesicht. Justus bemerkte das. „Ihr Lieben, wir müssen nicht die Regierung, sondern die Menschen von unserer Sache begeistern."

Armin schüttelte den Kopf. „Die Leute sind viel zu träge. Bis die kapieren, dass es heute und nicht erst morgen um ihre Zukunft geht, ist es zu spät. Die Masse auf unsere Seite zu ziehen dauert zu lange! Bevor die alle ihren Arsch hochbekommen, ist die Erde schon verbrannt."

Volker nickte. „Genau! Es braucht ein anderes

Vorgehen!“

„Und was schlägst du vor?“, fragte Karl.

Volker antwortete nicht darauf.

„Sag, woran denkst du?“

Volker schüttelte den Kopf. „An nichts Spezielles. Ich meine nur, dass wir so wie bisher nicht weiterkommen.“

Alle schwiegen und Armin stand auf. „Leute, es war für uns alle ein anstrengender Tag. Ich schlage vor, wir belassen es für heute. Morgen wird sich zeigen, wie unsere Aktion in der Öffentlichkeit angekommen ist.

„Wir sehen uns in der kommenden Woche“, rief Armin laut, bevor die ersten aus der Gruppe den Versammlungsraum verließen.

◆ ◆ ◆

Ankes Sorgen, mit Anwalts- und Gerichtskosten konfrontiert zu werden, hatten sich nach Armins Worten gelegt. Als sie gerade gehen wollte, sprach er sie an. „Anke, warte doch noch kurz auf mich!“

Erst nachdem alle anderen gegangen waren, fragte er. „Wenn du noch ein bisschen Zeit hast - was hältst du von einem Abschiedstrunk im Nachtcafé?“

Obwohl sie sehr müde war, wollte Anke die Gelegenheit nicht verpassen, mit ihm allein zu sein. Bisher hatte sich das nie ergeben. Draußen regnete es, doch zur benachbarten Kneipe waren

es nur ein paar Schritte. Sie saß am Tisch mit einem Glas Weißwein, als Armin mit einem Bier in der Hand zu ihr kam.
„Du bist eine tolle Frau, Anke!"
Sie sah ihn überrascht an.
„Das meine ich ehrlich. Unsere Gruppe hat dir eine Menge zu verdanken!"
Sie runzelte ihre Stirn. Die Gruppe! Und was war mit ihm?
„Karl hat interessantere Informationen, als ich bieten kann. Und für Aktionen bin ich zu ängstlich."

„Vergiss Karl! Ich spreche von dir, Anke."

Er sah in ihre Augen und berührte sie mit seiner Hand. „Ich würde dich sehr vermissen, wenn du nicht mehr in die Gruppe kämst!"

„Mich?"

Sie sah ihn ungläubig an. „Du beachtest mich doch sonst kaum."

Er schüttelte seinen Kopf. „Es ist nicht so, wie du denkst. Ich mag dich sehr, aber der Zusammenhalt in der Gruppe darf nicht durch persönliche Beziehungen beeinträchtigt werden."

„Ich finde, das sind zwei völlig verschiedene Schuhe", erwiderte sie. „Aber fühle dich von mir nicht unter Druck gesetzt."

Er nahm ihre Hand, mit der sie das Weinglas hielt. Anke zitterte leicht. Es war keine zufällige Berührung, das wusste sie.

Armin lächelte. „In ein paar Wochen wird sich

das alles klären."

„Was meinst du damit?"

„Hab ein bisschen Geduld, ich sage es dir, wenn es so weit ist. Du musst morgen früh los, oder?"

„Ich muss um acht Uhr im Institut sein, wenn du das meinst."

Er bezahlte und sie gingen nach draußen.

„Bis bald, Anke!" Armin umarmte sie und gab ihr einen raschen Kuss. Bevor sie sich versah, drehte er sich um und lief mit schnellen Schritten die Straße hinunter.

Anke stand einen Moment lang vor der Tür des Nachtcafés. Als diese sich öffnete und eine Gruppe von laut schwatzenden Gästen freiließ, löste sie sich aus ihren Gedanken und begab sich eilig auf den Weg nach Hause.

◆ ◆ ◆

Grischa war der Erste an der Tür gewesen, nachdem das Gruppentreffen beendet war. Es war spät, fast halb elf und er hatte es eilig. Seine Schwester Mascha stand jeden Morgen um sechs Uhr auf und sie hatten verabredet, heute Abend zu skypen.

Nach Grischas Flucht war sie in der Ukraine geblieben. In Kramatorsk, jener Stadt im Donbass, in der sie und ihr Bruder aufgewachsen waren. Grischa und seine zwei Jahre jüngere Schwester waren Kinder aus einer ukrainisch-russischen Ehe. Vor dem Krieg gehörten solche

Verbindungen zur Normalität und in der Familie wurde ein Gemisch aus Russisch und Ukrainisch gesprochen.

Mit Beginn des Krieges brach die Familie auseinander und das Leben änderte sich. Ihrem russischen Vater Alexej drohte das Schicksal, zur ukrainischen Armee eingezogen zu werden, um gegen seine Landsleute zu kämpfen. Er flüchtete Hals über Kopf nach Lettland, wo sein älterer Bruder Olek seit vielen Jahren lebte.

Grischas und Maschas ukrainische Mutter Anastasia verlor mit Ausbruch des Krieges ihre Arbeitsstelle in einer Fabrik. Nachdem ihr Mann ins Ausland geflüchtet war, verfiel sie in eine Depression, die durch das dumpfe Grollen von der nahen Front genährt wurde.

Mit der Zeit fiel es ihr schwerer, die Wohnung überhaupt zu verlassen. An eine neue Arbeit war nicht zu denken. Nur etwas wusste sie: Solange dieser Krieg nicht endete, der schon so viele Familien zerstört hatte, würde sich daran nichts ändern.

Bald nachdem Alexej fort war, stand auch Grischa vor der Entscheidung zu fliehen, um der Einberufung zu entgehen. Er gelangte über Polen nach Deutschland. In Frankfurt an der Oder lernte er Volker Friedmann kennen, der dort als freiwilliger Übersetzer für ukrainische Flüchtlinge arbeitete. Grischas Schwester blieb in Kramatorsk bei ihrer Mutter, die allein auf sich gestellt nicht überlebt hätte. Mit ihrer

Ausbildung als kaufmännische Angestellte hatte Mascha zu Beginn des Krieges eine Arbeit in der Armeeverwaltung gefunden und sicherte damit ihrer beider Existenz.

Volker hatte den geflüchteten Grischa eingeladen, zu ihm nach Berlin zu kommen. Als ehemaliger DDR-Bürger, der ausgezeichnet Russisch sprach, verschaffte er ihm schnell einen Deutschkurs, eine Einraumwohnung in Lichtenberg und einen Job in einer Elektronikfirma, was Grischas Ausbildung als Informatiker in etwa entsprach.

Grischa war mehr aus Dankbarkeit gegenüber Volker denn aus eigener Überzeugung zu den Endzeit-Aktivisten gekommen. „Das ist die beste Möglichkeit, dich hier zu integrieren und progressive Leute kennenzulernen", hatte Volker gemeint.

Grischa hatte sich für Klimafragen nie besonders interessiert. So wie die meisten seiner Landsleute, deren Hauptsorge darin bestand, den Alltag zu bewältigen. Am wichtigsten war das Überleben in einem Krieg, den er und Mascha als sinnlos empfanden, da weder die Russen noch die Ukrainer etwas daraus gewinnen konnten.

◆ ◆ ◆

Als Grischa seine Wohnung in Lichtenberg betrat, war es kurz nach dreiundzwanzig Uhr. Er schaltete seinen Laptop ein und beachtete seine Katze Swenja kaum, die ihm maunzend um die Beine strich.

„Gleich gibt's Futter“, sagte er und strich über ihr schwarz-weißes Fell.

Swenja gehörte zur Familie. Er hatte sie auf seiner Flucht nach Deutschland mitgenommen. Mascha hatte keine Zeit, sich um ein Haustier kümmern, da sie arbeiten und ihre Mutter versorgen musste.

Die Skype-Verbindung war stabil. Auf dem Bildschirm sah Grischa in das blasse und übernächtigte Gesicht seiner Schwester. Jedes Mal, wenn er sie sah, überkamen ihm Schuldgefühle, sie und die Mutter inmitten des Grauen alleingelassen zu haben.

Wenn er ihr das gestand, erwiderte sie, er wäre ihr lieber lebendig in Deutschland als tot in einem Schützengraben. Durch ihre Arbeit in der Kaserne hatte Mascha jeden Tag Kontakt mit Soldaten. Die Lage war nicht so rosig, wie es allgemein gesagt wurde. Viele Waffen aus dem Ausland landeten auf dem Schwarzmarkt und kamen gar nicht zum Einsatz.

Mascha biss sich auf die Lippen. Es galt mit Worten vorsichtig zu sein, man wusste nicht, wer mithörte, und sie hatte bei ihrer Anstellung Verschwiegenheit geloben müssen.

„Der Krieg wird bald vorbei sein, dann ist alles wieder wie früher“ sagte Mascha und lächelte. Ihr verkrampftes Gesicht strafte diese Worte

Lügen. Er solle sich nicht um sie sorgen. Mutter ginge es besser und die Familie würde wieder zusammenfinden.

Grischa versprach, Geld zu schicken. Er bat sie, wie schon vorher, Anastasia davon zu überzeugen, mit ihr nach Deutschland zu kommen.

„Sie traut sich überhaupt nicht mehr aus dem Haus", sagte Mascha. „Sie will nicht fernsehen und nicht einmal hier am Computer mit dir sprechen. Die Welt da draußen macht sie zu traurig. Sie rechnet immer noch damit, dass Papa zurückkommt, und hat Angst, ihn endgültig zu verlieren, wenn sie Kramatorsk verlässt. Die Wohnung und ich sind ihr einziger Halt."

Dass sie wegen ihrer Dienstverpflichtung gar keine Ausreisegenehmigung bekommen würde, erzählte sie nicht. Ihr Bruder würde womöglich versuchen, sie beide auf eigene Faust herauszuholen.

„Ich hoffe, du schaffst es noch, unsere Mutter zum Umzug zu überzeugen", sagte Grischa.

Doch er zweifelte daran, dass die Familie wieder zusammenkam. Sein Vater Alexej hatte sich nach seiner Flucht nur selten gemeldet und Grischa befürchtete, er wollte gar nicht mehr aus Lettland zurückkehren.

Von der Endzeit-Gruppe hatte er Mascha nie etwas erzählt. Sie würde nicht verstehen, warum er sich mit solchen Leuten abgab, geschweige denn deren Beweggründe. In der Heimat tobte ein Krieg, der die Gefahr der atomaren Vernichtung in sich barg. Und in Berlin sorgte man sich mehr darum, dass der Weltuntergang durch die Klimakatastrophe nur noch eine Sache von wenigen Jahren war.

Den Namen Volker Friedmann kannte Mascha nur vom Hörensagen. Ihr Bruder hatte ihr nur erzählt, dass er ihm nach seiner Ankunft in Deutschland geholfen hatte.

Im Hintergrund hörte Grischa seine Mutter rufen. „Gute Nacht euch beiden und grüße sie von Herzen!“, sagt er, bevor sie die Verbindung beenden.

◆ ◆ ◆

Grischa starrte auf den schwarzen Bildschirm des Laptops. Swenja sprang lautlos auf den Tisch und rieb ihren Kopf an seiner Hand. In Gedanken versunken streichelte er sie, ohne sich dessen bewusst zu werden. Nach einer Weile gab er sich einen Ruck und stand auf, um die Katze zu füttern. Sein Alltag in Berlin verdrängte das Leid, was seine Familie tagtäglich durchmachte. Doch jedes Mal, wenn er mit seiner Schwester sprach, grub es sich tiefer in ihn ein.

Er setzte sich wieder hin und fuhr sich mit beiden Händen über das müde Gesicht. Nach dem Aktionstag und dem Gespräch mit Mascha war er zu erschöpft, um noch etwas zu unternehmen. Der Gedanke an die Endzeit-

Gruppe und der Frage, was er dort suchte, machte ihn wütend und traurig zugleich. Wenn ihr nur für ein paar Stunden das erleben müsstet, was im Donbass seit Monaten geschieht! Alle, außer Volker vielleicht, würden sich in die Hosen scheißen.

Mit einem leisen Fluch stand er wieder auf und klappte den Laptop zu. Swenja stupste ihn an und miaute, wie zur Erinnerung. Er füllte ihren Fressnapf und lief ins Badezimmer, um sich für die Nacht zurechtzumachen. Morgen galt es ausgeschlafen zu sein. Seine Firma hatte sich um einen wichtigen Auftrag beworben und es hing auch von ihm ab, ob sie damit erfolgreich sein würden.

TAG 4

Donnerstag

Armin lag noch im Bett, obwohl er schon seit einer halben Stunde wach war. Ihm ging nicht aus dem Kopf, was er Anke im Nachtcafé gesagt hatte. Sie war in ihn verliebt, vermutlich schon seit dem Tag, an dem sie sich zum ersten Mal begegnet waren.

Er hatte sie gestern in ihren Hoffnungen noch bestärkt, doch was ihn betraf, empfand er eine gewisse Sympathie für sie, aber mehr als das war es nicht. Doch Ankes Engagement in der Gruppe hing eng mit ihm und ihren dazugehörigen Gefühlen zusammen.

Er konnte ihr nicht die Wahrheit gestehen, ohne dass sie sich enttäuscht zurückzog. Doch Anke verstand mehr als alle anderen etwas von Klimawissenschaften. Mit ihrer Position am PIK, dem Klimaforschungsinstitut in Potsdam, war sie für die Gruppe unentbehrlich.

Ihm blieb nichts weiter übrig, als ihr Gefühle vorzuspielen, die nicht vorhanden waren. Zumindest solange, wie es erforderlich war. Wenn sie ausstieg, würde die SET ihre Zahlungen, von denen er seinen Lebensunterhalt bestritt, einstellen. Es gab genügend andere Klimaaktivisten, die darauf hofften, von der SET finanziert zu werden. Tom, sein Kontaktmann bei der SET, hatte ihm das deutlich zu verstehen gegeben.

Doch selbst wenn Anke blieb, war das Engagement der SET auf längere Sicht nur dann gesichert, wenn die Endzeit-Aktivisten es schafften, die Regierung zu radikalen CO2-Einsparmaßnahmen zu zwingen. Es war die Sache der Politiker, die Bevölkerung von der Notwendigkeit drastischer Einschränkungen in ihrer Lebensqualität zu überzeugen.

◆ ◆ ◆

Das Handy vibrierte und riss ihn aus seinen Gedanken. Er tastete vom Bett aus danach mit den Fingern. Es war Volker, der sich so bald nach dem Treffen bei ihm meldete. Etwas Wichtiges musste seitdem passiert sein.

Armin drückte auf die Sprechtaste.

„Ich stehe unten vor deiner Haustür", sagte Volker. „Wollte nur sichergehen, dass du da bist."

„Ist es denn so dringend?"

„Ja, mach auf!"

Armin zog seinen Bademantel über und drückte auf den Summer. Er öffnete die Tür einen Spalt und hörte, wie Volker die Treppen zu ihm hoch stürmte. Kaum war Volker in der Wohnung, schloss er die Tür hinter sich.

„Schalte dein Handy aus!“, rief er.

„Ist das nötig?“

Volker nickt. „Und ob. Wir werden abgehorcht!“

Er wartete ab, bis Armin soweit war, und zog eine Zeitung aus seiner Jacke. „Hab heute beim Bäcker die Bildzeitung gesehen.“

„Die Bildzeitung? Du?“

„Auf der Titelseite ist ein Foto…“

„Ist es wegen des brennenden Frachters in der Nordsee?“

„Nein, das nicht. Auf dem Foto sind wir zu sehen. Alle zusammen in einer Reihe vor den Autos auf der Stadtautobahn.“

Volker faltete die Zeitung auf und Armin betrachtete das Foto. Er empfand einen gewissen Stolz. „Sag mal! Das ist doch positiv, oder? Damit sind wir als die Klimaaktivisten bekannt, die zum ersten Mal eine Autobahn blockiert haben!“

„Das schon, aber da stehen Sachen über uns, die nur Insider wissen können. In dem Artikel werden wir als Spinner zerrissen, der übliche Schwachsinn. Aber auf der zweiten Seite werden Einzelheiten genannt, die nur welche aus unserem Kreis kennen.“

Armin räusperte sich: „Was glaubst du, von

wem das Foto stammt? Das war einer von denen aus den Autos, oder?“

„Die Bullen waren zu diesem Zeitpunkt noch nicht zur Stelle“, sagte Volker. „Vermutlich war es der Typ aus dem Lieferwagen. Der Fascho, wie Michael meinte.“

Armin nickt. „Der Anke an die Betonmauer gezerrt hat?“

„Genau! Sie ist auf dem Foto nicht zu sehen. Sie lag schon am Randstreifen.“

Armin zuckte mit den Schultern.

Volker blätterte zurück und legte seinen Finger auf die Überschrift. „Klima-Chaoten blockieren die A100“.

„In dem Artikel wirst du als Anführer erwähnt und dass wir vorhaben, gewalttätige Aktionen durchzuführen. Und eine drogensüchtige Frau, die den Ton angibt.“

Armin starrt auf die fettgedruckten Zeilen. „Damit ist ja wohl Christa gemeint. Entweder man horcht uns ab, oder wir haben einen Maulwurf in der Gruppe.“

„Genau. Wenn wir nicht bald herausbekommen, wo die undichte Stelle ist, nimmt die Polizei uns hops. Als Sündenbock für andere, an die man sich nicht herantraut.“

„Du meinst die von der *Letzten Generation*, die auf dem Flughafengelände waren?“

„Zum Beispiel. Wir sind dann nur ein kleiner Haufen von Spinnern, die Spaß daran haben, gelegentlich den Straßenverkehr anzuhalten.“

Volker lief nervös in der Wohnung auf und ab. „Aber auch das mit den Blockaden hat sich bald ausgereizt. Damit die SET uns weiter unterstützt, brauchen wir wirkungsvollere Aktionen."

Armin nickte. Volker hatte das ausgesprochen, was ihm kurz zuvor durch den Kopf gegangen war.

„Okay! Ich spreche heute noch mit Christa", sagte Armin.

„Du denkst das gleiche wie ich, oder?", erwiderte Volker.

„Ja. Wir müssen wissen, was mit Karl los ist." Armin rieb sich die Augen. „Sonst sieht es schlecht für uns aus."

◆ ◆ ◆

Karl war überrascht, als Christa ihn anrief. Ob er heute Abend schon etwas vorhatte. Das hatte er bis zu diesem Moment. Aber die Aussicht auf eine neue Begegnung mit ihr, bei der sich mehr ergab als beim letzten Mal, ließ ihn seinen Plan ändern. Die Verabredung mit Stephan konnte er auch auf morgen verschieben.

„Dieses Mal lade ich dich zum Essen ein. Ich kenne einen ausgezeichneten Italiener, das Restaurant *Il Sole* gleich bei mir um die Ecke. Ich schicke dir die Adresse."

Christa war einverstanden. „Gerne. Wann treffen wir uns?"

„Passt dir neunzehn Uhr?"

„Prima, das geht! Bis dann, Karl."

An seinem Zögern hatte sie gemerkt, dass er heute etwas anderes vorgehabt und seine Pläne ihretwegen umgestoßen hatte. Das wird alles nur viel leichter machen, sagte sie sich.

Mit der Adresse suchte Christa das Restaurant im Internet. Nach den Preisen gehörte es zu jener Sorte, die sie normalerweise nur von außen sah. Gegen ihre Gewohnheit putzte sie sich für ihre Verabredung heraus. Dezentes Make-up, einen Push-up BH und einen kurzen Rock, der beim Sitzen die Oberschenkel freiließ.

Sie kam absichtlich eine Viertelstunde zu spät. Er sollte sich ihrer nicht allzu sicher sein. Wie erwartet, war Karl schon da. Er saß an einem Zweiertisch und hatte ein halbgefülltes Sektglas vor sich.

„Hab den Bus verpasst", log Christa, ohne sich zu entschuldigen.

Karl stand auf und umarmte sie. „Das macht nichts! Du siehst umwerfend aus! Was hättest du gerne als Aperitif?"

So etwas trank sie sonst nie, doch sie wollte sich vor ihm nicht blamieren: „Ach, ich nehme das Gleiche, was du hast."

„Passt!" Karl reichte ihr die Speisekarte und nachdem sie gewählt hatte, winkte er nach der Bedienung.

Christa hatte selten so vorzüglich gegessen. Karl hatte mit keiner Wimper gezuckt, als sie sich ein teures Gericht bestellt hatte. Er zahlte mit seiner Kreditkarte und gab dem Kellner, den er mit dem Vornamen anredete, ein reichliches Trinkgeld.

Christa war beeindruckt. Geld schien für Karl keine große Rolle zu spielen. Für die Aussicht, sie in sein Bett zu bekommen war er bereit, etwas zu investieren.

Sie fühlte sich geschmeichelt. Das hätte es nicht einmal gebraucht, dachte sie.

Karl schlug ihr vor, auf einen Espresso mit in seine Wohnung zu kommen. „Heute haben wir mehr Zeit, als beim letzten Mal."

Christa zögerte, doch sie hatte während des Essens nichts weiter aus ihm herausbekommen und als er sie voller Erwartung ansah, lachte sie und sagte: „Dann lass uns gehen!"

Seine Wohnung lag nur zehn Minuten entfernt und bald darauf saßen beide in einem geschmackvoll eingerichteten Zimmer auf einer geräumigen Couch. Christa sah sich um. „Wie wär's mit einem Glas von dem Prosecco, falls du den da hast?", schlug sie vor, um in Stimmung zu kommen.

Karl lachte. „Das ist meine Lieblingsmarke!"

Er verschwand in der Küche, um kurz darauf mit einer Flasche *Superiore Valdobbiadene* und zwei Gläsern zurückzukommen.

Hatte er das alles vorbereitet? Christa konnte ihr Schmunzeln nicht völlig verbergen. Doch so schnell wollte sie nicht in seinem Bett landen.

Nicht, bevor sie das bekommen hatte, wofür sie gekommen war.

Als sie anstießen, rückte Karl ein Stück näher an Christa heran. Doch sie beugte sich vor und griff nach ihrer Handtasche, die sie extra für den heutigen Abend mitgenommen hatte. „Schau mal, was ich hier habe!"

Sie zog die Bildzeitung heraus und legte sie ihm aufs Knie.

Karl war davon überrascht. Er sah das Foto und zuckte leicht zusammen.

Christa zeigte auf das Bild und lachte. „Hast du gesehen, wer da drauf ist? Das sind wiiir!"

Karl sah sie an, grinste und zuckte mit der Schulter. „Nee, davon wusste ich nichts. So werden wir wenigstens bekannt!"

Er schob ihr die Zeitung zurück und berührte dabei ihren nackten Oberschenkel.

„Nicht das du denkst, ich lese die Bild?! Ich hatte das Foto nur zufällig gesehen, da hab ich sie gekauft und mir auch die anderen Tageszeitungen angeguckt."

„Ja und?"

„Keine von denen hatte so ein Foto!"

„Ach so?"

„Weißt du, was ich glaube? Der Fotograf war vermutlich der Typ aus dem Lieferwagen. Der Kerl, der sich an Anke vergriffen hat."

„Meinst du? Das kann jeder andere auch gewesen sein. Und selbst wenn, spielt das denn eine Rolle?"

Christa zog eine Packung Zigaretten aus ihrer Handtasche. Als sie ihm die Schachtel hinhielt, schüttelte er mit dem Kopf. „Danke, aber du kannst hier rauchen, Christa."

„Ich bin überzeugt, es war der Fascho aus dem Lieferwagen. Michael hat das gesehen. Der Winkel der Aufnahme würde dazu passen."

„Wenn schon! Die Zeitungen freuen sich über solche Schnappschüsse, da sparen sie sich das Geld für ihre eigenen Fotografen."

Karl lachte und fuhr mit seinen Fingerspitzen sanft über ihre Haut. In Christas Bauch kribbelte es. Doch sie überließ sich nicht ihrem augenblicklichen Impuls.

„Dann hast du den Artikel dazu nicht gelesen!", sagte sie und griff nach seinen Fingern, die ihren Oberschenkel nachmodellierten.

„Warum sollte ich so etwas lesen?" Seine Stimme war rau vor Verlangen. Sie rückte ein Stück näher zu ihm heran. Die Wärme ihres Körpers machte ihn verrückt.

„Wenn du das gelesen hättest, würdest du dich wundern. Da stehen Sachen drin, die kann eigentlich nur jemand wissen, der bei unseren Gruppentreff mit dabei war!"

Karl griff widerwillig nach der Zeitung. Nachdem er die wenigen Zeilen überflogen hatte, sah er Christa an. „Und was willst du damit sagen?"

„Na, dass wir abgehorcht werden!"

„Quatsch, was hier steht, kann sich jeder

Hansel ausdenken. Das ist doch allgemeines Blabla!“

„Mit der Drogensüchtigen bin ich wohl gemeint?“, sagte Christa mit gespielter Empörung.

„Etwa, weil du mal gekifft hast? Davon gibt’s zigtausende und Drogen passen immer, wenn man jemanden schlechtmachen will!“

Er zog sie sanft zu sich heran. „Vergiss diesen Scheiß!“, flüsterte er.

Christas Verlangen war geweckt und ihr fiel auch keine Frage mehr ein, um etwas aus ihm herauszubekommen. Als sie ihn anlächelte, küsste er sie. Seine Finger glitten über ihren Schenkel weiter nach oben.

Christa fuhr sich mit der Zunge über ihre Lippen. Ohne voneinander abzulassen, entledigten sie sich ihrer Kleidungsstücke. Zuletzt legte sie ihre Halskette mit dem Horusfalken ab und setzte sich rücklings auf seinen Schoß.

Er umarmte sie von hinten und nahm ihre glockenförmigen Brüste in seine Hände.

„Du bist so schön“, flüsterte er.

Seine Lippen strichen zärtlich über ihren Rücken und sein Atem ging heftiger. Christa drehte sich um und sah ihn an, ohne etwas zu sagen. Ihre Münder trafen sich und nun waren es ihre Hände, die seinen Körper erforschten.

Bald lagen sie nebeneinander auf Karls breitem Sofa. Sie öffnete sich ihm bereitwillig, als er mit

Verlangen in ihren Schoß eindrang. Ihre Körper verschmolzen und ihre Bewegungen wurden heftiger. Sie brauchte sich keine große Mühe geben, um ihn und zu ihrem Erstaunen auch sich zur ersehnten Erfüllung zu bringen. Christa keuchte. So intensiv hat sie das Zusammensein mit einem Mann lange nicht mehr erlebt.

◆ ◆ ◆

Christa hatte sich eine Zigarette angesteckt, als Karls Handy auf dem Couchtisch vibrierte. Sie sagte lachend. „Das hat ja gerade noch gepasst!"

Karl drückte Stephans Anruf weg. Er nahm Christa in den Arm und entschuldigte sich, das Telefon nicht ausgeschaltet zu haben.

„War das eben deine Freundin?" Sie lächelte schelmisch und legte ihre Zigarette in den Aschenbecher.

„Nein, nur ein Kumpel. Ich ruf ihn später zurück!"

Er ließ sich neben sie auf die Couch gleiten. Seine Hände streichelten über die harten Spitzen ihrer Brust.

Christa drehte sich zu ihm hin. Nachdem sie sich geküsst hatten, sagte sie: „Ach du, ich war neulich bei deiner Firma!"

Karl fuhr hoch. „Wieso denn!?"

„Das war vorgestern, als du zur Schlosserei gingst."

Er starrte sie an. „Und?"

„Ich wollte bloß wissen, wie es bei dir auf der Arbeit ist. Du warst nicht da, und der Pförtner behauptete, dich nicht zu kennen."

„Sag mal, spionierst du mir nach?!"

Christa blies den Rauch ihrer Zigarette in die Luft und drückte sie in den Aschenbecher aus. „Quatsch, ich hatte Lust zu sehen, wie es da bei euch so ist. Und als der an der Pforte mir das erzählte, nahm ich an, du hast mich angesponnen und warst bei deiner Freundin."

Er hielt sie in seinem Blick und sagte nichts.

„Guck nicht so! Ich war ein bisschen eifersüchtig, ist das so schlimm?"

Karl stand auf und fuhr sich mit den Fingern über seine Haare. „Ich arbeite da nicht mehr, das stimmt. Schon seit einer Weile. Hab‘s euch nur nicht erzählt. Ist doch nicht wichtig, oder?"

„Aber mir hattest du gesagt, du müsstest zu deiner Firma", bohrte Christa nach. „Was hast du denn anstatt gemacht?"

Seine Miene verhärtete sich. „Garnichts! Wenn du es unbedingt wissen willst, ich bekomme Arbeitslosengeld. Gestern früh hatte ich einem Termin beim Arbeitsamt. Aber davon wollte ich dir nichts erzählen."

Er goss sich ein halbes Glas von dem Prosecco ein und trank es in einem Zug.

„Wieso soll ich dieses System, das uns in den Untergang führt, noch durch meine Arbeit unterstützen?"

Es rumorte in seinem Magen und er musste

rülpsen. „Entschuldige!“

Christa lachte und schüttelte mit dem Kopf. Sie verschwieg, dass der Pförtner meinte, Karl hätte nie in der Firma gearbeitet.

„Ich muss mal kurz!“ Er stand auf, griff nach seinem Handy und nahm es mit ins Badezimmer. Stephan hatte dreimal versucht, ihn zu erreichen. Er schrieb ihm, er würde zurückrufen. Nachdem er sich erleichtert hatte, ging er zurück zu Christa ins Wohnzimmer.

Christa hatte Armin versprochen, ihn noch heute Abend zu benachrichtigen. Während Karl sich im Bad aufhielt, hatte sie sich angezogen und wartete auf ihn, um sich zu verabschieden.

„Ich muss leider los, mein Lieber. Es war so schön mit dir und auch danke für das Essen.“

„Schade, dass du schon wegmusst.“ Er bedauerte, dass sie schon ging, doch andererseits hatte er Stephan versprochen, ihn anzurufen.

Als Christa zur Tür ging, kam er ihr nach. Sie gaben sich einen langen Kuss. „Ich freue mich schon auf unser Wiedersehen!“

Im Hausflur drehte sie sich noch einmal zu ihm um. „Ich mich auch!“

Karl stand im Flur und hörte ihre Schritte, die leiser wurden, bis die Haustür zufiel. Er wusste nicht, ob er sich in sie verliebt hatte. Aber ihr Zusammensein war leidenschaftlich gewesen und er hoffte, es würde so weitergehen.

TAG 5

Freitag

Nachdem Anke in ihrem Büro die Dienstpost durchgesehen hatte, lief sie die Treppe hinunter um sich aus dem Pausenraum des PIK einen Kaffee zu holen. Als sie hineinkam, hörte sie, wie einige, die dort saßen, über die Blockade der Stadtautobahn diskutierten.

Neugierig geworden, trat Anke näher an den Tisch. Dort lag die Bildzeitung von gestern. Auf der Titelseite prangte ein großes Foto. Sie schrak zusammen. Es war ihre Gruppe, doch zum Glück war sie nicht auf dem Bild zu sehen. Im ersten Schreck befürchtete sie, darauf angesprochen zu werden. Doch die Leute am Tisch kannte sie nur vom Sehen.

Im Institut hatte sie nichts über ihr Engagement bei den Endzeit-Aktivisten erzählt. Zwar sympathisierten die meisten hier mit der

Klimabewegung, aber man wusste nie, wer das am Ende erfuhr. Sie war in der Probezeit und konnte ohne Angabe von Gründen gekündigt werden. Anke wartete, bis ihr Kaffee zubereitet war, nahm den Becher und ging zurück in ihr Büro.

Nach dem starken Kaffee hatte sich ihr Schreck gemindert. Sie zögerte damit, Armin anzurufen, er würde vielleicht glauben, sie renne ihm hinterher. Andererseits war es zu wichtig. Als er sich meldete, erzählte sie ihm, was sie gesehen hatte.

„Wusstest du von dem Foto in der Bildzeitung, Armin?"

Armin hatte es schon gestern von Volker erfahren, aber nicht mit ihr darüber gesprochen. Es hörte sich so an, als ob sie deswegen Ärger im Institut bekommen hatte.

„Weiß jemand bei euch im PIK, dass du bei der Aktion dabei warst?"

„Ich glaube nicht. Bis jetzt hat mich niemand daraufhin angesprochen. Aber sie wissen, dass ich unsere Ziele vertrete. Doch keiner weiß, dass ich eine Aktivistin bin."

„Anke..."

Er zögerte. „Anke, ich glaube, ist es besser, wenn du bei zukünftigen Aktionen nicht dabei bist."

„Warum? Ich hab' keine Angst." Im gleichen Moment wurde sie sich ihrer Lüge bewusst. Sie sah den Kerl aus dem Lieferwagen vor sich, der sie so eingeschüchtert hatte.

„Das ist es nicht. Sondern - du bist unsere Stimme nach außen, Anke. Nur du bringst unsere Anliegen so kompetent an die Öffentlichkeit. Damit nutzt du der Gruppe mehr, als wenn du dich mit uns auf die Straße setzt."

„Aber du hattest immer gewollt, dass ich bei Aktionen mitmache!"

„Schon! Doch nur, weil ich mir nicht sicher war, dass du hundertprozentig hinter unseren Zielen stehst. Ich weiß das jetzt und deshalb ist das nicht mehr nötig."

„Aber ich..."

„Einen Moment, Anke. Jemand hat bei mir geklingelt."

Sie hörte den Summer der Gegensprechanlage. „Hallo?"

Es klopfte.

„Christa!", hörte Anke ihn rufen.

„Hast du denn jemand anderes erwartet?" Ihre Stimme war unverwechselbar.

„Nein, nein, ich bin gleich soweit."

Er war jetzt wieder deutlicher zu hören. „Entschuldige, Anke! Ich muss jetzt auflegen! Hab Besuch. Ich rufe dich später an."

Bevor sie antworten konnte, hatte er bereits aufgelegt. Anke durchfuhr es wie eine heiße Welle. Tränen schossen ihr ins Gesicht.

In diesem Moment klopfte es und ihr Teamkollege Norbert kam in ihr Büro. Sie hatte nicht daran gedacht, aber sie waren um elf zu einer Besprechung verabredet. Anke wischte sich mit einem Taschentuch über ihre nassen Augen und drehte ihren Stuhl in seine Richtung.

„Ich komm besser später“, sagte er, als er in ihr aufgewühltes Gesicht sah.

„Nein, bleib. Ist alles gut so.“

Sie musste sich zusammenreißen. Sie arbeiteten an einem gemeinsamen Projekt und sie konnte es sich nicht erlauben, im PIK ihre privaten Probleme auszuleben. Als Norbert nach einer halben Stunde gegangen war, ließ sie ihren Tränen freien Lauf.

◆ ◆ ◆

Christa blieb in der Tür stehen und sah sich in Armins Wohnung um. „Schick hast du es hier.“

„Du kennst doch meine Wohnung“, brummte er.

Erinnerte sie sich nicht mehr daran, dass er sie aus ihrer Stammkneipe hierher mitgenommen hatte? Es war reiner Zufall, der ihn damals in ihre Gegend verschlagen hatte.

„Ja, aber an dem Abend hatte ich gehörig einen sitzen“, erwiderte sie und verzog ihr Gesicht. „Aber wenn ich das so sehe? Meine Bude ist dagegen richtig scheiße. Außerdem bin ich mit zwei Monatsmieten im Rückstand!“

„Ich werde mich dafür einsetzen, dass du aus dem Fond mehr Geld bekommst.“ Armin grinste. „Du bist du ja im selbstlosen Einsatz für unsere

Gruppe."

Christa lief einige Schritte auf und ab.

„Wie war es denn mit Karl?"

„Für einen Arbeitslosen hat er reichlich Geld! Und seine Wohnung sieht nicht ärmlich aus."

„Redest du von mir?"

„Quatsch, von Karl!"

„Was?" Armin machte große Augen. „Der ist arbeitslos?"

„Hat er mir zumindest gesagt, nachdem ich ihm erzählt habe, dass ihn in seiner Schlosserei niemand kennt!"

„Aha!"

Armin war gespannt und machte einen Stuhl für sie frei. „Setz' dich doch! Lust auf einen Kaffee?"

„Bei Karl gab's Prosecco", sagte Christa träumerisch. „Und nicht von der billigen Sorte. Und das Restaurant, wo er mich eingeladen hat ..., erste Sahne."

Sie fuhr sich mit der Zunge über ihre Lippen.

„Ja, okay, aber was ist denn nun mit ihm?", fragte Armin genervt. „Hast du herausgefunden, ob er die undichte Stelle ist?"

„Hm? Ich bin mir da noch nicht so sicher."

Sie lächelte. „Es kommen ja noch andere in Frage."

„Wer denn?"

„Zum Beispiel dein Liebling Anke ...!"

„Liebling? Quatsch. Wie kommst du darauf?"

„Du hast doch gerade mit ihr telefoniert!"

„Na und? Was heißt das schon? Aber Anke ist das nie und nimmer."

„So, meinst du? Dann der Grünschnabel Michael oder Justus der Spinner."

Armin reichte es. „Ich dachte, du hättest dich schlauer angestellt, um etwas aus Karl herauszubekommen. Einer Frau wie dir sollte das doch leichtfallen!"

„Was stellst du dir denn vor?" Sie stand auf und sah ihn provozierend an. „Wenn du das meinst - er fickt nicht schlecht, jedenfalls besser als du!"

Armin schoss das Blut in den Kopf. „Was bildest du dir ein! Ich hab' dich damals aus deiner Säuferkneipe geholt, wo du mit jedem für'nen Fuffi ins Bett gegangen bist und..."

„Auch mit Dir! Vergiss' das nicht!" Christa lachte. „Versuch es doch selbst bei ihm! Du großer Alleskönner!"

„Nein, wie sollte ich denn? Er hat doch bei dir angebissen!"

Sie lächelte. „Schwul ist er jedenfalls nicht! Wenn du willst, dass ich ihn weiter aushorche, okay. Aber ich brauche dringend Geld, bin mit meiner Miete im Rückstand."

„Reicht das?", fragte er und gab ihr zweihundert Euro.

„Wir sehen uns morgen!", sagte Christa und ging.

Morgen war das Treffen mit Volker. Armin hoffte, dass er eine Idee hatte, wie die Gruppe wirkungsvoller auf die Politik Einfluss nehmen konnte. Es wurde auch Zeit. Tom von der SET erwartete wirkungsvolle Aktionen und er würde bald die Geduld verlieren, wenn er ständig nach Geld fragte.

Etwas hatte Armin längst begriffen. Die von der SET waren keine Philanthropen, sondern knallharte Businessleute. Hinter den drei Buchstaben steckten Unternehmen, die an dem Geschäft mit erneuerbaren Energien verdienten. Wer nichts einbrachte, wurde fallengelassen. Ihr Einfluss auf die Politik war groß. Vor zwei Wochen hatten sie einen ihrer Leute als Staatssekretär unter dem Wirtschaftsminister Hoschek platziert.

Nachdem Christa fort war, erinnerte sich Armin an Anke. Er hatte sie vorhin am Telefon abgewürgt und rief sie jetzt an.

Doch Anke war nicht zu erreichen.

TAG 6

Samstag

Volker war vor den anderen am verabredeten Treffpunkt, dem nördlich von Berlin gelegenen, S-Bahnhof Wandlitz eingetroffen. Er hatte ein Fahrrad auf dem Bahnsteig abgestellt und wartete, bis der Zug mit Christa, Armin und Grischa eintraf.

„Wo soll's denn hingehen?", fragte Armin. Volker blieb geheimnisvoll: „Macht jetzt alle eure Handys aus und lasst euch überraschen! Keine Angst, es ist nicht weit"!

Er schwang sich auf sein Rad und fuhr voraus. Nachdem sie das Stadtgebiet hinter sich gelassen hatten, ging es auf Sandwegen durch einen Wald. Nach acht Kilometern erreichten sie eine Stichstraße, die zu einer mitten im Wald gelegenen Ansammlung von Gebäuden führte. Auf den ersten Blick wirkte die Anlage unbewohnt, jedoch waren die Häuser in einem passablen Zustand.

Christa sah sich mit großen Augen um. „Wo sind wir denn hier?“

„Der Ort heißt Bogensee“, erklärte Volker. „Zu DDR-Zeiten war das ein Hochschulcampus. Ich habe hier während meines Politikstudiums drei Jahre gewohnt.“

„Hier!?“ Armin stand der Mund offen. „So weit weg vom Schuss ...“

Volker grinste. „Ich war hier ja nicht allein und wir haben auch viel gefeiert. Aber weil das Gelände so abseits liegt, ist es genau das Richtige für das Vorhaben, über das ich mit euch reden möchte!“

Er stellte sein Rad vor einem Gebäude ab, dessen graue Fassade einen abweisenden Eindruck machte und öffnete die Haustür mit einem Schlüssel.

„Hier ist es. Hereinspaziert.“

Christa war perplex. Volker war hier wie zu Hause. Und sie hatte sich nicht einmal vorgestellt, dass dieser verlassene Ort so nah an Berlin überhaupt existierte.

Grischa warf einen Blick auf die Fahrräder.

„Die brauchen wir nicht anschließen“, sagte Volker. „Außer uns ist hier niemand.“

Der im Verfall befindliche, hohe Zaun und die großen Bogenlampen erinnerten Grischa an eine ähnliche Anlage am Stadtrand von Kramatorsk. Sie war von einer Mauer umgeben und stammte noch aus der Sowjetzeit. Sein Vater hatte ihm einmal erzählt, dass früher dort eine Schulungseinrichtung des KGB angesiedelt war.

„Sag mal Volker, gehörte das Gelände früher dem Geheimdienst?"

„Nein. Es war Teil des Ministeriums für Volksbildung der DDR."

Volker deutete auf ein größeres Gebäude, dass die anderen überragte. „Der Ursprung der Anlage stammt aus den dreißiger Jahren. Nach dem Krieg wurde die Einrichtung von der Sowjetarmee genutzt und später an die DDR übergeben."

Grischa dachte an seinen Großvater Nikolaj, der im Zweiten Weltkrieg bis vor die Tore Berlins gelangt war. Hatte er damals diesen Ort gesehen? Er seufzte, als er an seine Familie und den gnadenlosen Krieg in seiner Heimat dachte. Ihn überkam ein bitteres Gefühl und er fragte sich, was er hier eigentlich sollte.

Die drei anderen waren schon vorgegangen. Volker knipste die Beleuchtung an. Vom Flur gingen verschiedene Türen ab und er öffnete eine zweiflüglige Tür, die dem Eingang gegenüber lag. Vor ihnen erstreckte sich ein großer Saal, der mit Möbeln aus den 1960er Jahren ausgestattet war.

„Das ist ja irre!", entfuhr es Christa.

„Dieser Saal wurde früher für Konferenzen genutzt", erklärte Volker.

Er zog einen Stuhl hervor und setzte sich. Als

die anderen unschlüssig blieben, winkte er sie an den riesigen Tisch.

„Nehmt Platz. Macht es euch gemütlich.“

Er holte belegte Brote und eine Thermosflasche aus seiner Fahrradtasche, goss sich einen Kaffee ein und aß. Allmählich setzten sich die anderen und breiteten ihr Picknick auf dem Tisch aus.

Nachdem sie gegessen hatte, fragte Christa belustigt: „Werden wir uns jetzt immer hier treffen?“

Keiner lachte und Armin kam auf den Punkt. „Du hast ja angedeutet, dass es um eine wichtige Sache geht, wir sind gespannt.“

„Ihr habt mitbekommen, dass die Aktivisten von der *Letzten Generation* sich auf dem Flugfeld in München angekettet haben. Sie haben es geschafft, den Flugverkehr für über vier Stunden lahmzulegen. Dagegen war unsere Aktion auf der Autobahn ein Klacks!“

Armin zog eine Grimasse, als er an Tom dachte. Die SET war mit der Gruppe unzufrieden. Tom konnte ihm schon beim nächsten Mal mitteilen, dass es mit ihrer Finanzierung vorbei war.

Christa wurde lebhaft. „Etwas durchziehen, was mehr Aufmerksamkeit erregt? Wir könnten große Spritfresser, wie SUVs und Porsches abfackeln!“

Armin schüttelte mit dem Kopf. „In Frankreich brennen jeden Tag Autos in den Vororten. Außer denen, die es zufällig getroffen hat, interessiert das kein Schwein!"

„Wartet doch mal. Ihr habt es immer noch nicht verstanden", sagte Volker. „Es geht nicht um bloße Aufmerksamkeit, sondern darum, die Klimawende bei der Regierung durchzusetzen. Daher schlage ich etwas ganz Anderes vor." Er sah sie einen nach dem anderen an, bevor er weitersprach.

„Und was soll das sein?", fragte Grischa.

„Eine Entführung!"

Alle drei starrten ihn an.

„Ist ein Witz, oder?" Christa lachte nervös.

„Wen willst du denn kidnappen?", fragte Grischa.

„Wenn, dann am besten den Hoschek", schlug Armin vor. „Er ist der für den Klimaschutz verantwortliche Minister!"

Volker schüttelte den Kopf. „Den? Das würde kaum etwas bringen. Wenn der verschwindet, ist es ein rein deutsches Problem. Das würde auf EU-Ebene, wo die Wackelkandidaten um chinesische Investoren buhlen, nichts bewirken. Der Bundesregierung und dem Wirtschaftsminister fehlt es an Entschlossenheit, in der EU einen gemeinsamen Kurs gegen den fossilen Wahnsinn durchzusetzen. Ihnen reicht, was sie hier im Land mit ein paar Windmühlen und Solarpaneelen veranstalten. Damit geben sie groß an!"

Volker nippte an seinem Kaffee und grinste spöttisch. „Die sagen, seht mal, wir gestalten die

Energiewende in Deutschland, sind Vorreiter im Klimaschutz, ihr müsst es uns nur nachmachen. Und die anderen nicken brav und lachen sich insgeheim ins Fäustchen!“

„Aber wen dann? Doch nicht etwa den chinesischen Staatschef?“ Christa lachte schallend.

Volker blieb ernsthaft. „Nein, so weit gehe ich nicht. Aber wenn wir den chinesischen Botschafter entführen, werden wir die deutsche Regierung zwingen, in der EU strengere Klimaschutzmaßnahmen durchzusetzen.“

Alle sahen ihn entgeistert an. Bisher hatte das wie ein Scherz geklungen, doch Volker war es todernst.

Armin beugte sich zu ihm über den Tisch. „Aber wie stellst du dir das denn vor?“

„Zur Durchführung kommen wir später. Wichtig ist, mit dieser Aktion zwingen wir den Kanzler zum Handeln. Wir drohen mit der Exekution des Botschafters, wenn Deutschland nicht auf der EU-Ebene eine entschiedenere und gemeinsame Klimaschutzpolitik durchsetzt. China wird sich über die Laxheit der deutschen Regierung empören und drastische Strafmaßnahmen androhen.“

Er sah Grischa an. „Durch den Ukrainekrieg mit den Sanktionen ist die Bundesregierung mehr vom Wohlwollen Chinas abhängig denn je. Dem Kanzler wird gar nichts anderes übrigbleiben, als das kleinere Übel zu wählen.

Und das heißt eine konsequente Klimapolitik innerhalb der EU durchzusetzen. Bei einem offenen Konflikt mit den Chinesen steht für ihn wesentlich mehr auf dem Spiel."

Armin blieb skeptisch. „Ist denn ein Botschafter so bedeutend? Das alles erscheint mir zu weit hergeholt."

„Vielleicht weißt du es nicht, aber Botschafter sind die Hölzer, aus denen führende Politiker geschnitzt werden!"

Volker zuckte mit den Schultern. „Hast du einen besseren Plan? Dann auf den Tisch damit. Alles andere, was wir bisher veranstaltet haben, ist Kinderkram! So kommen wir nie mit unseren Forderungen durch!"

„Hast du nicht Angst, dass uns die Geheimdienste auf die Schliche kommen?", fragte Grischa.

„Selbst wenn! Wen kümmert diese Entführung schon außer die Chinesen? Die Amis und ihre engen Verbündeten freuen sich darüber. Es geht gegen China und das Problem damit haben nur die Deutschen. Die Russen lachen sich ins Fäustchen, wenn es innerhalb der EU Streit gibt. Und die anderen in der EU sind heilfroh, dass nicht sie, sondern die unbeliebten Deutschen damit ein Riesenproblem am Hals haben!"

„Aber einen Botschafter zu entführen ist doch kein Kinderspiel!", gab Grischa zu bedenken.

„Aber auch nicht unmöglich. Die chinesische Botschaft ist nicht so stark bewacht wie beispielsweise die der Amis, der Engländer oder Israelis! Da finden auch selten Demos statt, ganz anders als bei den Iranern."

„Trotzdem, du kommst nicht so leicht an den Botschafter Chinas heran, der steht unter Polizeischutz. Zudem haben die ihre eigenen bewaffneten Sicherheitsleute!", sagte Armin.

„Da habt ihr zwar Recht, aber ich kenne Menschen, die über die Gepflogenheiten des Botschafters Bescheid wissen. Es gibt da schon eine Möglichkeit, wie wir ihn uns schnappen."

„Selbst wenn das gelänge, wo wirst du ihn den unterbringen? Wohl nicht bei dir zu Hause!"

„Nein, aber hier in Bogensee!", rief Volker. Er breitete seine Arme aus. „Hier ist der absolut richtige Ort, um jemanden zu verstecken, ohne dass es bemerkt wird."

„Aber..."

Volker schnitt weitere Fragen ab. „Mehr will ich an diesem Punkt nicht verraten. Doch wie steht ihr dazu? Seid ihr damit einverstanden?"

Grischa zuckte mit den Achseln. Er fand diese Idee völlig verrückt, doch er vermied es, seinen Freund Volker vor den anderen bloßzustellen.

„Christa?"

„Volker, ich weiß nicht. Hast du wirklich vor, den Botschafter notfalls umzubringen?"

„Natürlich nicht, aber wir müssen ihnen nur damit drohen, sonst läuft gar nichts!"

„Dann bin ich ja froh!" Sie lehnte sich erleichtert zurück.

„Armin, was ist mit dir?"

„Wenn alles so genau geplant ist, warum nicht?"

„Eine Sache. Die anderen aus der Gruppe sollen vorerst davon nichts wissen."

Grischa sah sich um. „Sagt mal, weshalb ist Karl eigentlich nicht hier? Er macht sonst immer bei allen Aktionen mit!"

Die anderen wechseln einen kurzen Blick.

„Vorher muss sich herausstellen, ob Karl ganz sauber ist!"

„Wie meint ihr das?"

„Ob wir ihm völlig vertrauen können", sagte Volker.

◆ ◆ ◆

Grischa fuhr nicht mit den anderen nach Wandlitz zurück. Er wollte allein sein und radelte die längere Strecke durch den Wald bis Bernau. Von dort fuhr die S-Bahnlinie 2 in die Stadt. Seine Wohnung in der Friedastraße lag nicht weit vom S-Bahnhof Lichtenberg entfernt.

Er hatte vor, noch mit seiner Schwester Mascha zu skypen.

Armins Bemerkung, Karl wäre nicht ganz sauber, ließ ihm keine Ruhe. Grischa mochte Karl wegen seiner unkomplizierten Art. Wieso trauten die anderen ihm nicht? Sie schienen ihm etwas zu verschweigen und er fragte sich warum.

Er fand sich nur bestätigt in seiner Rolle als Außenseiter bei den Endzeit-Aktivisten. Innerhalb der Gruppe war man sich oft nicht einig. Echte Freundschaft verband ihn nur mit Volker. Armin hatte Christa in die Gruppe gebracht und zwischen den beiden gab es eine Art Beziehung. Möglich, dass sie Karl nicht mochten, weil er als Schlosser mehr Ahnung über vieles hatte, als sie selbst.

Grischa entfuhr ein böses Lachen. Er trat schneller in die Pedale.

Armin war nur ein Angeber ohne Berufsabschluss. Ein Wehrdienstverweigerer, der Waffenlieferungen als friedensstiftend gelobt hatte. Es war leicht, sich in Berlin vor ein paar Autos zu setzen, die brav anhielten, anstatt vor einem Panzer, der über dich hinweg rollte. Egal ob da ein Russe oder ein Ukrainer am Steuer saß.

Wenn man bedachte, welche Unmengen an Treibhausgasen das ganze Kriegsgerät jeden Tag produzierte, dann bewirkten Waffenlieferungen doch das genaue Gegenteil von dem, was Armin ständig predigte? Grischa nahm sich vor, darüber einmal mit Volker zu reden.

Die Fahrt vom Bahnhof bis zu seiner Wohnung dauerte etwas mehr als eine Stunde. Seine Katze begrüßte ihn gleich an der Tür, er fütterte sie und versuchte dann, eine Skype-Verbindung mit Mascha aufzubauen. Doch die Leitung war nicht stabil und brach immer wieder ab. In kurzen Momenten sah er Maschas Gesicht. Sie sah noch ernster und schmaler aus, als er sie in Erinnerung hatte.

Verwunderlich war das nicht. Die Lage in Kramatorsk verschlechterte sich jeden Tag. Grischa warf sich vor, seine Zeit im Exil mit idiotischen Planspielchen zu verbringen, auf die er Volker zuliebe eingegangen war.

Swenja miaute und rieb sich an seinem Bein.

Sie langweilt sich, überlegte er, den ganzen Tag allein in der Wohnung.

Er schrieb Mascha eine Mail, er würde es später noch einmal versuchen. Vermutlich war die Internetverbindung überlastet. Er fühlte sich hilflos. Irgendetwas musste er tun und er schickte seinem Vater eine E-Mail mit der Frage, ob er nicht endlich die Familie nach Lettland holen wollte?

Doch er hatte in dieser Hinsicht wenig Hoffnung. Sein Vater meldete sich nur selten bei ihm und so gut wie gar nicht bei Mascha und ihrer Mutter in Kramatorsk. Vermutlich hatte er schon eine andere Frau, und kein Interesse mehr, seine Familie zusammenzubringen.

Grischa klappte den Laptop zu und stützte seinen Kopf in die Hände. Diese verfahrene Situation belastete ihn. Ihm war nicht entgangen, wie Armin und Volker sich radikalisierten. Sich vor ein paar Autos zu setzen, fand Grischa eher amüsant. Aber einen Botschafter zu entführen, erschien ihm wahnwitzig. Jetzt fiel ihm wieder ein, was sie über Karl gesagt hatten.

Karl war überrascht, als Grischa ihn anrief. Sie hatten, außer bei den Gruppentreffen, nie persönlichen Kontakt gehabt. Ob er Zeit für ein Gespräch hätte? Karl freute sich und lud Grischa für morgen Nachmittag in seine Wohnung ein.

TAG 7

Sonntag

Armin wartete darauf, dass Tom ihn anrief, wie sie es verabredet hatten. Tom hatte ihn über einem Jahr zum ersten Mal angerufen und sich als Repräsentant der *Society for Energetic Transition* vorgestellt. Er sprach nur Englisch und Armin vermutete, dass er Amerikaner war.

Die SET als internationales Konsortium zur Förderung klimafreundlicher Technologien war durch eine Aktion auf die Endzeit-Aktivisten aufmerksam geworden. Damals hatten sie mit kohleverschmierten Gesichtern Beutel mit Ruß vor die Türen der Parteizentralen in Berlin geworfen und auf Plakaten den Ausstieg aus der Kohleverstromung gefordert. Tom versprach, die Gruppe finanziell zu unterstützen, wenn sie ihre Aktionen zukünftig mit der SET absprächen. Seitdem berichtete ihm Armin, was sie vorhatten. Aus dessen Äußerungen wurde bald klar, dass die Subventionen von dem politischen Erfolg der Endzeit-Aktivisten abhängig waren.

„Wie war euer Treffen gestern?", fragte Tom.

„Wir haben über eine neue Sache gesprochen, die einen durchschlagenden Erfolg in der Klimapolitik quasi garantiert!", berichtete Armin. Einzelheiten wollte er nicht nennen, das hätte sie alle in Gefahr gebracht.

Tom fragte nicht weiter nach, sondern sagte nur: „Ich hoffe, dass Karl nicht dabei war."

Armin war überrascht. Er hatte ihm nie etwas über ihre Vermutung erzählt, wer in der Gruppe die undichte Stelle war.

„Wie kommst denn du darauf, Tom?"

„Euer Karl arbeitet für die Bildzeitung und du weißt selbst, wie die zu euren Aktionen steht!"

„Was!?"

„Das habt ihr Traumtänzer nicht einmal gemerkt! Euer Karl heißt nicht Meurer, sondern Neuendorf. Karl Neuendorf. Verdammt noch mal! Ihr müsstet doch wissen, dass ihr einen Maulwurf in eurer Gruppe habt!", polterte Tom.

„Und woher weißt du das?"

„Wir haben das Foto von euch in der Bildzeitung gesehen und den Artikel dazu gelesen. Keine andere Zeitung berichtete darüber so ausführlich. Wer als Reporter dahinterstand, war leicht herauszufinden."

„Wir hatten schon so einen Verdacht, aber ...", stotterte Armin.

„So? Warum hast du davon nichts erzählt? Dieser Mann darf kein Wort mehr über geplante Aktionen erfahren. Ihr müsst sehen, wie ihr ihn schnellstens loswerdet, andernfalls steigen wir aus der Förderung aus. Es gibt genug andere Gruppen, die zu unterstützen sich lohnt."

„Ich werde mich darum kümmern!", stieß Armin hervor.

„Mach das und melde dich nach eurer kommenden Besprechung. Bis spätestens dann müsst ihr das Problem gelöst haben."

Tom hatte längst aufgelegt, als Armin das stumme Handy noch an seinem Ohr hielt. Wie konnte man den Maulwurf loswerden, ohne dass die anderen aus der Gruppe Fragen stellten? Womöglich stiegen sie dann auch aus!

Armin stieß die Luft aus und ließ sich auf sein Bett sinken. Damit stand seine Existenz auf dem Spiel. Er hatte keine Arbeit und die SET finanzierte seit über einem Jahr seinen Lebensunterhalt. Die teure Wohnung und sein unbeschwertes Leben konnte er vergessen, wenn die SET die Förderung einstellte.

Er versuchte Volker anzurufen, doch dessen Telefon war ausgeschaltet. Er konnte es ihm ebenso gut morgen erzählen, von Volker würde er nur noch mehr Vorwürfe hören, was seine Rolle als Kontaktmann mit der SET betraf.

◆ ◆ ◆

In der Berliner Redaktion der Bildzeitung wartete man ungeduldig auf den Anruf von Karl. Der Chefredakteur Kai Wegmann und seine Assistentin Marion, sowie die Reporter Joris und Stephan saßen in einem kleinen Konferenzraum des Verlagsgebäudes im Zentrum von Berlin.

Als Karl sich gegen siebzehn Uhr meldete, knisterte es dort vor Spannung. Nach der Veröffentlichung des Exklusivfotos von der Sitzblockade auf der Stadtautobahn waren die Verkaufszahlen gestiegen.

Die anderen großen Zeitungen vermieden es, allzu negativ über die so genannten Klimaaktivisten zu berichten. Damit stand die Bildzeitung als Einzige auf der Seite der Leute, die deren Aktionen ablehnten oder sogar direkt davon betroffen waren. Für Kai hieß das, mit ihrer Exklusivstory weiter am Ball zu bleiben. Die nächste Frage war, worin die weiteren Absichten dieser Chaotentruppe bestanden.

Für diesen Zweck wurde der ehemalige Schlosser Karl Neuendorf als Scharfmacher in die Gruppe eingeschleust. Karl hatte Schreibtalent und seine Beiträge bei linken Stadtteilzeitungen waren so beliebt, dass Kai auf ihn aufmerksam wurde. Er sprach ihn an, ob er Interesse hätte, unter einem Pseudonym einen Artikel über die Hausbesetzerszene im Berliner Bezirk Friedrichshain zu schreiben. Karl hatte dort an der Verbarrikadierung der besetzten Häuser mitgearbeitet. Bei der Räumung wurde er verhaftet, hatte Schulden und auch keine Wohnung mehr.

Das Geldangebot von Kai lockte und Karl fand Geschmack an einem Leben, das er früher nicht kennengelernt hatte. Er entwickelte sich von einem freien Mitarbeiter zu einem gut bezahlten Redakteur, was seinem Hang zum Luxus noch bestärkte.

Als Arbeiter erlangte er leichter das Vertrauen von Leuten aus der linken Szene. So sammelte er seine Erfahrungen im Umgang mit Politiksekten, deren Mitglieder überwiegend aus dem bürgerlichen Milieu stammten.

„Wir sind gespannt, was du uns berichten wirst, Karl!“, sagte Kai.

„Heute Abend werde ich schon mehr wissen. In der Gruppe scheint es zu gären. Stell dir vor, Grischa Komarow hat mich gestern angerufen, um mit mir unter vier Augen zu reden.“

„Der Ukrainer! So eine Überraschung!“

Die Redaktion wusste außer den Namen der Endzeit-Aktivisten noch einiges mehr über die Persönlichkeiten, die dahinterstanden. Es war nicht seit gestern zu merken, dass es in der Gruppe Spannungen gab. Nach dem Besuch von Christa, der in einem angenehmen Fick mündete, war klar, dass sie ihn ausspionierte. Das hing weniger mit Eifersucht, sondern mehr mit Armins und Volkers Misstrauen zusammen.

„Was hat der denn erzählt?“, fragte Kai.

„Am Telefon nichts. Ich kann dir mehr sagen,

nachdem er heute bei mir war!"

„Perfekt. Du wirst uns wie immer nicht enttäuschen."

„Warten wir es ab", sagte Karl.

Er sah auf die Uhr. Grischa würde bald eintreffen. Aus dem Ukrainer war er nie so recht schlaugeworden. Nur in einer Sache war er sich sicher. Grischas Engagement bei den Endzeit-Aktivisten hing mehr mit seiner Verpflichtung gegenüber Volker, als mit den Zielen der Gruppe zusammen. Armins politische Ideen hatten Grischa schon öfter zum Widerspruch herausgefordert.

Er kannte die Gepflogenheiten des Ukrainers nicht, doch es war zu vermuten, dass dieser gerne etwas Kräftiges trank. Zur Sicherheit stand eine Flasche mit Wodka im Kühlschrank. Auf dem Couchtisch stand eine Platte mit Häppchen, die mit Kaviar und Lachs belegt waren.

Die Zeit verging, und Karl begann zu zweifeln, ob sein Besuch noch eintreffen würde. Als er ihm gerade eine Kurznachricht schrieb, klingelte es. Grischa stand vor der Tür und sein unschlüssiges Gesicht verriet seine Ungewissheit, ob es richtig war, diesen Besuch zu machen.

Im Laufe ihrer Unterhaltung wurde Grischa lockerer. Am Ende verstanden sie sich prächtig. Der Wodka tat sein Übriges dazu und Karl hörte zum ersten Mal von dem Unheil, das der Krieg der Familie Komarow gebracht hatte.

◆ ◆ ◆

Kurz nach acht Uhr abends klingelte das Telefon in der Bildredaktion.

Kai Wegmann war wie elektrisiert, als er Karls Stimme hörte.

„Grischa ist seit fünf Minuten weg. Ein paar Neuigkeiten habe ich erfahren. Gestern gab es ein Gruppentreffen, an dem er auch teilgenommen hat. Mich hatte man nicht eingeladen und ich wusste nichts davon. Grischa erzählte von einer geplanten Aktion, die wie eine Bombe einschlagen würde. Mehr war aus ihm nicht herauszubekommen, trotz der Gläser Wodka, die wir zusammen geleert haben."

„Wer war denn außer dem Ukrainer sonst noch bei dem Treffen?"

„Das hat er mir nicht verraten. Auf jeden Fall Armin und Volker, die in der Gruppe die Fäden ziehen!"

„Was wird das denn für eine Aktion sein, Karl? Wieder eine Sitzblockade?"

„Das glaube ich nicht, dafür war er mir zu aufgeregt. Es ist etwas anderes. Eine Sache, die vielleicht eine Strafverfolgung nach sich zieht."

„Aber was?", bohrte Kai nach.

„Genaueres dazu habe ich nicht erfahren. Zumindest haben wir genug Infos, um die Story über die Endzeit-Gruppe fortzusetzen!"

„Na ja", brummte Kai unzufrieden.

„Da war noch was. Grischa fragte unvermittelt, ob es in der Umgebung von Berlin leere Gebäude der DDR-Volksarmee oder der Staatssicherheit gäbe. Ich war von seiner Frage überrascht und als ich nachfragte, wie er darauf käme, wich er mir aus."

„So etwas gibt es auf jeden Fall", bestätigte Kai. „Kurz nach der Wende war ich eher zufällig auf einem Gelände südlich von Berlin, wo sie die Mauer und den Grenzstreifen als Übungsgelände für die Volksarmee nachgebaut hatten."

Durch das Telefon hörte Karl, wie in der Redaktion diskutiert wurde.

„Ist das denn wichtig?", war von Kai zu hören.

„Keine Ahnung! Ich habe mich nur über seine Frage gewundert."

„Aber Karl, was du uns da berichtest, ist im Großen und Ganzen reichlich nebulös. Was heißt das schon - eine Aktion, die wie eine Bombe einschlagen wird..."

„Okay, für die morgige Ausgabe müsst ihr das ein bisschen ausschmücken. Grischa erzählte was von der Stasi, das zieht doch immer!"

„Na gut. War das alles?"

„Nein, das Interessante kommt erst jetzt!"

„Schieß los."

„Grischa fragte, warum ich als Aktivist nicht zu dem Treffen gekommen bin. Da ich nicht wusste, was sie über mich erzählt hatten, gab ich vor, an diesem Tag keine Zeit gehabt zu haben. Das nahm er mir nicht richtig ab und im weiteren Gespräch kam heraus, dass einige aus der Gruppe mir nicht trauen. Als ich ihn nach dem Grund fragte, zuckte er nur mit den Schultern."

„Und warum war er überhaupt bei dir?"

„Ich glaube, er wollte sich persönlich vergewissern, ob etwas mit mir nicht stimmt! Ich sagte ihm, die anderen hätten es schon immer merkwürdig gefunden, dass ich als Dreher so umfassend über Klimafragen unterrichtet bin. Woher meine Kenntnisse stammen, habe ich ihm natürlich nicht gesteckt."

Kai lachte. „Schon klar."

„Da ich mir nicht sicher war, was Christa in der Gruppe über mich gesagt hat, habe ich ihm auch von meiner Arbeitslosigkeit erzählt."

„Und? Hat er dir das abgenommen?"

„Ich denke schon!"

„Was glaubst du, hält deine Tarnung noch ein bisschen?"

„Irgendwann fliegt die auf. Ich hoffe, bis dahin haben wir genug Infos und Stephan wird öfter Gelegenheit haben, ein paar Fotos zu schießen."

Kai lachte. „Wie bei der Sitzblockade auf der Stadtautobahn!"

„Oder noch geilere Bilder von ihrer nächsten Aktion!"

„Das bringt mich auf einen Gedanken, Karl!"

„Was denn?"

Kai lachte dreckig. „Wirst du schon sehen.

Du musst unbedingt herausfinden, was die vorhaben, Karl. Wir legen jetzt gleich los, um die Story morgen auf der Titelseite zu haben."

„Bis morgen. Ich bin gespannt!"

◆ ◆ ◆

Nachdem er bei Karl gewesen war, fuhr Grischa nach Hause. Was es mit seinem Gastgeber auf sich hatte, blieb ihm immer noch ein Rätsel. Er hatte ihn spontan in seine Wohnung eingeladen. Wäre er ein Spitzel, hätte er sich doch eher für einen neutralen Treffpunkt in der Stadt entschieden.

Eigentlich war ihm das alles auch nicht weiter wichtig. Was ihn beschäftigte, war Volkers verrückter Plan, den Chinesen zu entführen. Volker hatte ihn darin eingeweiht, weil er ihm am meisten vertraute. Volker konnte auf seine Freundschaft zählen, doch ob er bei dieser Sache mitmachte, blieb letztendlich seine Entscheidung.

Gestern hatte er Mascha nicht mehr erreicht. Nachdem er Swenja gefüttert hatte, stellte er sein Notebook an. Zum Glück war die Skype-Verbindung diesmal stabil. Maschas Gesicht erschien auf dem Bildschirm. Sie sah deutlich schlechter aus, als gestern.

„Mama ist im Krankenhaus", hörte er sie sagen.

„Um Gottes willen! Was ist passiert, Mascha!"

Sie schluchzte. „Sie hat einen Brief von Papa

bekommen. Er wird nicht mehr zurückkommen. Er sagt, wir sollen uns ebenfalls in Sicherheit begeben, denn der Krieg würde bald nach Kramatorsk kommen."

„Und dann?"

„Als ich heute Abend von der Arbeit kam, lag sie hier im Bett. Regungslos. Auf dem Nachttisch lagen ihr Brief und eine leere Packung Tabletten. Sie hatte die restlichen Schlaftabletten genommen, die der Arzt ihr wegen der Depression verschrieben hatte."

„Ist sie …?"

„Nein, sie lebt", schluchzte sie. „Zum Glück hatte Mama nicht mehr so viele Tabletten und ich habe sie rechtzeitig gefunden. Vielleicht wollte sie das und nicht wirklich sterben. Im Krankenhaus haben sie ihr den Magen ausgepumpt und mir angedroht, sie würden sie das nächste Mal in die Psychiatrie stecken, wenn ich nicht besser auf sie aufpasse!"

Mascha weinte jetzt. „Du, ich weiß nicht mehr, was ich machen soll! Ich kann von hier nicht fort. Durch die Arbeit bei der Armee bin ich dienstverpflichtet. Und wir sind auf meinen Sold angewiesen!"

„Ich schicke euch genug Geld, dass ihr beide hierherkommen könnt!", versprach er.

„Aber du kommst doch selbst kaum über die Runden, Grischa!"

„Ich habe hier Freunde, die geben mir einen Vorschuss, um euch nach Berlin zu holen!"

Mascha schluchzte. „Mach dich nicht unglücklich. Ich bin genauso wie du enttäuscht, dass Papa nicht mehr zurückkommt. Aber ich habe mir das fast schon so gedacht!“

◆ ◆ ◆

Grischa saß wie angewurzelt auf dem Küchenstuhl. Er starrte auf den Computerbildschirm, der jetzt so schwarz war, wie der Abgrund, dem seine Familie entgegenraste. Er würde Mascha zusammen mit Mama aus dem Kriegshorror herausholen. Doch das lief nicht ohne Bestechung. Grischa hatte nicht genug Erspartes, um das selbst zu bewerkstelligen.

Ihm blieb nichts anderes übrig, als Armin um Geld zu bitten.

Und wenn das nicht möglich war? Notfalls musste er die beiden selbst aus der Ukraine holen. Dazu brauchte er falsche Ausweispapiere. Mit seinem ukrainischen Pass würden sie ihn an der Grenze festnehmen und sofort an die Front schicken.

TAG 8

Montag

Anke sprang das Foto sofort ins Auge, als sie am Bahnhofskiosk vorbeiging. Die Bildzeitung mit einer fetten Überschrift hing dort unübersehbar aus. Seit letztem Freitag konnte sie an keinem Zeitungsaushang vorbeigehen, ohne einen Blick auf die Titelseite zu werfen. Jetzt war sie es, die man auf dem großformatigen Foto sah. Ein Häufchen Elend mit zerrissener Bluse an einer verdreckten Betonmauer neben der Stadtautobahn.

Der Titel „Endzeit-Klimasekte: Verbindung zur ehemaligen Stasi?“, versprach eine reißerische Story. Anke ging an den Kiosk und kaufte zum ersten Mal in ihrem Leben die Bildzeitung. Sie faltete sie zusammen, um das Foto zu verstecken. Nachdem sie in der S-Bahn saß und sich vergewissert hatte, dass ihr niemand zusah, sah sie sich die Zeitung an.

Das Foto von ihr musste von dem Kerl aus dem Lieferwagen stammen. Es war entstanden, bevor die Polizisten Justus abgeschleppt und neben sie hingelegt hatten.

Während der Zug Richtung Potsdam fuhr, begann Anke zu lesen. „Aus gut unterrichteter Quelle wurde bekannt, dass die Endzeit-Sekte, die schon durch aggressive Straßenblockaden aufgefallen ist, zukünftig schwere Gewalttaten plant. Besteht eine Verbindung zu ehemaligen Stasi-Agenten?“

Sie ließ die Zeitung sinken. Das war ja völlig verrückt. Unter dem Foto stand. „Endzeit-Gruppenmitglied Anke S. nach der Festnahme durch die Polizei auf der A100.“

Ihr brach so plötzlich der Schweiß aus, als hätte man einen Schalter umgelegt. Mit dem Foto und dem dazugehörigen Text brachte man sie mit Gewalttaten und der Stasi in Verbindung! Hastig stopfte sie die Zeitung in ihren Rucksack und malte sich aus, was sie im Institut erwarten würde.

◆ ◆ ◆

Während Anke in der S-Bahn saß und ihrer vermeintlichen Kündigung entgegenfuhr, erhielt Armin einen Anruf. „Du weißt schon, was heute über euch in der Bildzeitung steht?“ Toms Stimme klang ätzend und seine Laune war dementsprechend.

Armin war verwirrt. Vor fünf Minuten hatte er noch im Bett gelegen und saß jetzt am Küchentisch und frühstückte.

„Äh, nein. Woher denn?“

„Hängst noch bei dir in der Wohnung rum?“

„Na, ich wollte heute …“

„Ich sag die nur eins, geh mal los, hol dir die Bildzeitung und lies selbst! Was ist mit Karl Neuendorf?“

„Der war beim letzten Treffen nicht dabei, Tom! Das hatte ich dir doch gesagt!“

„Und wenn schon. Der schreibt trotzdem, was er will! Solltet ihr es nicht schaffen, bis nächsten Mittwoch Tabula Rasa zu machen, ist es aus mit unserer Zusammenarbeit! Nutzt eure letzte Chance!“

Tom wartete seine Antwort nicht ab und hatte die Verbindung beendet.

Armin schlüpfte in seine Jeans und zog sich das zerknitterte T-Shirt von gestern über den Kopf. Er rannte auf die Straße bis zur Ecke, wo Mehmet seinen Zeitungsladen betrieb. Dem türkischen Kioskinhaber stand der Mund offen, als Armin nach der Bildzeitung griff, ihm einen Euro auf den Tisch knallte und wieder raus war, bevor er ihm das Wechselgeld geben konnte.

„Maschallah!“, rief er, geblendet von dem Blitz, der eben durch seinen kleinen Laden gefegt war.

Nachdem Armin die Zeitung am Frühstückstisch gelesen hatte, verstand er, warum Tom so wütend war. Er rief Volker an, um gemeinsam eine Lösung zu finden.

Volker schlug vor, sich im Schleusenkrug zu treffen, ein bei Berlinern wie Touristen beliebter Biergarten unweit vom Bahnhof Zoo.

◆ ◆ ◆

Armin irrte eine Weile zwischen den voll besetzten Tischen herum, bis er auf Volker stieß. Er saß am Rand der Terrasse an einem kleinen Tisch. Von dort hatte man den Blick auf die Schleuse am Tiergarten. Volkers Jacke hing über einem freien Stuhl. Die Sonne schien und der angesagte Regen war ausgeblieben.

„Ich hole uns erstmal was zu Trinken!“, sagte Volker, als Armin eintraf, und begab sich zum Ausschank. Armin nahm den freien Stuhl und sah über den Zaun nach unten, wo die Schiffe die Schleuse am Landwehrkanal passierten. Auf der Fahrt hierher hatte er gegrübelt, doch es war ihm keine Lösung für ihr Problem eingefallen.

Es dauerte eine Weile, bis Volker mit zwei vollen Biergläsern zurückkam. Armin holte die Bildzeitung aus seiner Tasche. „Du, wir haben ein Riesenproblem!“

„Meinst du dasselbe wie ich?“ Er holte ein auf Postkartengröße zusammengefaltetes Exemplar der Zeitung aus seiner Jackentasche.

„Ach. Du hast es schon gelesen. Ja! Es ist wegen Karl! Tom hat mich heute angerufen. Er ist stinksauer. Die SET ist längst über alles im Bild. Tom sagt, wenn wir den Maulwurf nicht loswerden, ist mit der Zusammenarbeit Schluss!"

„Woher weißt du das mit Karl?"

„Tom hat es mir gestern am Telefon erzählt. Karl Meurer ist der Deckname eines Reporters, der für die Bildzeitung arbeitet!"

„Warum hast du mir das nicht schon gestern erzählt?"

„Wollte ich, aber dein Telefon war ausgeschaltet."

„So? Jedenfalls hatten wir recht. Er ist die undichte Stelle!"

„Tom droht uns mit dem Ende der Zusammenarbeit!"

Volker schüttelte den Kopf. „Ich hab den Artikel in der Bildzeitung gelesen. Die haben nix Konkretes zu erzählen, außer ihrem Aufmacher mit dem Foto von Anke in ihrer zerrissenen Bluse. Und Karl war bei unserem Treffen nicht dabei!"

„Da steht was von Stasi! War die Einrichtung in Bogensee nicht von der Stasi?"

Volker zuckte mit den Schultern. „Das bedeutet nichts. Die Stasi saß überall in der DDR. Wenn du mich fragst, die Geschichte ist frei erfunden. Das machen die Presseheinis so. Manchmal kommt später raus, dass es reine Fantasie war, aber das spielt dann keine Rolle mehr."

Armin verzog das Gesicht. „Und wenn jemand anderes über unser Treffen gequatscht hat?

Grischa hatte dich doch gefragt, ob in Bogensee mal der Geheimdienst gesessen hatte."

„Stopp", sagte Volker. „Für Grischa bürge ich! Der macht sowas nicht."

„Wenn du meinst", zweifelte Armin und überlegte. „Oder Christa! Sie könnte doch in der Kneipe was erzählt haben und jemand hat mitgehört."

„Ach! Hör mal auf! Was da steht, ist das übliche Muster dieser Schreiberlinge. Sex, Drogen, Terror, Stasi! Das bedeutet nicht, dass die überhaupt etwas wissen!"

„Möglich oder nicht. Und wenn Karl Christa auf seine Seite gezogen hat?"

Volker kratzte sich am Kopf. Ganz so abwegig war der Gedanke nicht. Christa litt unter chronischem Geldmangel und ließ sich leicht kaufen. Damit blieben nur sie beide übrig, um die Sache mit Karl zu regeln.

Armin biss nervös an seinem Fingernagel. „Ich muss Tom bald eine Vollzugsmeldung liefern, sonst sind wir endgültig raus."

Volkers Blick ließ Armin seine Verachtung spüren. Du bist genauso abhängig von fremdem Geld wie Christa, dachte er. Volker arbeitete freiberuflich als Lektor für einen Verlag. Ihm war es immer wichtig gewesen, auf eigenen Beinen zu stehen.

„Also? Was unternehmen wir jetzt?", bohrte Armin nach. „Es nutzt nichts, Karl nur aus der Gruppe auszuschließen. Mit dem, was er über uns weiß und sich dazu erdichtet, macht er alles kaputt."

„Okay. Aber von der geplanten Entführung hat er keine Ahnung! Umso wichtiger, dass wir das bald durchziehen. Straßenblockaden und sich vor Ministerien anketten, bringt nichts mehr."

„Und wenn ihm Christa doch was von unserem letzten Treffen erzählt hat?!"

„Sprich du mit ihr, Armin! Schließlich hast du sie zu uns in die Gruppe gebracht!"

Armin biss sich auf die Lippen.

„Angenommen, Christa hat dichtgehalten", sagte Volker. „Dann müssen wir Karl aus dem Verkehr ziehen, bevor wir die Sache mit dem Botschafter durchziehen!"

„Und wenn sie doch gequatscht hat?"

„Das werden wir bald wissen. Und wenn es so ist, bleibt das mit der Entführung nur ein Gedankenspiel! In diesem Fall kann man uns gar nichts!"

„Vergiss nicht, Tom erwartet von uns eine politisch entscheidende Aktion, sonst war es das!"

Volker trank den Rest seines Glases leer und stand auf.

„Ich weiß! Aber das bleibt alles unter uns, Armin! Ich will nicht, dass Grischa in die Sache mit hineingezogen wird. Wenn das passiert, weisen sie ihn in die Ukraine aus und da schicken sie ihn sofort an die Front."

◆◆◆

Ein paar Minuten, nachdem Anke sich in die Zeiterfassung des PIK eingeloggt hatte, kam der Anruf aus dem Personalbüro. Sie hatten sie schon erwartet. Anke überflog in Gedanken, was sie aus ihrem Büro mitnehmen musste.

Frau Offergeld sah von ihrem Stuhl hoch, als Anke mit einem leisen „Guten Morgen" ihre Dienststelle betrat. Auf dem aufgeräumten Schreibtisch der Personalchefin lag die Bildzeitung. Sie deutete auf den Stuhl und Anke setzte sich ihr gegenüber.

„Frau Dr. Scheumann, ich nehme an, Sie wissen, worum es geht!"

„Es tut mir ehrlich leid …" Alles, was sich Anke für dieses Gespräch im Kopf zurechtgelegt hatte, war wie ausgelöscht.

„Wir schätzen das Engagement unserer Beschäftigten für den Klimaschutz in hohem Maß, das brauche ich Ihnen nicht zu sagen!"

Ankes Mund verzog sich zu einem matten Lächeln.

„Was das aber betrifft …", die Personalchefin holte tief Luft. „… erwarten wir als parteipolitisch unabhängiges Institut, das sich unsere Institutsangehörigen in der Öffentlichkeit nicht radikal positionieren!"

Ankes Lächeln erstarb so schnell, wie es gekommen war.

„Aber, ich hatte keine Ahnung, dass so ein Foto überhaupt existiert!“

Frau Offergeld schüttelte ihren Kopf. „Sie sind es doch aber auf dem Bild oder?“

Anke nickte.

„Eben! Mit solchen Aktionen unserer Beschäftigten gefährden wir als Institut unseren Ruf, parteipolitisch unabhängig zu sein. Sie wissen, wie genau wir von Klimaskeptikern beobachtet werden und gerade deswegen ist das für unser gemeinsames Anliegen, den Klimaschutz, enorm wichtig!“

„Bin ich jetzt gekündigt?“, fragte Anke, um die lange Vorrede abzukürzen.

„Nein, das sind Sie nicht. Wir sind mit Ihrer Arbeit sehr zufrieden. Allerdings verlangen wir, dass Sie derartige Aktivitäten ab sofort einstellen. Wir erwarten außerdem von ihnen eine Klarstellung gegenüber der Bildzeitung, dass Sie ohne Ihr Wissen von diesen Leuten zu dieser Straßenblockade genötigt wurden! Ansonsten müssten wir uns leider gezwungen sehen, Ihren Arbeitsvertrag in der Probezeit zu kündigen.“

Anke nickte stumm. Sie hielt ihre Tränen zurück. „In Ordnung, Frau Offergeld. Ich werde mich gleich darum kümmern.“

Die Personalchefin lächelte. „Genau das habe ich von Ihnen erwartet. Wunderbar! Dann wünsche ich für Ihre weitere Arbeit viel Erfolg!“

◆ ◆ ◆

Anke schloss die Tür zum Personalbüro und ging in den begrünten Innenhof des Institutsgebäudes. Sie setzte sich dort auf eine Bank, um nachzudenken.

Wenn sie ehrlich zu sich war, lag es an Armin, warum sie nach der ersten Begegnung mit ihm in der Gruppe geblieben war. Sie war verliebt und hatte sich nach dem Abend im Nachtcafé Hoffnungen gemacht, er wäre es auch. Nachdem sie mitbekommen hatte, dass er privat mit Christa verkehrte, blieb nur das Gefühl von ihm getäuscht worden zu sein.

Christa hatte ihr damals freimütig erzählt, wie sie über Armins Bett in die Gruppe gelangt war. Das Gleiche hat er wohl mit mir vor, überlegte Anke, um mich für seine Zwecke auszunutzen.

Damit war ihr jegliche Lust vergangen, weiter in der Gruppe aktiv zu sein. Allein die Vorstellung, Christas lautes Lachen zu hören, reichte ihr. Dazu kam der Gedanke, was sie und Armin so trieben. Und jetzt der Schmutzkübel, den die Bildzeitung über sie ausgoss.

Anke hasste es zu lügen. Es würde ihr nicht leichtfallen, der Bildredaktion zu schreiben, die Endzeit-Gruppe hätte sie gegen ihre Absicht zur Straßenblockade mitgenommen. Doch das war der Preis, den sie für ihre Stelle am PIK zahlen musste. Eine andere Möglichkeit gab es nicht.

Und wenn man es so sah, nutzte sie dem Klimaschutz mehr als Mitarbeiterin eines anerkannten Institutes für Klimaforschung, denn als Mitglied einer Gruppe, deren Ziel es war, durch immer radikalere Protestaktionen Gehör zu finden.

Anke hatte einen Entschluss gefasst. Sie stand auf und stieg mit energischen Schritten die Treppe hoch in ihr Büro. Auf dem Weg legte sie sich eine Antwort zurecht, sollte man sie im Institut nach dem Foto in der Bildzeitung fragen.

TAG 9

Dienstag

Das Klingeln des Handys riss Volker aus seiner Konzentration. Auf seinem Schreibtisch lag ein Text aus dem Verlag „Neue Wege“. Er griff nach dem Telefon und markierte dabei den Absatz, an dem er arbeitete.

„Volker, ich muss dich dringend sprechen. Hast du jetzt Zeit?“

Grischas Stimme klang gehetzt, fast panisch. Das kannte er von ihm nicht.

„Ja klar, komm vorbei. Worum geht’s denn?“

„Sag ich dir nachher!“

„Na dann… bis gleich.“

Volker legte seinen Text beiseite. Er war ein Einzelgänger und froh über eine Arbeit, die er jederzeit unterbrechen konnte, ohne auf jemanden Rücksicht nehmen zu müssen.

Grischa klang besorgt. War es wegen der

geplanten Entführung? Er würde es ihm sagen. Niemand wurde gezwungen, dabei mitzumachen.

Volker stützte seinen Kopf in beide Hände. Er griff nach der Tasse mit dem Kaffee, der längst kalt war und bitter schmeckte. Zurzeit gab es haufenweise Probleme. Karl, der Spitzel. Der Druck von der SET, Christa, die ständig Geld brauchte ...

Und jetzt auch noch Grischa.

Ihm wurde gewahr, wie der Zusammenhalt in der Gruppe bröckelte.

Auf Grischa hatte er sich bisher immer verlassen. Wenn mit ihm auch etwas schieflief? Volker stieß die Luft aus und es klang wie ein Seufzer. Wäre es nicht besser, alles fallenzulassen und neu mit anderen Leuten anzufangen?

Doch gleich darauf schüttelte er mit dem Kopf. "Nicht aufgeben", sagte er sich.

Durch die eingestaubten Fenster seiner Zwei-Raum-Wohnung in Friedrichshain lugte die Sonne. Er saß im zweiten Stock im Hinterhof eines Altbaus in der Mainzer Straße. Die Miete war billig und er kam mit seinen Einkünften so zurecht, dass ihm jeden Monat etwas übrigblieb.

◆ ◆ ◆

Eine Viertelstunde war vergangen, da klingelte an seiner Tür. Vor ihm stand Grischa, abgehetzt und müde.

Die gewohnte Frische war von ihm gewichen. Ein fahles Gesicht und die Augen völlig übernächtigt. Er sieht mir ähnlich, schoss es Volker durch den Kopf, als sie am Flurspiegel vorbei in die Küche gingen.

„Ich brauche dringend deine Hilfe!“, stieß Grischa hervor.

„Setz dich!“

Volker stand mit dem Rücken zu ihm am Herd. Er goss heißes Wasser in zwei Tassen mit löslichem Kaffee.

„Milch und Zucker stehen auf dem Tisch!“

Grischa rührte gedankenverloren um und sah zu, wie sich die Milch im Kaffee verteilte.

Volker setzt sich ihm gegenüber. „Was ist los, mein Freund?“

Grischa seufzte. „Zu Hause geht es nicht mehr so weiter. Vater hat mit der Familie endgültig gebrochen. Es hilft nichts. Ich muss Mutter und meine Schwester aus Kramatorsk zu mir holen.“

Er hielt den Kopf gesenkt und starrte ins Leere. Volker schwieg geduldig, bis Grischa begann, zu erzählen. Von seinem Vater Alexej, dessen Brief und den Selbstmordversuch seiner Mutter. Die Front im Donbass war in Bewegung und konnte bald auch auf Kramatorsk treffen.

Volker schüttelte den Kopf. „Du kannst da nicht hinfahren, ohne dass sie dich sofort verhaften, Grischa!“

„Eben! Deswegen brauche ich einen falschen

Pass und Geld, um die Leute da zu bestechen. Mascha ist bei der Armee dienstverpflichtet, es ist ihr bei Strafe verboten, auszureisen!“

Volker hielt sich die Stirn. Wenn Grischa sich etwas in den Kopf gesetzt hatte, war er nicht mehr davon abzubringen. Ihm kam ein vager Gedanke. Es war zwar schon eine Weile her, seitdem er das letzte Mal mit Horst Kontakt gehabt hatte, doch Grischa brauchte Hoffnung.

„Mit den Papieren kann ich dir eventuell helfen!“

Grischas Miene hellte sich auf.

„Es ist nicht sicher. Ich muss vorher mit jemanden reden!“

Durch seine Arbeit im Verlag „Neue Wege“ hatte Volker den Drucktechniker Horst Jankowski kennengelernt. Horst betrieb eine eigene Druckerei, hatte wie Volker Ideale und sich vorgenommen, das System durch Fälschen von Pässen und Dollarnoten von innen her zu sabotieren. Was daraus geworden war, blieb für Volker im Dunkeln. Sie hatten sich seit einem Jahr aus den Augen verloren. Ob Horst noch zu solchen Sachen bereit war?

„Und das Geld?“ Grischas Stimme riss ihn aus seinen Gedanken. „Ich brauche mindestens sechstausend Euro, um Mascha loszueisen.“

Volker zuckte mit den Schultern. „So viel habe ich nicht! Beim besten Willen!“

„Aber was ist mit Armin?“, beharrte Grischa. „Er hat doch am letzten Mittwoch etwas von so einem Fond erzählt, der uns hilft, wenn wir in Schwierigkeiten sind."

„Das ist nur für Aktionen, um die Klimawende durchzusetzen. Sie übernehmen Prozesskosten, falls nötig. Doch es ist kein Wohltätigkeitsverein."

„Und die Flüchtlingshilfe? Mascha und Mutter müssen da unbedingt raus! Es gibt doch eine Menge Organisationen, die Flüchtlinge mit Geld unterstützen."

Volker runzelte die Stirn. „Keine Ahnung, ob die etwas unterstützen, was nach deren Meinung nach mehr den Russen nützt, als den Ukrainern!"

„Wieso?!"

„Deine Schwester arbeitet doch für die ukrainische Armee …"

„Ja, und?"

„Siehst du! Sie wird für den Krieg gegen die Russen gebraucht ..."

Grischa stieß enttäuscht die Luft aus.

„Das ist schade! Ich hatte darauf gehofft!"

Er überlegte. „Trotzdem wäre es eine große Hilfe, wenn du mir einen Pass besorgen kannst. Irgendwie werde ich Mascha und Mutter da schon herausbringen."

Ohne Bestechung lief in dieser Richtung nichts, dachte Volker. Grischa wusste das noch besser als er. Eine Freistellung vom Wehrdienst kostete in der Ukraine mindestens sechstausend Dollar. Auch wenn die dortige Regierung behauptete, die Korruption zu bekämpfen, durchzog sie doch das gesamte Land wie ein Pilzgeflecht mit ihren Fäden.

Er sah seinen Freund ernst an. „Wenn du das auf eigene Faust und ohne Geld versuchst, ist das reiner Selbstmord. Damit ist deiner Familie auch nicht geholfen!"

Grischa hob müde seine Schultern. „Ich kann hier nicht einfach so sitzen und nichts tun!"

„Sollst du auch nicht!"

Volker kam ein vager Gedanke. Aber darüber musste er mit Armin reden, bevor er seinem Freund falsche Hoffnungen machte.

„Nicht verzweifeln, Grischa. Zuerst bringst du mir dein Passfoto und ich kümmere mich um die Papiere. Außerdem spreche ich mit Armin. Wir finden schon eine Lösung!"

Er klopfte seinem Freund auf die Schulter. Grischa nickte, stand auf und schlich zur Tür. Sie umarmten sich in einem stummen Abschied.

◆ ◆ ◆

Kai Wegmann hatte die E-Mail von Anke Scheumann vor sich. Er lachte zufrieden, nachdem er die Zeilen gelesen hatte. Etwas Besseres für die Story über die „Endzeit-Gruppe" war ihm noch nicht unter die Finger gekommen.

Wo es Sekten gibt, gibt es Aussteiger! Er glaubte ihr kein Wort. Es war ja bekannt, in welchem Institut diese Frau arbeitete. Da ließ sich leicht ausrechnen, dass man sie um so ein

Bekenntnis dringend gebeten hatte.

Sie schrieb, sie wäre gegen ihr Wissen zur Teilnahme an der Autobahnblockade quasi genötigt worden. Nachdem er den Text zweimal gelesen hatte, pfiff er leise vor sich hin. Das war genau der Haken, mit dem man einen dicken Fisch an Land zog.

Marion, seiner Assistentin für alles kostete es nur wenige Minuten, um Ankes Telefonnummer im PIK herauszufinden. Sie überreichte Kai das Telefon und ließ dabei ihre Finger wie absichtslos über seinen Handrücken gleiten. Sie formte ihren Mund zu einem Kuss, den sie ihm durch die Luft schickte.

◆ ◆ ◆

Anke nahm den Hörer ihres Diensttelefons ab. Sie erwartete einen internen Anruf, denn ihre Nummer war nur innerhalb des Instituts bekannt.

„Hier ist Kai Wegmann von der Bildzeitung. Spreche ich mit Frau Dr. Scheumann?“

Ihre Hand mit dem Telefonhörer sank ein Stück tiefer. Woher hatten die ihre Institutsnummer? Doch vielleicht hatte die Personalstelle den Anruf durchgestellt.

Reiß dich zusammen, sagte sie sich. Sie möchten eine persönliche Bestätigung, dass die Gegendarstellung tatsächlich von ihr stammt.

Doch sie hatte nicht mit Kai Wegmanns

Jagdinstinkt gerechnet. Mit dem Inhalt ihrer Gegendarstellung hatte er gespürt, wie verwundbar sie war. Er bestand auf ein Interview mit ihr. Mit Einzelheiten zum Ablauf der Aktion und warum sie ohne eigenes Zutun plötzlich auf der Autobahn saß!

Nach dem ersten Schock lehnte Anke empört ab. „Hören Sie! Es handelt sich nur um eine Klarstellung, dass ich nicht informiert war. Sie sind verpflichtet, das abzudrucken. Ich hatte keine Ahnung, was da geplant war …"

„Machen wir uns nichts vor, Frau Dr. Scheumann! Wir beide wissen doch, dass das nicht stimmt. Was läuft zwischen Ihnen und Ihrem Anführer, Herrn Armin Sandler? Ist es wahr, dass Sie sich nur seinetwegen der Endzeit-Gruppe angeschlossen haben?"

„Was erlauben Sie sich für Unterstellungen!"

Woher wussten die von Dingen, die sie niemanden erzählt hatte?

„Das ist doch eine klare Sache, Frau Dr. Scheumann. Sie haben sich in Armin Sandler verliebt und waren dafür bereit, an strafbaren Handlungen teilzunehmen! Ich kann Ihnen versichern, das ist gar nicht so ungewöhnlich in solchen Situationen!"

„So ein Schwachsinn! Ich verbitte mir das!"

Anke knallte den Hörer auf die Gabel und schluchzte. Wenn sie geglaubt hatte, mit der E-Mail an die Zeitung war alles erledigt, so hatte sie sich geirrt. Das Telefon klingelte erneut, doch sie ging nicht ran.

Nach einer Weile hatte sie sich soweit beruhigt, um über die Sache nachzudenken. Was konnte ihr denn passieren? Sie hatte sich an die Vorgabe der Personalstelle gehalten. Alles andere war ohne Belang. Anscheinend wurde die Gruppe abgehört, oder es gab eine undichte Stelle. Womöglich war es Christa? Sie stellte sich Armins Gesicht vor, wenn er aus der Zeitung von der Sache erfuhr.

◆ ◆ ◆

Kai Wegmann legte das Telefon behutsam zurück auf seinen Schreibtisch. Er rieb sich die Hände. Karl hatte ihm ja davon berichtet, was hinter der Fassade der Gruppe ablief. Die Reaktion der Frau Doktor sprach Bände. Wenn sie ihm kein Interview gestattete, dann würde es eben einen Artikel über sie geben, der sich gewaschen hatte. Er rief die Redaktion zusammen. Außer Marion, Joris und Lisa waren Karl und Stephan auch mit dabei.

„Es gibt einiges zu tun, meine Lieben. Ich habe euch die Mail von der Frau Dr. Scheumann weitergeleitet. Bis heute Nachmittag erwarte ich eine heiße Story. Stichpunkte sind die drei S: Sex, Sekte, und Straftat."

Kai stand auf und pfiff leise vor sich hin, als er die Tür des Konferenzraums hinter sich schloss.

◆ ◆ ◆

Karl hatte sich den Vorabdruck der morgen erscheinenden Bildzeitung am späten Abend angeschaut. Sie konnten mit seiner Arbeit zufrieden sein. Die Story war ein bisschen aufgemotzt, so wie es die Leser erwarteten. Eine promovierte Klimawissenschaftlerin, die dem Anführer der Endzeit-Sekte sexuell hörig war und dafür sogar ihre berufliche Karriere aufs Spiel setzte. Bildreporter Stephan P. hatte Anke S. aus den Händen der Fanatiker, die sie zu Mittäterschaft gezwungen hatten, im letzten Moment befreit.

„Ich werde den dankbaren Blick aus ihren Augen nicht vergessen, nachdem ich sie aus dieser Hölle erlöst hatte“, stand dort.

Karl musste lachen, hatte Stephan ihm doch erzählt, dass er sich in Anke verguckt hatte, als sie so hilflos vor ihm auf der Straße lag.

Er gähnte und räkelte sich auf dem Sofa. Anke tat ihm ein wenig leid. Genau wie Justus war sie eine Idealistin, was man von allen anderen in der Gruppe ihn eingeschlossen, nicht sagen konnte.

Karl dachte daran, wie er es mit Christa hier auf der Couch getrieben hatte. Es weckte seine Lust, mit ihr wieder zusammen zu sein. Lange würde seine Tarnung nicht mehr halten. Armin und Volker hatten Verdacht geschöpft und er hoffte, es ergab sich eine Gelegenheit, Christa wiederzusehen, bevor alles aufflog.

TAG 10

Mittwoch

Anke blinzelte und linste zum wiederholten Mal auf den Wecker auf ihrem Nachttisch. Sie hatte kaum geschlafen, war in der Nacht oft hochgeschreckt und hatte sich jedes Mal gezwungen, die Augen wieder zu schließen. Auch jetzt hatte der Wecker längst nicht geklingelt. Es war kurz vor halb sechs, zu früh, selbst wenn das Tageslicht schon durch die Fenster schien.

Mit den Endzeit-Aktivisten hatte Anke innerlich abgeschlossen. Auch nachdem sie diesem dreisten Redakteur eine Abfuhr erteilt hatte, würde er trotzdem keine Ruhe geben. Sie hatte sich schlaugemacht. Dieser Kai Wegmann war Chefredakteur mit entsprechendem Einfluss. Daher war er so frech aufgetreten. Und wenn er den Abdruck ihrer Gegendarstellung verhinderte? Würde ihr Frau Offergeld dann noch glauben?

Anke atmete tief, ihre Brust hob und senkte sich. An Schlaf war jetzt nicht mehr zu denken. Zögerlich schob sie ihre Beine aus dem Bett. Sie stand auf und rieb sich die Spuren einer grässlichen Nacht aus ihren Augen. Wenn es schlecht lief, musste sie sich einen Anwalt nehmen, um ihre Interessen durchzusetzen.

Sie tappte mit wackligen Schritten in die Küche und schaltete den Wasserkocher an. Der Zeitungsladen in ihrer Straße öffnete erst um sieben Uhr, solange hieß es sich gedulden. Sie goss sich einen Tee auf und verzichtete darauf, etwas zu essen. Sie würde vorher nichts herunterbekommen, bevor sie gesehen hatte, was heute in der Zeitung stand.

◆ ◆ ◆

Volker hatte etwas Zeit gebraucht, um die neue Adresse seines alten Bekannten Horst Jankowski herauszufinden. Horst hatte seine Druckerei, in deren Obergeschoss er wohnte, vor ein paar Jahren verkauft. Aus dem Erlös erwarb er ein kleines Haus in Blankenfelde, wo er mit einer Thailänderin zusammenlebte.

Er hatte sich aus dem Geschäft mit dem Drucken von Pässen und Falschgeld zurückgezogen, nachdem man ihm fast auf die Schliche gekommen war. Die ersten Andrucke der Fünfzig-Dollarnoten sahen bis auf winzige

Abweichungen nicht übel aus. Das Problem bestand darin, die Blüten in Umlauf zu bringen. Er selbst hatte Skrupel und unter seinen Bekannten gab es niemanden, dem er sich soweit anvertrauen konnte. So blieb es bei der Befriedigung zwar ein begabter Künstler, aber ein miserabler Betrüger zu sein.

Am Ende hatte er die falschen Dollarscheine in seinem Kaminofen verbrannt und die Druckstöcke vernichtet. Zu seinem Glück noch rechtzeitig. Ein ehemaliger Mitarbeiter hatte Reste des Papiers aus Baumwolle und Kunststoff gefunden, dass für den Druck verwendet wurde. Als zwei Tage später eine Kohorte Polizisten um sechs Uhr früh vor der Druckerei stand und kurzerhand die Tür aufbrach, fanden sie nichts mehr, womit sie Horst belasten konnten.

◆ ◆ ◆

„Das mit den Passfälschen war früher leichter, heute sind die Dinger fälschungssicher!“, erzählte Horst, als sie sich trafen.

„Aber du hast Glück.“, fügte er augenzwinkernd hinzu. „Ich habe ein paar Exemplare von damals auf meinem Grundstück vergraben. Darunter ist sogar ein Schweizer Pass. Darauf war ich damals stolz gewesen.“

„Das ist doch genau der Richtige!“, sagte Volker.

„Für die Ukraine wird der genügen, aber an der Schweizer Grenze würdest du damit auffliegen.“

Horst ließ bedachtsam die Seiten des Dokuments durch seine Finger gleiten. Es fehlte nur ein Foto und das Geburtsdatum zu der Person, ein gewisser Hannes Rädeswil aus Spiez.

„Bei der Einreise schauen sie nicht so hin und als Schweizer kommst du aus einem neutralen Land. Die ukrainischen Grenzer werden nicht darauf achten, ob dein Kollege sich wie ein echter Schweizer anhört. Einen Akzent wird der Mann wohl haben, oder?"

Volker lachte. „Aber nicht den passenden!"

„Mehr kann ich dir nicht anbieten. Höchstens einen peruanischen Pass." Horst sah auf Grischas Foto und schüttelte den Kopf.

„Für vierhundert Euro bekommst du den Schweizer komplett mit Bild und Stempel."

Volker war einverstanden. Die Summe konnte er vorschießen und Grischa würde es ihm sobald als möglich zurückzahlen.

„In zwei Tagen hast du ihn", sagte Horst. „Lass uns mal wieder ein Bier trinken gehen und du erzählst mir, wie es dir ergangen ist!"

◆ ◆ ◆

Anke erschien mit verheulten Augen im Personalbüro. Auf dem Weg zur Arbeit hatte sie gelesen, welchen Schmutz dieser schmierige Redakteur über sie ausgegossen hatte.

„Wo man mit Dreck wirft, bleibt was hängen", hatte ihr Doktorvater, Professor Hellmann, ihr mit auf den Weg gegeben. Damals, als es um einen unsachlichen Einwand gegen das Thema ihrer Doktorarbeit ging. Er hatte sich schützend vor sie gestellt und ihr geholfen. Jetzt stand sie allein und seine Lebensweisheit bewahrheitete sich schon bei ihrer ersten Stelle am PIK.

Am Schreibtisch der Personalchefin ließ sie ihren Tränen freien Lauf. Frau Offergeld schob ihr eine Packung Taschentücher über den Tisch. Für solche Fälle hatte sie stets einen Vorrat davon in der Schublade liegen.

„Ihre Gegendarstellung ist abgedruckt, Frau Dr. Scheumann. Das ist zunächst einmal das Wichtigste."

Anke schüttelte stumm mit dem Kopf.

„Ihre Richtigstellung steht doch hier!", sagte Frau Offergeld, nachdem sie die Seite mit dem Impressum aufgeschlagen hatte. Anke war beim Lesen nicht über die Titelseite hinausgekommen. Ihren Brief hatte sie in ihrer Aufregung gar nicht gesehen.

„Dann glauben Sie mir?"

Die Personalchefin schob die Zeitung beiseite. „Warum denn nicht? Sie haben das korrekt geschrieben und ..."

Sie lächelte und schwieg einen Augenblick.

„... solange unser Institut nicht in solche Berichte hineingezogen wird ..."

Anke sah sie mit großen Augen an.

„... solange ist es eine Sache, die Sie persönlich mit diesem Schmierblatt ausmachen müssen.

Immerhin wird Ihr Ruf als Privatperson und Wissenschaftlerin beschädigt. Haben Sie eine Rechtsschutzversicherung?"

„Nein, ich hatte so etwas bisher nie benötigt."

„Schade, das wäre von Vorteil."

„Und mein Arbeitsvertrag?"

„Solange nichts weiter vorfällt, sehe ich da kein Problem."

Die Personalchefin lächelte. „Dann wünsche ich Ihnen trotz allem einen erfolgreichen Arbeitstag."

Anke stieg gedankenverloren die Treppenstufen hoch in ihr Büro. Sie hatte sich vorgenommen, den Kontakt mit der Gruppe zu beenden. Durch die Bemerkung von Frau Offergeld hatte sie sich eines Anderen besinnen lassen. Armin hatte vor allen versprochen, dass die SET die Prozesskosten übernahm, wenn es darum ging, Klimaaktivisten vor Gericht zu verteidigen.

Damit wurde es für sie möglich, gegen die Bildzeitung zu klagen. Mit dem Zeitungsartikel wurden die Endzeit-Aktivisten und ihr Einsatz für den Klimaschutz diskreditiert.

◆ ◆ ◆

Nachdem das mit dem Pass auf den Weg gebracht war, überlegte Volker, wie man die sechstausend Euro für Grischa zusammenbekam. Er selbst hatte nicht so viel

Geld. Aus der Gruppe kam dafür nur noch Armin in Frage. Der lebte in einer teuren Mietwohnung und hatte vermutlich finanzielle Rücklagen. Und falls es nicht reichte, konnte Armin doch Anke um Hilfe bitten. Sie hatte nur Augen für ihn und als wissenschaftliche Mitarbeiterin am PIK verdiente sie nicht schlecht.

Als er Armin anrief, erzählte er ihm nichts von seinen Absichten.

Sie trafen sich auf der Fußgängerbrücke am Volkspark in Berlin-Wilmersdorf. Die Brücke über der befahrenen Bundesallee war der richtige Ort, um sich in der Julihitze in luftiger Höhe ungestört zu unterhalten.

Nachdem Volker auf ihn eingeredet und ihm seinen verschwenderischen Lebensstil vorgeworfen hatte, der nicht zu einem Klimaaktivisten passte, schlich Armin mit einem unguten Gefühl die Treppe zu U-Bahn hinunter.

„Das mit den sechstausend Euro kann er vergessen“, murmelte er. Volkers anfängliche Bitte, die in eine Forderung umgeschlagen war, machte alles nur noch schwieriger.

Zwar hatte Armin ein paar Tausender als Rücklage, doch nur für den Fall, wenn von der SET nichts mehr kam. Aber das Geld war ihm zu wichtig, um es Grischa in den Rachen zu werfen, der damit vielleicht auf Nimmerwiedersehen in der Ukraine verschwand.

Er fuhr eine Station mit der U-Bahn bis zum

Friedrich-Wilhelm-Platz. Von dort war es nicht weit zu seiner Wohnung. Nachdem sicher war, dass Karl die Gruppe ausspionierte, wurde er das Gefühl nicht los, dass man ihn beobachtete.

Wenn das Treffen in Bogensee abgehört worden war, ständen die Polizeitrupps schon in den Startlöchern, um sie bald allesamt hinter Gitter zu bringen. Mit der Entführung wurde eine Grenze überschritten, bei der es keine Nachsicht gab.

Es war anders als bei den Aktivisten von der „Letzten Generation", die in Flughäfen eindrangen und dafür nur Schmusestrafen bekamen. „Auch nur solange, wie keiner von der Regierung davon betroffen ist", brummte Armin und kickte eine leere Zigarettenschachtel aus seinem Weg.

Zuhause machte er sich einen Kaffee und rief Tom an. Diesmal bestand Armin darauf, mit ihm unter vier Augen zu reden. Seit der Sache mit Karl wurde sein Telefon wahrscheinlich abgehört.

Tom zögerte, doch als Armin beteuerte, dass der zukünftige Erfolg der Endzeit-Gruppe davon abhing, sagte er schließlich. „Ich melde mich und sage dir, wann und wo wir uns treffen!"

TAG 11

Donnerstag

Justus war mit einem schlechten Gefühl aufgewacht. Seit dem letzten Treffen hatte er Zweifel, ob die Arbeit in der Gruppe der richtige Weg war, etwas für die Welt zu tun. Beim letzten Treffen hatte er dort nicht nur Ablehnung, sondern eine unterschwellige Feindseligkeit empfunden, die vor allem von Christa und Armin ausging.

Nur Anke und Karl schienen mit ihm noch halbwegs auf gleicher Wellenlänge zu sein. Wie anders war das noch vor einem Jahr gewesen. Doch der beflügelnde Geist von damals, war so gut wie verschwunden. Er hatte versucht, Michael für das Thema der geistigen Erneuerung zu gewinnen, aber kam damit nicht weit. Dessen Motiv, die Klimawende mit allen Mitteln zu erzwingen, entsprang mehr aus der Ablehnung seines Vaters, denn aus Michaels eigener

Überzeugung.

Sein ehemaliger Kollege Waldemar wusste von Justus Engagement in der Gruppe. Gestern hatte Waldemar ihn angerufen und kam auf das Foto von der Autobahnblockade zu sprechen.

„Ich habe die Leute aus deiner Gruppe auf dem Bild gesehen. Aus einigen der Gesichter spricht der blanke Hass, Justus!"

Genau deswegen wäre es wichtig, wenn er seinen Einfluss bei den Endzeit-Aktivisten beibehielte, hatte Justus argumentiert, doch Waldemar riet ihm, sich von der Endzeit-Gruppe zu lösen. Es gäbe andere Initiativen, die sich besser um das Schicksal der Erde kümmerten, als mit gewalttätigen Aktionen, die nur den Hass unter den Menschen förderten.

„Der Zweck heiligt nicht die Mittel!", hatte Waldemar zum Abschied gesagt.

Bisher hatte sich Justus in der Gruppe als Verbindung zwischen den richtigen Gedanken und dem dazu angemessenen Handeln gesehen. Dabei stand immer der Mensch im Mittelpunkt. Doch nach Waldemars Anruf war er sich seiner ausgleichenden Rolle nicht mehr gewiss. Seine Zweifel nahmen ihn so weit in Beschlag, als dass er kaum mehr ausreichende Ruhe für Momente der Meditation fand.

Er lehnte sich auf seinem Kissen zurück mit der Absicht, seine Konzentration auf den Atem zu lenken. Je mehr er das versuchte, desto stärker drängte sich der Gedanke auf, einen Irrweg beschritten zu haben, von dem er besser abkehrte. Das nächste Gruppentreffen sollte ihm Klarheit bringen, um sich endgültig zu entscheiden.

◆ ◆ ◆

Michael hatte sich wieder einmal mit seinem Vater gestritten. Er vermied es, ihm in der gemeinsamen Wohnung zu begegnen. Doch da sie beide, der eine Schüler, der andere Lehrer, den gleichen Morgenrhythmus hatten, trafen sie sich beim Frühstück. Ein Zusammentreffen, das häufig im lautstarken Streit endete.

Wenn Michael an seine Mutter dachte, empfand er so etwas wie Neid. Sie hatte den Mut besessen, vor zwei Jahren aus der Wohnung der Familie auszuziehen.

Die Ehe seiner Eltern bestand nur noch auf dem Papier. Seine Mutter hatte mit ihrem Auszug solange gewartet, bis sie meinte, ihr Sohn wäre alt genug, um die Trennung der Eltern zu verkraften. Seitdem sah er sie nur, wenn sie zufällig in Berlin war. Manchmal hasste er sie, weil sie ihn mit seinem Alten alleingelassen hatte, um ein freies Leben zu führen.

„Sie lässt sich jetzt von ihrem Lover aushalten“, erwiderte sein Vater, als er ihn darauf angesprochen hatte.

„Und was ist mit dir?“, fragte der Junge erregt. „Du bist nicht besser! Du hast deine

Ideale verraten und lässt dich dafür vom Staat versorgen!“

Michael träumte von einem freien und selbstbestimmten Leben. Das, was sein Vater damals aufgegeben hatte. Bei *Fridays for Future* mitzumachen, reichte ihm schon lange nicht mehr. Manche aus seiner Klasse nutzten die Demos als Möglichkeit, am Freitag die Schule zu schwänzen. Doch für ihn war klar, dass es darum ging, die Welt vor dem bevorstehenden Klimakollaps zu retten.

Bei den Endzeit-Aktivisten war er zum ersten Mal Menschen begegnet, die ihre Ideale lebten. Er brannte darauf, den anderen in der Gruppe zu beweisen, wozu er in der Lage war. Auch, um seinem Vater den Spiegel vorzuhalten, was aus ihm geworden wäre, hätte er seine Freiheit vor die Sicherheit gestellt.

Er sah auf die Uhr und riss sich aus seinen Träumen. Es war schon spät. Noch mehr Fehlstunden durfte er sich nicht leisten. Er stieg auf sein Rad, um zur Schule zu fahren.

◆ ◆ ◆

Die rote Backsteinkirche in der Riemeisterstraße war mit einem Bauzaun umgeben und der hohe Glockenturm vollständig eingerüstet. Eines der Zaunelemente war aus dem Träger herausgehoben und ließ eine schmale Öffnung frei. Das Ganze sah so aus, wie es Tom ihm beschrieben hatte. Armin stand auf dem Gehweg vor der Baustelle. Er schaute sich um. Auf der Straße in der Zehlendorfer Villengegend war niemand zu sehen. Er schlüpfte durch die Zaunlücke und lief um das Gebäude herum. Das Gelände war verwaist und aus dem Inneren der Kirche war nichts zu hören. Als Armin zum Kirchturm hochblickte, klingelte sein Handy.

Er hörte Toms Stimme: „Ein Stück links von dir unter dem Gerüst gibt es ein Nebeneingang. Er ist durch eine Plane verdeckt, aber offen. Wenn du drin bist, gehst du zum Beichtstuhl rechts vom Altar. An einer der Türen hängt ein Zettel. Setz dich da rein und schließe hinter dir die Tür."

Armin sah sich verstohlen um. Tom beobachtete ihn die ganze Zeit, aber er entdeckte ihn nicht. Er fand die Nebentür und betrat das Kirchenschiff. Staub lag in der Luft, der die Bänke und den gefliesten Boden bedeckte. Durch die hohen, schmucklosen Fenster gelangte genügend Tageslicht hinein, um den Altarraum und die aus dunklem Holz gefertigten Beichtstühle zu erkennen.

Er sah das helle Stück Papier an einer der Türen hängen und trat näher heran. Armin Sein Herz klopfte laut. Er öffnete die Tür und setzte sich auf die schmale Bank.

Durch das engmaschige Gitter, das beide Teile der Holzkonstruktion trennte, versuchte er etwas von der gegenüberliegenden Seite zu erkennen. Doch es war stockdunkel und die ungewohnte Enge machte ihm zu schaffen.

„Tom?"

Dort, wo sonst der Priester saß, blieb es still.

Armin wartete gespannt und hörte das keuchende Geräusch seines Atems. Er hasste es, eingeschlossen zu sein, doch er zwang sich zur Ruhe und horchte in die Dunkelheit. Tom war daran gelegen, unerkannt zu bleiben, und Armin hütete sich, etwas Falsches zu tun.

Nach ein paar Minuten hörte er Schritte auf dem steinernen Boden knirschen. Jemand kam langsam näher. Er kämpfte gegen die Panik, die in ihm hochstieg. Dieser Ort war geeignet, jemanden ohne Zeugen aus dem Weg zu räumen. „Hirngespinste", sagte er leise und hörte, wie jemand die andere Seite des Beichtstuhls betrat.

◆ ◆ ◆

„So, was hast du zu sagen?" Toms Stimme war kalt. Sie klang anders als am Telefon, doch Armin überkam ein Gefühl der Erleichterung. Er erzählte von dem Vorhaben, den Botschafter zu entführen, und dass sie Geld brauchten, um Waffen zu besorgen.

Tom sagte lange nichts. Für einen Moment glaubte Armin, er wäre aufgestanden und gegangen.

„Wo wollt ihr denn die Waffen herbekommen?"

In Armin verkrampfte es sich. Alles oder

nichts, sagte er sich.

„Grischa Komarow wird sie besorgen. Er fährt in die Ukraine, aber es kostet zehntausend Euro, um die richtigen Leute zu bestechen."

Armin hatte sich das überlegt. Es klang plausibel und die zusätzlichen viertausend waren Verhandlungsmasse. Er konnte immer noch auf sechstausend heruntergehen, die Volker für Grischa brauchte. Er lauerte gespannt, wie Tom reagierte.

„So wollt ihr es also machen!", sagte der nach einem langen Moment. Er räusperte er sich. „Okay. Du bekommst das Geld über einen Kredit. Du erhältst dazu eine E-Mail mit allen erforderlichen Unterlagen."

„Aber wie ...?"

„Wenn die Sache nicht so läuft, wie du es versprochen hast, stehst du persönlich in der Schuld der Bank."

„Wie soll das denn funktionieren?"

„Du brauchst keine Sicherheiten zu leisten, deine Unterschrift genügt. Noch etwas. Das alles läuft aber nur, wenn ihr das mit Karl Neuendorf endgültig geregelt habt."

„Und wie stellst du dir das vor?"

„Das ist eure Sache! Er soll solange aus dem Verkehr gezogen werden, bis ihr das mit dem Botschafter über die Bühne gebracht habt. Danach ist uns egal, was mit ihm ist."

Armin stöhnte. „Einverstanden!"

„Ich gehe jetzt", sagte Tom. „Du bleibst noch

zehn Minuten bei verschlossener Tür hier sitzen. Sei nicht neugierig, sonst war es das mit uns!"

Armin hörte, wie Toms Schritte leiser wurden und sich rasch entfernten.

TAG 12

Freitag

Christa war überrascht, als sie sah, wer vor ihrer Wohnungstür stand.

„Komm rein!“

Sie warf einen Blick hinter sich und zuckte mit den Achseln. „Ich sage dir gleich, meine Wohnung ist nicht besonders aufgeräumt!“

Armin trat ein. Christa war noch im Nachthemd. Neben ihrem Bett stand ein Aschenbecher voller Zigarettenkippen. Daneben eine leere Weinflasche und zwei Gläser, auf deren Grund ein rötlicher Belag zu sehen war.

„Du hattest Besuch? Ich wollte nicht stören.“

„Ja, hatte ich!“

Sie lachte. „Ist doch nicht verboten, oder?“

Sie trat einen Schritt näher an ihn heran. Ihre Brust berührte seinen Oberkörper. Ihr Atem roch nach Alkohol.

„Kommst du meinetwegen, oder ist es wieder

wegen Karl?“

„Wegen Karl ...“ Er korrigierte sich. „Nein, auch deinetwegen!“

Sie schlang ihre Arme um ihn. „Hast du Lust?“

Armin hatte nicht damit gerechnet, in welcher Stimmung sie war. Ihn trieb der Gedanke zu ihr, dass sie dringend wegen Karl etwas unternehmen mussten.

„Wir müssen etwas besprechen, Christa!“

„Das können wir doch trotzdem.“ Sie zog ihn in Richtung Bett.

Ihm stieß hoch, dass sie Karl als den besseren Liebhaber bezeichnet hatte. Seine Hand strich über ihre Brust, deren Spitzen sich unter ihrem Nachthemd hart anfühlten. Christa lächelte verführerisch und sprach mit einer Kleinmädchenstimme: „Ich brauche dringend Geld, Armin. Die Miete. Du hattest mir versprochen, dich darum zu kümmern!“

Damit hatte er gerechnet. Das letzte Mal hatte sie schon davon geredet, Karl nicht ohne Bezahlung weiter auszuhorchen.

„Ich weiß, Christa!“

Er zog ein Bündel fünfzig Euro Scheine aus seiner Jackentasche. „Dreihundert!“

Ihre Augen wurden größer. „Du, das reicht aber nicht!“

„Das ist ein Vorschuss. Den Rest bekommst du, wenn du den Auftrag erledigt hast.“

„Wie viel?“

„Siebenhundert, Christa.“

„Das hört sich schon besser an!"

Sie lachte darüber, wie ungeschickt er sich dabei anstellte, ihr das Nachthemd über den Kopf zu streifen. Als es zu lange dauerte, half sie ihm und sie fielen in ihr zerwühltes Bett. Das Laken war voller Flecken.

Armin bemühte sich kaum um sie. Mit der Hand glitt er an der Innenseite ihres Oberschenkels hoch. Es fühlte sich klebrig an. Sie hatte sich schon vorher im Bett vergnügt, und machte nur weiter, womit sie angefangen hatte. Durch ihre Unbekümmertheit vergaß er seine Zurückhaltung. Er hatte ihr Geld gegeben und Christa ließ ihn gewähren.

Wie mochte Karl es wohl mit ihr getrieben haben, wenn sie ihn als Liebhaber so toll fand? Der Gedanke daran minderte seine Lust. Doch die Gewissheit, dass es mit dem Spitzel bald vorbei sein würde, verschaffte ihm ein Gefühl der Überlegenheit und steigerte seine Erregung. Er bedrängte sie und wurde fast grob, bis er in ihr kam. Christa blieb passiv.

Als er sich von ihr herunterrollte, zündete sie sich eine Zigarette an und blies ihm den Rauch über den Kopf.

„Was soll ich denn von Karl noch herausbekommen?"

Sie widerstand Armins prüfenden Blick, doch ihre Augen bleiben gleichgültig. Unvermittelt griff er nach ihrer Hand und hielt sie fest wie in einer Klammer.

„Hey, lass los! Du tust mir weh!"

„Was hast du Karl erzählt, Christa? Was weiß er von unserem Treff in Bogensee?"

„Spinnst du!?" Empört befreite sie sich mit einer Drehung aus seinem Griff, wobei ihre Zigarette auf den Boden fiel.

„Ich habe seit letztem Sonntag nicht einmal mit ihm gesprochen!"

Sie sprang auf und klaubte die Zigarette vom Fußboden auf. „Du hast sie wohl nicht mehr alle!"

Christa setzte sich auf die Bettkante und zog wütend den Rauch ein. Er starrte auf ihren nackten Rücken. Sie hat zu spontan reagiert, als dass sie mich anlügt, dachte er.

„Reg dich nicht so auf. Es war nur so eine blöde Idee, Christa."

Er schlang seine Arme um ihren Oberkörper. „Man wird ja paranoid, wenn man diese Andeutungen von wegen Stasi in der Bildzeitung liest …"

Sie schubste ihn zurück. „Und da verdächtigst du ausgerechnet mich? Du Arsch, glaubst du, ich gehe mit unseren Sachen zur Zeitung?"

„Nein, ich frage mich bloß, woher die das alles wissen, was die so schreiben!"

Wenn er ihr sagte, dass Karl die undichte Stelle war, gab es keinen Grund mehr, ihn auszuspionieren, doch es war wichtig, dass sie sich heute mit ihm traf.

Christa blieb auf der Bettkante sitzen und

rauchte. Sein Blick fiel auf die eintätowierten kleinen chinesischen Schriftzeichen auf ihrer rechten Pobacke. Um ihren Hals trug sie diese Kette mit dem ägyptischen Falken.

Als er sie danach fragen wollte, kam Christa ihm zuvor: „Worum geht es denn nun endlich?"

„Wie ...?"

„Na, du bist auch wegen Karl zu mir gekommen!?"

„Du kommst doch heute Abend zu unserem Treff?!"

Christa zuckte mit den Achseln. „Hatte ich eigentlich vor!"

„Sei auf jeden Fall da und zieh dir etwas Verführerisches an."

„Und wieso bitte?"

„Frag Karl, ob ihr nicht gleich nach dem Meeting zu ihm gehen wollt."

„Ob ich das möchte, interessiert dich eh nicht?"

„Ich nahm an, es macht dir Spaß mit ihm und außerdem..."

„Außerdem?"

„Bekommst du was dafür!"

Wenig später verließ er Christas Wohnung, nachdem er sie erinnert hatte, dass die siebenhundert Euro erst nach ihrem erfolgreichen Einsatz fällig waren.

◆◆◆

Grischa saß seit einer geraumen Weile an

seinem Küchentisch. Vor zehn Minuten hatte er mit Mascha gesprochen und ihr versichert, er würde alles Erdenkliche anstellen, um sie und Mutter nach Berlin zu holen.

„Du bist verrückt!", hatte seine Schwester wiederholt gesagt. Doch wenn ihr Bruder sich etwas in den Kopf gesetzt hatte, würde er darauf beharren. Er war ein Sturkopf, eine Eigenart, die die Ukrainer mit den Russen teilten. Nur so ließ sich erklären, dass beide sich bis zum bitteren Ende bekämpften. In einem Krieg, der für niemanden einen Sieg versprach.

Grischa griff nach der halbvollen Wodkaflasche und füllte erneut sein Glas. Wenn heute Abend nicht das Gruppentreffen wäre, hätte er die Flasche ausgeleert. Das Trinken half, für eine Zeit alles zu vergessen, was ihm auf der Seele lag.

Ihm kamen die wildesten Gedanken. Wenn es keine andere Möglichkeit gäbe, würde er sich das Geld durch einen Überfall besorgen. Aber er besaß nicht einmal eine Waffe. Er zuckte mit den Achseln und trank das Glas in einem Zug leer. Sein Kopf sank auf den Küchentisch.

Alles vergessen, dachte er und gewahrte erst nach einer Weile, dass Volker ihm eine Nachricht geschickt hatte. „Es klappt!"

Auf einmal war Grischa hellwach. Er sah auf die Uhr, ihm blieben knapp zwei Stunden bis zum Treffen heute Abend! Im Badezimmer hielt er seinen Kopf unter den kalten Wasserstrahl.

Volker musste es doch geschafft haben, das Geld aufzutreiben. Was konnte das sonst bedeuten? Nun hatte er alles, um seine Mutter und Mascha aus der Hölle zu holen, die Kramatorsk hieß.

◆ ◆ ◆

Armin hatte nicht damit gerechnet, dass alle heute zum Gruppenabend erscheinen würden. Am wenigsten hatte er erwartet, Anke hier zu sehen. Gestern hatte er vergeblich versucht, sie zu erreichen.

Justus kam als letzter. Die anderen saßen bereits im Kreis, nur der Stuhl zwischen Christa und Karl war noch frei geblieben. Er sah in die angespannten Gesichter und hatte den Eindruck, gegen eine unsichtbare Wand zu stoßen.

Justus hatte lange überlegt, ob er überhaupt kommen sollte. Doch vor einem endgültigen Entschluss wollte er spüren, wie es um die Geisteshaltung der Gruppe bestellt war.

„Hallo Justus ....“, brachte Armin heraus, ohne ihn weiter zu beachten.

Das war es. Seine Anwesenheit hatte keinen Belang. Doch er spürte Spannungen, die nichts mit ihm zu tun hatten. Sein Auge fiel auf Anke, die so steif dasaß, als hätte sie einen Stock verschluckt.

◆ ◆ ◆

Anke war absichtlich eine Viertelstunde zu

früh zum Treffpunkt gekommen. Sie hatte gehofft, vorher mit Armin persönlich zu reden. Doch er kam spät, mit Christa im Schlepptau, als alle anderen außer Justus schon da waren.

Anke warf einen Seitenblick auf ihre Nebenbuhlerin. Christa hatte sich auffallend zurechtgemacht. Für Ankes Geschmack war der Rock zu kurz und ihr Dekolletee zu tief. Dazu kamen die knallrot geschminkten Lippen. Als ihre Blicke sich trafen, grinste Christa. Anke wendete sich ab. Diese vulgäre Person und der Selbstdarsteller Armin passten gut zusammen.

Zum Glück hatte sie gestern auf seine Anrufe nicht reagiert. Doch nun musste sie ihr Anliegen vor allen vortragen. Vielleicht war das sogar besser, als mit Armin allein zu reden.

Sie beobachtete ihn aus den Augenwinkeln. Wie selbstgefällig er seinen Blick über die Anwesenden schweifen ließ. Gleich würde er mit dem üblichen Geschwafel anfangen, von der Gemeinsamkeit und dem Ziel, dass sie verband.

Am besten gleich, überlegte sie. Bevor er eine Tagesordnung aufstellt, die ihre Sache ans Ende rückt. Sie stand auf und zog die Bildzeitung aus ihrer Umhängetasche. „Hört bitte alle zu! Es ist wichtig! Vielleicht wisst ihr schon, was hier geschrieben steht“!

„Lass uns erst die anderen Punkte besprechen, bevor wir zu Verschiedenes kommen.“, sagte Armin und gab ihr ein Zeichen sich wieder hinzusetzen.

„Nein!“ Anke wunderte sich über ihre eigene Stimme, die kräftiger klang als sonst.

„Das hier ...“, sie schlug mit der flachen Hand auf die Bildzeitung, „... das hier ist nicht nur ein Angriff auf mich, sondern auf unser aller Anliegen, dem Klimaschutz. Ich muss gegen die Zeitung Anzeige erstatten und gerade du ...“

Sie zeigte auf Armin. „... hast doch neulich gesagt, die SET übernimmt in solchen Fällen die Prozesskosten.“

Armin schüttelte den Kopf, doch bevor er antworten konnte, sprang Volker plötzlich auf. Er hatte sie schon die ganze Zeit im Blick gehabt. „Vielleicht wissen die anderen nichts von deiner sogenannten Gegendarstellung auf der vorletzten Seite.“

Trotz seiner Beherrschung stand die Wut ihm ins Gesicht geschrieben. „Du behauptest da allen Ernstes, du wärst von uns gezwungen worden, bei der Straßenblockade mitzumachen. Das ist erstunken und erlogen und das weißt du!“

Anke traf dieser Vorwurf wie ein Hieb. Sie wurde knallrot.

„Man sieht es dir ja förmlich an!“, sagte Volker genüsslich und blickte um sich. „Mit deinem Geschwurbel schadest du uns und dem Klimaschutz viel mehr, als das, was in dieser Zeitung an ungereimtem Zeug geschrieben steht.“

Volkers laute Stimme unterbrach das jäh entstehende Stimmengewirr. „Hört bitte zu!

Ich beantrage, Anke sofort aus der Gruppe auszuschließen."

Er musterte sie kalt. „Ich bin überrascht, dass du die Dreistigkeit besitzt, hier überhaupt zu erscheinen."

Anke hatte mit Kritik gerechnet, aber nicht mit diesem Frontalangriff. „Hört bitte mal zu." Ihre Stimme stockte. „Ich war doch gezwungen, das zu schreiben, sonst hätten sie mich rausgeworfen. Ihr habt immer gesagt, wie wichtig es ist, dass eine von uns sich wissenschaftlich mit Klimafragen beschäftigt …"

„Doch nicht um den Preis einer Lüge, mit der du unsere Gruppe in den Dreck ziehst", höhnte Volker. „Dir geht es nur um deinen eigenen Kopf, deine jämmerliche bürgerliche Existenz!"

Er richtete sich an die anderen. „Wer von euch hat diesen erbärmlichen Dreck gelesen?"

„Keiner?"

Volker griff in seine Aktentasche und holte die Bildzeitung heraus. „Ich lese es euch vor, und dann stimmen wir mit Handzeichen ab. Okay?"

Niemand widersprach.

◆ ◆ ◆

Justus war der Einzige, der nicht die Hand gehoben hatte, als sie Ankes Rauswurf beschlossen. Das Entsetzen, wie sie mit ihr umgingen und wie hasserfüllt Michael gegen sie polemisiert hatte, stand ihm im Gesicht geschrieben.

„Wir brauchen hier keine Schweine, die unsere Ideale verraten!“, hatte der Junge geschrien und hinzugefügt, sie solle froh sein, es nicht mit der Antifa zu tun zu haben.

Justus stand auf und griff nach seinem Jackett. „Ich finde, Anke hätte unser aller Unterstützung verdient.“ Er sah in die Runde, doch sie wichen seinem Blick aus. „In euren Augen sehe ich nur Unverständnis und Feindschaft. Dies hier ist nicht mehr mein Platz.“

Er blieb neben Michael stehen. „Und du?! Du zügelst besser deinen Hass, anstatt ihn gegen Menschen zu richten, die weiß Gott mehr für die Erde tun, als in ihren Mitmenschen nur den Feind zu sehen.“

Michael sprang auf, doch Grischa hielt ihn fest.

„Lass mich los“, schrie Michael, doch Grischas Griff verstärkte sich nur.

Die Tür fiel hinter Justus ins Schloss. Es war wie ein Startsignal für Anke, aus ihrer Erstarrung zu erwachen und Justus mit eiligen Schritten zu folgen.

◆ ◆ ◆

Volker unterbrach die plötzliche Stille. „Leute! Manchmal ist es gut, wenn man Opportunisten und Verräter rechtzeitig enttarnt und aus der Gruppe entfernt, bevor sie ihr Zersetzungswerk weiter betreiben!“

„Aber wie soll das jetzt weitergehen? Wo wir nur noch zu sechst sind!“, fragte Karl in die Runde.

Volker und Armin wechselten einen raschen Blick.

„Das frage ich mich auch!“, sagte Christa und setzte sich auf den freigewordenen Platz neben Karl. Ihr Duft traf auf seine Nase und er zog begierig die Luft ein. Es war das gleiche Parfum, wie an dem Tag, als sie zusammen auf seiner Couch gelegen hatten.

Wenigstens etwas Erfreuliches, dachte er. Anke tat ihm leid. Sie war eine Idealistin. Zwar auf dem Holzweg, aber mit lauteren Absichten. Gerade deshalb hatte er für ihren Ausschluss aus der Gruppe gestimmt.

Etwas Besseres konnte ihr doch nicht passieren. Der einfachste Weg, sich endgültig von solchen Spinnern zu trennen, war der Rausschmiss aus der Sekte. Eine Klage von Anke konnte die Bildzeitung auch nicht gebrauchen und ohne Prozesskostenhilfe würde sie sich keinen Anwalt nehmen.

Er nahm sich vor, mit Kai zu reden, damit er Anke zukünftig in Frieden ließ. Es war unnötig, sie weiter zur Zielscheibe der Berichterstattung zu machen. Außerdem hatte sich Stephan in sie verliebt. Jetzt, wo sie rausgeworfen war hatte er vielleicht eine Chance, sie näher kennenzulernen.

Für Karl war das baldige Ende der Endzeit-Gruppe absehbar. Doch es gab eine neue Spur, die ihm vielversprechend erschien. Es war die SET, mit der Armin in Kontakt stand. Sprach man ihn darauf an, hielt er sich auffallend bedeckt. Die SET finanzierte diese Sekten, die den baldigen Weltuntergang prophezeiten, wenn im Fernsehen ein paar heiße Sommertage zur Klimakatastrophe hochgepuscht wurden.

Doch vorher galt es herauszubekommen, was hinter Volkers und Grischas Andeutungen über die große geplante Aktion steckte. Wenn das erledigt war, konnte man mit dieser Spinnertruppe keinen Blumentopf mehr gewinnen.

◆ ◆ ◆

Christas Parfum umnebelte ihn und er schielte zu ihr hinüber. Sie hatte sich doch nicht grundlos neben ihn gesetzt! Unter ihrem engen Kleid zeichneten sich ihre Formen deutlich ab. Auf ihre Art zog sie ihn an. Christas Schwächen, Geld und guter Sex, konnte er befriedigen. Als ihre Blicke sich trafen, rückte sie ein Stück näher zu ihm.

Michaels erregte Stimme brachte ihn zurück in die Gegenwart. „Wir dürfen solche Verräter doch nicht einfach so abhauen lassen. Wer weiß, was die beiden jetzt gegen uns unternehmen?!"

„Hör auf mit deiner Hetze, Michael", schrie Volker. „Wir haben Besseres vor, als solchen

Rachegelüsten nachzugehen. Hast du vergessen, worum es uns eigentlich geht?“

Michael verzog sein Gesicht, doch als Volker ihn im Blick behielt, senkte er seinen Kopf.

In dem Jungen brodelt es, dachte Karl. Es sind genau solche Charaktere, die über Nacht vom braven Schüler zum Terroristen werden, wenn nur ihr Ego genug verletzt ist.

„Leute, schauen wir nach vorne! Es geht um unsere Zukunft“, versuchte Armin das Stimmengewirr zu übertönen. „Es ist wahr, wir sind zu Zeit nur sechs Aktive. Eine Aufgabe wird sein, weitere Menschen für uns zu gewinnen.“

Er sah Karl herausfordernd an. „Wir warten mit neuen Aktionen, bis die Hetzpresse sich anderen Themen zugewendet hat.“

„Armin hat recht“, sagte Volker.

„Ich kenne Leute bei *Fridays for Future*, die lieber heute als morgen bei uns mitmachen würden“, warf Michael ein.

„Aber keine Chaoten!“, zischte Grischa.

„Bring die doch das nächste Mal mit“, sagte Karl.

„Vorher muss ich mit denen was klären“, erwiderte Michael.

„Mach das! Wenn weiter nichts vorliegt, dann war es das für heute!“, sagte Armin.

Volker stand auf. „Bevor ihr geht: Keinerlei Aktionen was Justus und Anke betrifft. Es ist schade, dass es so weit gekommen ist.“

Als die anderen aufstanden, blieb Christa

neben Karl sitzen. „Hast du Lust, dass wir zusammen noch was unternehmen?“ Sie fuhr sich mit der Zunge über ihre Lippen.

„Gerne! Magst du noch auf ein Glas mit zu mir kommen?“

„Wenn du Zeit hast?“

Auf der Straße nahm sie seine Hand. „Du, ich freue mich auf unseren Abend!“

Er lächelte und Christa stellte sich ihm in den Weg und küsste ihn.

◆ ◆ ◆

Grischa wartete ungeduldig, bis auch Karl und Christa gegangen waren. Dann stand er auf und ging hinüber zu Volker. „Du! Deine Nachricht! Hat alles geklappt?“

Volker lächelte. „Ja, mein Freund! Du bekommst einen Schweizer Pass und das Geld!“

Grischa strahlte. „Ich fasse es nicht! Wie konntest du das alles auftreiben?“

„Frag besser ihn.“ Volker deutete auf Armin, der dabei war, die Stühle zur Seite zu stellen.

„Armin, ist das Geld von dir?“

„Von der SET“, sagte Armin zögerlich.

„Aber wann wollen die es zurückhaben? Es dauert ewig, bis ich das zusammenbringe. Und das Geld ist doch nur für meine Familie.“

„Gar nicht!“

„Wie? Ich muss es überhaupt nicht zurückzahlen?“

„Nein, aber die Zahlung ist an eine Bedingung geknüpft."

Armin presste seine Lippen zusammen. Es hing von Grischa ab, ob er auf dem Kredit sitzenblieb.

„Was ist das für eine Bedingung?"

„Du müsstest ein paar Waffen von dort mitbringen", sagte Armin leise.

„Waffen?! Was denn für welche? Und wozu?"

„Hast du schon vergessen, was wir in Bogensee besprochen haben?", sagte Volker, der dazugekommen war.

„Ach das! Ich dachte, das ist zurückgestellt, wo wir nur noch zu sechst sind."

„Im Gegenteil", betonte Armin. „Das ist jetzt umso dringender. Es ist die einzige Möglichkeit, die Bundesregierung vor der nächsten EU-Ratssitzung auf einen konsequenten Kurs in der Klimapolitik zu bringen."

Volker nickte. „Was meinst du, Grischa? Ist das machbar?"

Grischa zuckte mit den Schultern. „Ich vermute, es wird leichter sein, die Waffen zu besorgen, als meine Familie da heil herauszuholen."

Armin streckte ihm die Hand hin. „Abgemacht?"

Grischa nickte nur. „Ich muss jetzt los!"

„Das Geld und den Pass kannst du dir morgen Nachmittag bei mir abholen", sagte Volker.

Grischa war bereits an der Tür. Auf der Straße

ballte er seine Hände zu Fäusten und schrie. Alles würde sich zum Besseren wenden. Seine Schwester brauchte sich nur ein wenig gedulden und solange gut auf die Mutter aufpassen, bis er eintraf.

◆ ◆ ◆

Es ist leicht verdientes Geld, hatte Armin ihr gesagt. Du überredest Karl, dich nach den Gruppentreffen mit in seine Wohnung zu nehmen. Christa dachte an die siebenhundert Euro, die er ihr dafür versprochen hatte. Außerdem kam es ihr gelegen, mit Karl einen netten Abend zu verbringen. Neben dem Geld, das sie von Armin bekam, gefiel es ihr, sich von Karl mit leckerem Essen und im Bett verwöhnen zu lassen.

Nach dem heutigen Abend war es ihr fast gleichgültig, welche Rolle Karl in der Gruppe spielte. Mit den Endzeit-Aktivisten war es sowieso bald vorbei. Anke und Justus waren raus und Karl hatten sie längst abgeschrieben. Damit blieben nur noch fünf, mit dem Jüngelchen Michael und dem verschlossenen Grischa, aus dem sie nie so recht schlaugeworden war.

„Ich habe nicht groß was zu essen bei mir", sagte Karl auf dem Weg zum S-Bahnhof „Sollen wir nicht vorher zu dem Italiener um die Ecke gehen?"

Christa hatte Hunger und hätte liebend gerne

ja gesagt. Aber Armin hatte darauf gedrungen, sie müsste unmittelbar nach dem Gruppentreff mit Karl in seine Wohnung gehen. Sie hatte sich gefragt, warum ihm das so wichtig war. Hatte er dort eine Wanze versteckt? Dann bekommt er von mir *life* zu hören, was Karl für ein toller Liebhaber ist. Der Gedanke daran entlockte ihr ein Kichern.

„Warum lachst du?"

„Du, lass uns lieber gleich zu dir gehen." Sie küsste ihn leidenschaftlich und spielte mit ihrer Zunge in seinem Mund.

„Du machst mich verrückt, Christa."

„Wir rufen besser ein Taxi, die S-Bahn kommt nur alle zwanzig Minuten."

Karl lachte. „Hör ich recht? Ein Taxi! Das passt aber nicht zum Engagement für den Klimaschutz, oder?"

„Ach, das Taxi fährt sonst auch nur leer herum. Wenn wir ewig auf die S-Bahn warten, stehen wir uns die Beine in den Bauch."

Sie warf ihm einen Schlafzimmerblick zu. „Vielleicht bin ich dann zu müde!"

„Darauf werden wir es nicht ankommen lassen!" Karl sah sich im vorbeifahrenden Verkehr nach einem freien Taxi um.

◆ ◆ ◆

Volker kannte Adil aus der Zeit, als er sich in der *Gesellschaft für bedrohte Völker* engagiert hatte. Adil war Uigure und gehörte zu einer unterdrückten muslimischen Volksgruppe in der Provinz Xinjiang im Nordwesten Chinas. Viele Uiguren entzogen sich der rigorosen chinesischen Umerziehungspolitik durch Flucht ins Ausland, andere leisteten verzweifelt dagegen Widerstand.

So wie Adils Bruder Alim, der auf dem Bahnhof einer chinesischen Provinzhauptstadt von Polizisten erschossen wurde. Seitdem hasste Adil die Han-Chinesen. Sie stellten die Mehrheit in dem zentralistischen Land, das Minderheiten nur soweit duldete, wie sie sich der staatlichen Politik unterwarfen. Nach dem gewaltsamen Tod seines Bruders war Adil nach Deutschland geflüchtet.

Unter den Exilanten in Deutschland fielen die Uiguren nicht sonderlich auf. Sie galten allgemein als gut angepasst, doch einige von ihnen waren aktiv in ihrem Kampf um die Unabhängigkeit ihrer Provinz von den Han-Chinesen, die sich in immer größerer Zahl in Xinjiang ansiedelten.

Volker hatte den Kontakt zu Adil nie völlig abreißen lassen, auch nachdem er in der Endzeit-Gruppe eine neue politische Heimat gefunden hatte. Hinter Volkers Plan, den chinesischen Botschafter Chuan Chen zu entführen, stand die Idee, dass er Adil dafür gewinnen könnte. Adil sprach Mandarin und kannte andere verfolgte Exilanten aus dem Reich der Mitte.

Als Volker ihm vorschlug, bei der Aktion mitzumachen, war Adil einverstanden. Klimafragen interessierten ihn nicht, doch es genügte ihm, wenn sich die Aktion gegen den Staat richtete, der seinen Bruder Alim auf dem Gewissen hatte.

Er begann sich unter den Exilanten umzuhören und bekam darüber Kontakt mit einer Botschaftsangehörigen, die aus verletzter Eitelkeit einen Hass gegen Chuan Chen hatte. Sie war bereit, ihn über die Gewohnheiten des Botschafters zu informieren, um so einen Weg zu finden, an ihn heranzukommen. Im Gegenzug versprach Volker sich um Waffen und um ein geeignetes Versteck für den Entführten zu kümmern.

Doch bevor dieser Plan Gestalt annahm, bat Volker ihn um seine Mithilfe. Es ging um einen Verräter, der ihrem Plan gefährlich werden konnte.

Adil war davon nicht sonderlich begeistert. Er hatte nur zugestimmt, weil sein Kontakt mit der Botschaftsangehörigen inzwischen soweit gediehen war, dass eine realistische Chance bestand, an Chuan Chen heranzukommen.

◆ ◆ ◆

Adil spaziert seit einer halben Stunde in Sichtweite des Mietshauses, dessen Adresse ihm Volker genannt hat. Er wartet auf ein Pärchen, das hier bald eintreffen wird. Auf den Fotos, die Volker ihm gegeben hat, sind der Mann und die Frau deutlich zu erkennen.

Adil trägt einen modischen Hut mit breiter Krempe. Mund und Nase sind mit einer FFP2-Maske bedeckt. Es ist ein Glücksfall, dass auch nach dem Ende der Pandemie genug Leute solche Masken auf der Straße tragen. Für Adil ist es die Möglichkeit, sich zu verkleiden, ohne deswegen aufzufallen.

„Die beiden werden vermutlich von der S-Bahn-Station am Innsbrucker Platz kommen“, hatte Volker ihm gesagt.

Adil bummelt die Straße in Richtung des S-Bahnhofs entlang. Am Schaufenster eines nahegelegenen Sportgeschäfts hält er an und läuft langsam den gleichen Weg wieder zurück.

Inzwischen setzt die Dämmerung ein. Es wird nicht mehr lange dauern, bis die beiden eintreffen. Adil hofft nur, dass im entscheidenden Moment nichts dazwischenkommt.

Er schaut auf die Uhr und steckt sich eine Zigarette an, die er wegwirft, als ein Taxi vor dem Haus anhält. Durch die getönten hinteren Scheiben sieht er nur schemenhaft, wie jemand vom Rücksitz dem Fahrer Geld nach vorne reicht. In der Zwischenzeit ist eine Frau ausgestiegen. Sie wartet auf dem Gehweg, bis der Mann hinter dem Auto hervorkommt.

Er läuft auf sie zu. Adil drückt sich tief in

die Toreinfahrt neben dem Hauseingang. Es sind eindeutig seine Zielpersonen, die sich jetzt im Licht der Straßenlaterne küssen. Nur das Taxi steht immer an der gleichen Stelle. Der Fahrer telefoniert, während der Motor läuft.

„Fahr‘ endlich los, du Hund“, flucht Adil leise, als die beiden sich aus ihrer Umarmung lösen und Anstalten machen, auf das Haus zuzugehen.

In diesem Moment leuchtet das gelbe Taxi-Schild auf und der beige Mercedes entfernt sich. Der Mann zieht ein Schlüsselbund aus seiner Jackentasche und steht an der Haustür. Die Frau ist ihm gefolgt und schmiegt sich an seinen Rücken.

Das ist der Moment.

Adil tritt leise hinter die beiden heran. Er legt der Frau seinen Arm eng um den Hals und hält dem Mann das Messer so an die Kehle, dass sie es sehen muss.

„Still!“, zischt er, als die Frau einen erstickten Laut von sich gibt.

Bremsen quietschen. Ein weißes Auto steht an der Stelle, wo zuvor das Taxi gestanden hat.

◆ ◆ ◆

Karl fühlt das Messer an seinem Hals, als ihm ein Stück Stoff über den Kopf gestülpt wird. Jemand greift seine Arme und fesselt ihm die Hände auf dem Rücken. Kabelbinder, überlegt er, während man ihn unsanft in ein Auto schubst.

Die Türen klappen und er wird in den Rücksitz gedrückt.

„Christa!“, schreit er. Keine Antwort. Der Geruch von ihrem Parfum ist verflogen.

Das Auto beschleunigt.

„Was wollt ihr von mir?“

„Still“, zischt der auf der Rückbank neben ihm.

„Das Portmonee steckt innen in meiner Jacke. Bedient euch und lasst mich hier raus!“

Keine Antwort. Das Auto bremst scharf ab. Der Typ neben ihm durchsucht seine Jacke, und zieht seine Brieftasche und das Handy heraus. Ein hässliches Knirschen ertönt. Karl tastet mit seinen gefesselten Händen nach dem Türgriff. Er lässt davon ab, als sich das Messer schmerzhaft in seinen Hals bohrt.

„Sagt mir endlich, was ihr von mir wollt?“

Das Auto beschleunigt. Mit der Zeit werden die Geräusche des Stadtverkehrs weniger. Karl schätzt, dass mehr als eine halbe Stunde vergangen ist.

Plötzlich quietschen die Bremsen, und ein Ruck wirft ihn gegen den Vordersitz. Er erwartet den Zusammenstoß, dann sind seine Entführer geliefert.

„So ein Idiot!“, schreit es von vorne.

Die Stimme ist unverkennbar.

„Volker?! Bist du es?“

Keine Antwort. Der Kerl neben ihm knurrt bösartig und verstärkt den schmerzhaften Druck mit dem Messer.

Das Auto setzt sich wieder in Bewegung.

„Gib dir keine Mühe, Volker Friedmann. Ich habe dich erkannt! Halte sofort an und reite dich nicht noch mehr in die Scheiße", schreit Karl.

„Sei still, sonst bist du tot!", sagt der mit dem Messer.

◆ ◆ ◆

Armin hielt Christa an beiden Schultern fest und schüttelte sie. „Hör jetzt endlich auf! Schrei hier nicht so hysterisch herum!"

Außer Atem starrte sie ihn entsetzt an. „Was soll die Scheiße! Du hast mich angelogen! Was habt ihr mit Karl vor?"

„Ihm passiert nichts, Christa. Er muss nur solange aus dem Verkehr gezogen werden, bis unsere Aktion vorüber ist. Falls du es nicht weißt, er ist Reporter der Bildzeitung und hat das zu verantworten, was da über dich und uns alle geschrieben steht. Ihm haben wir es zu verdanken, dass Anke und Justus aus der Gruppe raus sind."

„Und was ist jetzt mit meinem Geld?"

„Das bekommst du, aber kein Wort darüber, was hier passiert ist."

„Wer war dieser Irre mit dem Messer? Ich dachte, der will mich umbringen."

„Ein Freund von Volker. Ich kenne ihn nicht."

„War Volker im Auto? Wo bringt ihr Karl hin?"

Armin keuchte, weil sie sich gegen seinen Griff

wehrte.

„Bleib still und hör endlich auf zu fragen! Je weniger du weißt, desto besser. Du hängst genauso in der Sache drin wie wir. Wenn du quatschst, werden Volker und ich bezeugen, dass du von allem vorher wusstest und mitgemacht hast."

Christa befreite sich endlich aus seinem Griff. Sie trat einen Schritt zurück und spuckte vor ihm aus. Armin war ihr noch widerlicher als zuvor. Sie ekelte sich bei dem Gedanken, dass sie vor kurzem mit ihm im Bett gewesen war. Ein kleiner, schmieriger Erpresser.

„Fahr jetzt am besten nach Hause, Christa. Wenn dich einer hier gesehen hat, gebe ich dir ein Alibi, dass wir beide die ganze Zeit zusammen gewesen sind."

Er griff nach ihrer Hand. „Du kannst auch gerne für den Rest der Nacht mit zu mir kommen."

„Du Scheusal! Lass mich jetzt endlich los."

Sie stieß ihn zurück. Am liebsten hätte sie ihm das Gesicht zerkratzt. Doch sie riss sich zusammen. Sie brauchte dringend das Geld. Nach zwei Mieten Rückstand drohte ihr die Kündigung ihrer Wohnung und der Rausschmiss. Wenn sie jetzt gegen Armin und Volker Anzeige erstattete, landete sie bald auf der Straße.

„Morgen muss ich spätestens mein Geld haben."

Christa drehte sich auf dem Absatz um und lief mit schnellen Schritten zum S-Bahnhof, der ein paar hundert Meter entfernt lag.

◆ ◆ ◆

Der Lärm des Straßenverkehrs ist schon lange verstummt, als das Auto anhält und das Geräusch des Motors erstirbt.

„Volker, wir müssen reden", sagt die fremde Stimme, hinter der sich ein Akzent versteckt. Karl überlegt fieberhaft, doch er ist außerstande, sie einem bekannten Gesicht zuzuordnen. Er hört, wie die Autotüren klappen. Für einen Moment weht durch die geöffnete Tür kühle Luft herein. Das wenige Licht, das anfangs durch seine Stoffkapuze drang, ist einer tiefen Dunkelheit gewichen. Es muss mehr als eine Stunde vergangen sein, seitdem sie unterwegs sind. Für alles gibt es nur einen Grund. Sie haben ihn enttarnt.

Volker und Adil stehen am Ufer des Bogensees. Weit genug vom Auto entfernt, dass Karl sie nicht hören kann.

„Er hat dich erkannt", zischt Adil. „Und das ist allein deine Schuld. Hättest du nicht laut geflucht, wäre alles wie vorgesehen abgelaufen."

„Was kann ich dafür, dass uns dieser Trottel die Vorfahrt genommen hat. Wäre dir ein Frontalzusammenstoß lieber gewesen?"
Adil spuckt auf den Boden. „Das ist nun auch

egal."

Er steckt sich eine Zigarette an. „Wie ursprünglich geplant, geht es jetzt nicht mehr."

„Wieso nicht? Wir sperren ihn hier in den Keller und raus kommt er erst, wenn das mit dem Botschafter gelaufen ist. So war es doch vorgesehen."

„Damit er uns verrät?" Adil schüttelt heftig den Kopf. „Ist dir klar, was das für meine Familie in Xinjiang bedeutet? Lager, Folter und Tod!"

„Aber er kennt dich doch überhaupt nicht!"

„Er hat dich erkannt und das reicht, dass sie auf mich kommen."

„Nein! Ich halte dicht!"

„Du?" Adil lächelt und schüttelt den Kopf.

„Es gibt nur eine Lösung", sagt er und reicht Volker das Messer.

Volker zögert, als er das Messer in der Hand hält. Es hat eine lange, schmale Klinge.

„Tu es! Du hast uns im Auto verraten, also musst du es wiedergutmachen."

Volker schüttelt den Kopf. „Adil, nein! Das kann ich nicht. Auch wenn er es verdient hat."

Der Uigure spukt vor ihm aus. Er braucht Volker, um die Waffen und das Versteck zu organisieren. Nur deshalb gibt er nach.

„Du bist ein Möchtegern-Revolutionär, Volker. Gib schon her." Adil reißt ihm das Messer aus der Hand und stiefelt über den weichen Boden zum Auto zurück.

Das Geräusch der Autotür, die aufgerissen

wird, schreckt Karl aus seinen Gedanken.

„Raus mit dir!“, ruft die fremde Stimme und Karl wird an seiner Jacke mit Gewalt ins Freie gezogen. Er hört das Zirpen der Grillen. Seine Füße stolpern über den mit Gras bedeckten Boden.

Er bekommt einen Stoß in den Rücken. „Vorwärts!“

Karl befürchtet das Schlimmste. „Volker!“, ruft er. „Wir machen einen Deal!“

Doch er bekommt keine Antwort.

„Hörst du nicht, Volker? Keine Berichte mehr über die Gruppe! Ich verrate euch nicht. Versprochen.“

Volker steht am Ufer des Sees und stöhnt. Ohne Adil hätte er das nie über sich gebracht. Er wendet sich ab von dem, was kommt.

Nach einem erneuten Schubs in den Rücken und ein paar weiteren Schritten sind Karls Füße im Wasser. Ein Tritt in die Kniekehlen bringt ihn zu Boden.

„Nein…!!!“ Sein Aufschrei endet in einem Gurgeln, als Adil ihm das Messer quer durch die Kehle zieht.

Am Himmel ziehen die Wolken rasch in östlicher Richtung. Sie geben den Mond frei, der die beiden Männer und die im Wasser liegende Gestalt beleuchtet.

„Wie tief ist dieser See, Volker?“

„Keine Ahnung! Tief genug, hoffe ich.“

Volker holt das Seil aus dem Kofferraum, mit

dem sie Karl ursprünglich fesseln wollten. Er bindet es um einen Betonklotz, ein Rest der Absperrung, die den See einmal umgab. Das andere Ende des Strickes schlingt Adil um Karls Oberkörper.

„Los! Rein ins Wasser mit ihm", flucht Adil, als Volker regungslos vor Karls Leiche steht.

„Hilf mir! Steh nicht rum! Mach schon!"

Mit dumpfem Gluckern verschwindet Karls beschwerte Leiche unter der Oberfläche des Bogensees. Es ist die gleiche Stelle, an der in früherer Zeit manch ein Systemfeind für immer verschwunden war.

TAG 13

Samstag

Christa hatte in dieser Nacht kaum ein Auge zugetan. Der Gedanke daran, was vor wenigen Stunden geschehen war, ließ sie nicht mehr los. Es ging alles so schnell. Der Typ mit dem Messer, der aus dem Nichts kam. Und das Auto, mit dem sie Karl verschleppt hatten? Sie hatte das Gesicht des Fahrers nicht erkannt.

Jetzt war ihr klar, warum Armin darauf bestanden hatte, dass sie gleich nach der Sitzung Karl in seine Wohnung lotsen sollte. Sein Wohnhaus war der verabredete Treffpunkt. Armin war mitgekommen, um sie in Schach zu halten. So blieb nur Volker, der ihr sagen konnte, was sie mit Karl vorhatten.

Ihr ungutes Gefühl mit der Gruppe hatte sich in nackte Angst verwandelt. Nach dem Treffen in Bogensee hätte es ihr klar sein müssen.

Spätestens gestern Abend hätte sie Justus und Anke folgen sollen.

Doch nun war das nicht mehr möglich. Armin hatte gedroht, sie als Komplizin reinzureiten, falls sie nicht mitspielte.

Außerdem brauchte sie dringend das Geld. Selbst wenn sie die siebenhundert Euro abschrieb, blieb sie Zeugin von Karls Entführung. Vielleicht hatte sie jemand mit ihm vor dem Haus gesehen. In diesem Moment hatte sie ihre Augen nur für ihn gehabt. Wenn sie keine Anzeige erstattete, wurde sie automatisch zur Komplizin.

Christa überlegte. Sie konnte zu ihrer Entschuldigung sagen, sie hätte unter einem Schock gestanden. Oder angenommen, es wäre nur ein schlechter Scherz gewesen. Doch spätestens, wenn man nach Karl suchte, würde das nicht mehr stichhaltig sein. Es gab nur eine Möglichkeit. Sie musste mit Volker reden, um herauszubekommen, wie tief sie in der Scheiße steckte.

Christa wunderte sich. Karls Schicksal war ihr nicht gleichgültig. Durch ihn hatte sie seit langem wieder etwas für einen Mann empfunden. Gefühle, die über bloßen Sex und Geld hinausgingen. Sie wusste nicht, ob er genauso empfand, doch spielte es in diesem Moment auch keine Rolle.

Sie machte sich einen Kaffee und zündete sich eine Zigarette an. Die Küchenuhr zeigte auf 6:25

Uhr. So früh stand sie sonst nie auf. Hunger hatte sie nicht. Sie grübelte darüber, was sie mit ihm angestellt hatten.

Vermutlich hatten sie ihn nach Bogensee gebracht. Dort, wo Volker plante, den chinesischen Botschafter zu verstecken. Sie erinnerte sich an die vielen unbewohnten Gebäude und an das Gelände, dass so aussah, als wäre es früher hermetisch abgeriegelt gewesen.

Volker kannte sich da bestens aus. Wenn Karl dort eingesperrt war, musste sich jemand um ihn kümmern. Volker oder der Heini mit dem Messer, falls es nicht noch mehr Komplizen gab.

Karl war kräftig. Sie hatte seine Muskeln gefühlt, als sie mit ihm im Bett war. Wäre der Typ nicht bewaffnet gewesen, hätte Karl ihn spielend überwältigt.

Nachdem sie ihre Gedanken geordnet hatte, zündete sie sich eine zweite Zigarette an. Sie schrieb eine Nachricht an Armin. „Muss dich und Volker dringend sprechen. Christa."

◆ ◆ ◆

Das Handy vibrierte auf dem Nachttisch. Schlaftrunken tastete Armin danach, bis er es fand. Es war eine Nachricht von Christa, die ihn daran zweifeln ließ, ob sie durchhielt.

Er fluchte und richtete sich auf. Gestern Abend hatte er doch alles mit ihr besprochen. Wenn sie trotzdem mit ihm und Volker reden wollte, doch nur, weil sie hoffte, ungeschoren aus der Situation herauszukommen.

Er musste sie hinhalten. Er würde ihr Bescheid geben, wenn er mit Volker gesprochen hatte.

Es klingelte an seiner Tür.

Armin bekam einen Schreck. Im ersten Moment dachte er, es wäre die Polizei. Als er öffnete, sah er in Volkers übernächtigtes Gesicht.

„Du schon! So früh!"

„Ich bin mit dem Leihwagen gekommen!"

„Ist etwas schiefgelaufen?"

Volker schüttelte stumm seinen Kopf.

„Und wo ist Karl jetzt?"

„An einem sicheren Ort und mein Freund kümmert sich um ihn."

„Sag mal, dein Freund? Ich habe ihn nur kurz gesehen und er war maskiert. Was ist das denn für einer? Und woher kennst du ihn? Du hattest mir gestern auf der Hinfahrt nur erzählt, er würde uns bei der Sache mit Karl und dem Botschafter helfen."

„Wir kennen uns von früher. Er hat seine eigenen Gründe, mitzumachen, und will unerkannt bleiben. Mehr brauchst du nicht zu wissen. Je weniger man weiß …"

„Schon klar. Und wie hat Karl reagiert?"

Volker sah zu Boden. Die Bilder von der letzten Nacht tauchten wieder auf.

„Er war besonnen und kooperativ."

„Ja? Aber was hat er gesagt?"

„Dass er uns keine Schwierigkeiten bereiten

will."

Das Bild von Karls Abschlachtung verfolgte ihn. Es war Zeit, das Thema zu wechseln. „Ich hoffe, du hast das Geld, Armin. Grischa kommt heute Nachmittag zu mir."

„Ja, das gebe ich dir gleich. Ich habe mich erkundigt. Es gibt günstige Reisemöglichkeiten. Mit dem Flixbus kostet es hundert Euro von Berlin nach Kiew. Von dort aus kann er bestimmt weiterreisen."

„Mit dem Flixbus?" Volker runzelte die Stirn.

„Ja, ich habe mich erkundigt, die Fahrt dauert etwa zwanzig Stunden. Der Bus ist schon Tage vorher ausgebucht, Grischa muss sich ranhalten!" Armin dachte daran, was Tom ihm in der Kirche gesagt hatte. Lange würde sich die SET nicht mehr gedulden.

Volker schüttelte den Kopf. „Unmöglich! Der Bus ist voller Ukrainer, die von Deutschland zu Besuch in die Heimat fahren. Die erkennen doch nach den ersten paar Sätzen, dass Grischa kein Schweizer, sondern einer von ihnen ist. An der Grenze ist er geliefert."

Armin zuckte mit den Achseln. „Wie soll er dann dahin kommen?"

„Es gibt Flüge nach Warschau", sagte Volker. „Von dort aus hat er mehr Möglichkeiten, unerkannt in die Ukraine einzureisen. Am besten, er fährt danach mit dem Zug. Da fällt er weniger auf, als wenn er nur mit seinen Landsleuten im überfüllten Bus sitzt, den sie an der Grenze garantiert nach wehrfähigen Männern durchsuchen."

„Aber Fliegen ist teuer und wie soll er mit den Waffen zurückkommen?"

„Zurück wird sich etwas anderes ergeben, Armin. Grischa braucht auf jeden Fall mehr Geld! Die sechstausend Euro reichen gerade mal für Bestechungen, das war dir doch klar!"

„Wieso? Ich dachte, das würde alle Kosten abdecken." Armin wich Volkers Blick aus. „Sag mal, wie viel Geld hat dir die SET gegeben?"

„Na, die sechstausend, so hieß es doch!"

„Du, wenn wir nicht ehrlich zueinander sind, ist es besser, alles abzublasen", rief Volker wütend.

Dafür hatte er das nicht alles auf sich genommen. Karl war ein übler Spitzel und Hetzer gewesen, und die Rettung von Milliarden Menschen vor dem Klimakollaps war wichtiger als ein Menschenleben. Und Armin? Der feilschte um Geld, das ihm nicht einmal gehörte.

„Die SET hat dir doch das Geld überwiesen, oder? Zeig mir den Beleg!"

„Es ist ein Kredit.", gab Armin widerwillig preis. „Er geht über zehntausend Euro, aber ich hafte allein dafür. Wenn der platzt, muss ich alles zurückzahlen."

„Ach so? Und was hattest du mit den viertausend extra vor?"

Armin stotterte. „Ich dachte, wir brauchen das für die Aktion mit dem Botschafter."

„Ich glaube dir kein Wort, Armin! Außerdem habe ich mich darum gekümmert und jetzt rück das ganze Geld raus.“

„Wie viel soll Grischa denn mitnehmen?“

„Verdammt noch mal, du gibst mir die zehntausend Euro und keinen Cent weniger!“

Armin stand die Enttäuschung ins Gesicht geschrieben. Seine Rücklage hat sich soeben in nichts aufgelöst.

„Volker. Ich allein hafte für den Kredit, wenn es schiefgeht.“

„Hör auf zu jammern. Das ist doch nur Geld. Was riskiert Grischa dagegen? Mindestens Gefängnis oder sogar den Tod!“

Volker wurde übel. Er hatte an diesem Morgen nichts gegessen und kaum geschlafen. Auch wenn er Karl nicht selbst getötet hatte, ohne seine Beihilfe würde er noch leben.

„Was ist mit Christa, Armin? Hält sie dicht?“

„Zuerst war sie völlig hysterisch, aber dann hat sie sich beruhigt. Ich glaube, ihr liegt etwas an Karl. Sie hat sich heute früh bei mir gemeldet und will mit uns reden! Es ist besser, wir gehen darauf ein, bevor sie irgendwelche Dummheiten macht.“

„Nicht einmal das hast du richtig hinbekommen. Hast du ihr nicht deutlich gesagt, dass Karl in Sicherheit ist?“, stöhnte Volker.

„Klar! Mach dir keine Sorgen. Sie braucht die siebenhundert Euro für ihre Miete und ich habe ihr klargemacht, dass sie voll in der Sache mit drinsteckt."

Hoffentlich reichte das, damit sie stillhält, dachte Volker. Er fuhr sich mit den Händen über das Gesicht, um seine Müdigkeit wegzuwischen. Wieder sah er vor sich, wie Adil Karl mit dem Messer durch die Kehle gefahren war, so als schnitt er Butter. Wie gleich darauf das ganze Blut sprudelte...

Er wurde das Bild nicht mehr los. Sein Magen revoltierte und er rannte aufs Klo und übergab sich.

„Ist alles okay mit dir?", fragte Armin besorgt, als Volker nach langen Minuten wieder herauskam.

„Ja! Ich habe nur etwas Schlechtes gegessen."

„Du siehst blass im Gesicht aus!"

Volker stöhnte. „Ich muss jetzt los, Armin! Heute Nachmittag kommt Grischa bei mir vorbei. Gib mir die zehntausend Euro, damit er sein Geld und seinen Pass bekommt. Ich muss noch den Flug nach Warschau buchen."

Armin verkniff seine Lippen. Er zog seine Schreibtischschublade auf und holte den großen Umschlag heraus, in dem die Fünfziger und Hunderter säuberlich gebündelt waren.

◆ ◆ ◆

Nachdem Volker wieder auf der Straße war, atmete er einige Male tief durch. Zuerst hatte es ihm auf der Zunge gelegen, Armin alles zu erzählen. Doch da Armin ihn anlog, war er froh, ihm nicht die Wahrheit über Karl gesagt zu haben. Selbst wenn es erforderlich war, ein Leben für das von Milliarden zu opfern – hätte Volker gerne sein Gewissen erleichtert. Doch es gab niemanden, dem er alles beichten konnte.

Auf Armin war genauso wenig Verlass, wie auf die anderen aus der Gruppe. Selbst Grischa, der ihn umarmt und seinen besten Freund genannt hatte, nachdem er das Geld und den Pass bekommen hatte, hatte nur persönliche Motive.

Grischa ging es um seine Familie, das war etwas, mit dem Volker längst abgeschlossen hatte. Grischa hätte auch nicht verstanden, dass Karl für die Rettung des Weltklimas geopfert werden musste.

Vor ein paar Wochen hatte Grischa ihn gefragt, was der Kampf gegen das Treibhausgas in Zeiten des Krieges für eine Rolle spielte? Warum man für mehr Waffen plädierte, die mit ihrem CO2-Ausstoß den drohenden Klimakollaps nur beschleunigten?

Volkers Antwort hatte ihn nicht zufriedengestellt. Das wären zwei verschiedene Sachverhalte, die man nicht in einen Topf werfen könne, hatte er ihm geantwortet. Wenn die Russen die Ukraine einkassierten, stünde es um das Weltklima auch nicht besser, weil die russische Wirtschaft hauptsächlich durch Gas- und Ölexporte florierte! Doch überzeugt hatte er

Grischa damit nicht.

◆ ◆ ◆

Kai Wegmann machte sich ernsthafte Sorgen. Karl hatte versprochen, sich nach dem Treffen der Klimasekte bei ihm zu melden. Er hätte auch gerne gewusst, ob Anke Scheumann daran teilgenommen hatte. Vermutlich nicht.

Er konnte sich lebhaft vorstellen, wie sie die Frau in die Mangel genommen hatten, nachdem ihre Gegendarstellung in der Bildzeitung publik war. Das Spektakel allein wäre schon eine Schlagzeile wert gewesen! Doch der Abend und die Nacht waren ohne eine Nachricht von Karl vergangen. Außerdem war sein Telefon seit gestern nicht mehr erreichbar.

Karl hatte ihm von seinem Verhältnis mit Christa Barkowski aus der Gruppe erzählt. Eine Gelegenheitsprostituierte, mit der er ins Bett ging. Kai kannte Karls Schwäche für gewisse Frauen und auch, dass ihm dabei zeitweilig sein Verstand abhandenkam. Hatte die Frau etwas mit seinem Untertauchen zu tun?

Nach einem letzten Versuch, ihn zu erreichen, schickte Kai einen Mitarbeiter los, um Karl in seiner Wohnung aufzusuchen. Wenn dabei nichts herauskam, blieb ihm nur noch übrig, eine Vermisstenanzeige zu erstatten.

◆ ◆ ◆

Nachdem Volker mit dem Geld gegangen war, überlegte Armin, was in Christa wohl vorging. Ging es ihr wirklich um Karl oder hatte sie nur Angst um ihren eigenen Arsch? Er hatte geglaubt, dass sie mehr auf Frauen stand, und nahm es ihr übel, wie sie ihn zurückgestoßen hatte.

„Aber mit Karl wärst du gestern schon ins Bett gegangen", fluchte er. „Du wirst noch zu mir angekrochen kommen!"

Karl war erfolgreich aus dem Verkehr gezogen worden, so wie Tom es verlangt hatte. Er rief ihn an. „*Mission completed*! Das Leck ist gestopft." Deutlicher durfte Armin nicht werden, vielleicht war die Telefonverbindung längst angezapft.

„Heute steht nichts über euch in der Bildzeitung.", antwortete Tom, doch aus seiner Stimme klangen Zweifel.

„Es läuft alles planmäßig. Die SET kann mit uns zufrieden sein!"

Armin bemühte sich, optimistisch zu klingen. Wenn von der SET weiterhin Geld floss, war das ein Trost dafür, dass Volker ihm die gesamten zehntausend abgeknöpft hatte.

„Warten wir's ab", sagte Tom und legte auf.

Armin atmete auf. Diese Klippe hatte er umschifft. Es war schon Nachmittag und Christa ließ sich nicht ewig hinhalten. Bevor er Volker anrief, musste er etwas im Magen haben. Er lief hinunter und holte sich einen Döner an dem Imbiss neben Mehmets Zeitungsladen.

So wie es heute früh gelaufen war, hätte er es sich lieber erspart, Volker anzurufen. Doch es blieb ihm nichts anderes übrig. Er erzählte, dass Christa sich total aufgeregt bei ihm gemeldet hatte und darauf bestand, sofort mit Volker zu reden.

Dessen Stimmung war auf dem Tiefpunkt. „Grischa ist gerade gegangen, ich habe mich um seine Reise gekümmert! Es war deine Aufgabe, das mit Christa zu regeln und sie zu beruhigen. Nicht einmal das hast du fertiggebracht."

„Das ist nicht meine Schuld. Sie besteht darauf, mit dir zu reden! Ich kann nicht garantieren, was sie sonst unternimmt. Dein Freund hat sie in eine wahnsinnige Angst versetzt. Sie war total hysterisch."

Volker stöhnte. „Wenn es unbedingt sein muss! Dann treffen wir uns zu dritt! Was Karl betrifft, es bleibt dabei, so wie wir es heute früh besprochen haben."

„Wieso? Gibt es da etwas, was ich nicht weiß?"

„Nein, es ist alles in Ordnung", hörte er Volkers müde Stimme. „Sag ihr, wir treffen uns morgen Abend bei dir! Vorher habe ich keine Zeit!"

◆ ◆ ◆

Volker saß am Schreibtisch und stützte seinen Kopf in beide Hände. Nach einem Moment legte er das Manuskript beiseite, an dem er gerade arbeitete. Nach Armins Anruf war es ihm unmöglich, sich weiter auf seine Arbeit zu konzentrieren.

Mittlerweile türmte sich ein Berg von Problemen vor ihm auf. Christas Drängen verhieß nichts Gutes. Sie war mit den Nerven fertig. Hoffentlich hatte sie ihn gestern im Auto nicht erkannt.

Bis da hatte er noch geglaubt, alles im Griff zu haben. Aber seit Karls gewaltsamen Tod wuchsen ihm die Ereignisse über den Kopf und trieben ihn in eine Richtung, die er nicht mehr kontrollierte. Selbst wenn er sich sagte, die Rettung der Menschheit rechtfertigte den Tod eines Einzelnen, so half das nichts. Er entdeckte eine Schwäche in sich, die er vorher nicht gekannt hatte.

Die Kompromisslosigkeit von Adil war erschreckend. Doch dessen Art, mit Problemen umzugehen, machte Volker zuversichtlich, dass ihr Plan gelingen würde. Adil war ein Kämpfer. Er war bereit, über Leichen zu gehen und notfalls auch sein Leben einzusetzen. Ohne ihn wären sie nie so weit gekommen.

Doch nun gab Adil den Ton an. Auf der Rückfahrt nach Berlin hatte ihm der Uigure regelrecht diktiert, wie die Entführung des Botschafters vonstattengehen sollte. Er hatte Kontakt zu einer Botschaftsangehörigen, die den Tagesablauf von Chuan Chen kannte und ihn mit Informationen versorgte. Mit ihrer Hilfe konnte Adil den geeigneten Moment für die

Geiselnahme bestimmen.

Volker versuchte, eigene Vorschläge in ihr Gespräch einzubringen, doch Adil warf ihm vor, alles nur zu verzögern, wenn rasche Entscheidungen erforderlich waren. Volker hatte die Worte nicht vergessen, die sie auf der Fahrt durch das nächtliche Berlin gewechselt hatten.

„Volker, wann habt ihr die Waffen?“

„Die bekommen wir bald.“

„Wann soll das sein!?“

„Bald!“

„Was ist mit dieser Frau? Wird sie stillhalten?“

„Christa? Na klar!“

„Ich hoffe es für dich, sonst haben wir ein zweites Problem!“

Volker war nicht weiter darauf eingegangen. In der Innenstadt hatte Adil ihm ein Zeichen gegeben, er solle anhalten.

„Lass mich hier raus!“

Volker fuhr rechts ran und brachte das Auto zum Stehen.

Adil öffnete die Beifahrertür. „Volker, du hast mich heute enttäuscht. Ein zweites Mal darf das nicht vorkommen“, hatte sein Bekannter gesagt, bevor er ausstieg und in der Nacht verschwand.

Volker zweifelte nicht daran, dass es ihm damit todernst war.

TAG 14

Sonntag

Grischa hatte nur die notwendigsten Sachen gepackt. Das Flugticket war auf seinen echten Namen ausgestellt. Es war nicht verboten, mit einem ukrainischen Pass nach Polen zu reisen. Grischas Wohnungsnachbarin Susanne, die zwei Katzen hielt, versprach, sich um Swenja zu kümmern. Sein Urlaubsantrag war von der Firma genehmigt und somit war alles geregelt.

Der Flug mit *Austrian Airlines* hob pünktlich um 11:15 vom Flughafen Berlin-Brandenburg ab. Nach einem Zwischenstopp in Wien landete die Maschine drei Stunden später auf dem Warschauer *Airport Chopin*. Grischa kannte die Stadt durch seine Flucht. Er war eine Woche in Warschau geblieben, bevor er weiter nach Deutschland reiste.

Nachdem sie gelandet waren, erkundigte er

sich am Flughafen über die Reisemöglichkeiten in die Ukraine. Es gab es einen Zug, der vom Bahnhof *Śródmieście* heute Abend nach Kiew fuhr. Eine Direktverbindung nach Kramatorsk gab es nicht. Die Stadt war wegen ihrer unmittelbaren Nähe zur Front ein wichtiger Knotenpunkt für das Militär und damit ein Ziel russischer Raketenangriffe.

Es hatte dort am Bahnhof Zerstörungen gegeben, doch Grischa blieb zuversichtlich. War er erst einmal in Kiew, würde sich schon eine Reisemöglichkeit in seine Heimatstadt finden.

Er hatte nicht vor, länger als nötig in der Ukraine zu bleiben. Seine Hand tastete nach der Bauchtasche, in der er die zehntausend Euro verwahrte. Das Geld würde reichen, um für Mascha eine Ausreisegenehmigung zu bekommen. Für seine Mutter genügte ihr ukrainischer Pass. Blieb noch die Frage offen, woher er die Waffen bekam.

Grischa hatte gegenüber Mascha seinen Entschluss nur angedeutet. Es war möglich, dass ihre Skype-Verbindung abgehört wurde. Er hatte ihre Adresse, doch die neue Wohnung, in der seine Schwester jetzt mit Mutter lebte, kannte er nicht.

Wenn sie nicht zu Hause wäre, könnte sie den Wohnungsschlüssel unter die Fußmatte legen, hatte er gemeint. Mascha hatte nicht weiter nachgefragt, was ihr Bruder vorhatte. „Pass gut auf dich auf, Grischa!“, hatte sie gesagt und geweint.

Am Flughafen wechselte er ein paar Euros in polnische Zloty. Das umgetauschte Geld sollte reichen, um sich ein Zugticket und etwas zum Essen zu kaufen. Ihm knurrte der Magen. Außer einem Brötchen hatte er seit heute früh nichts gegessen.

Vom Flughafen fuhr ein Bus bis zum Bahnhof *Śródmieście*. Der brauchte dazu eine halbe Stunde und Grischa stillte seinen Hunger am ersten Imbiss, den er dort fand. Er kaufte sich ein Ticket 1. Klasse nach Kiew und in einem Supermarkt etwas Reiseproviant. Ihm blieb noch Zeit, der Zug fuhr erst am späten Nachmittag. Laut Fahrplan brauchte es um die zwanzig Stunden bis zum Kiewer Hauptbahnhof.

Er war Volker dankbar, weil der sich so um ihn gekümmert hatte. Was die Rückreise betraf, so war alles offen. Wenn sie stattfindet, dachte Grischa. Er hatte Volker versprochen, sich sobald wie möglich bei ihm zu melden.

Der Koffer in seiner Hand wog kaum etwas, obwohl er recht groß war. Bis auf die paar Sachen, die er für sich mitgenommen hatte, enthielt er einen doppelten Boden, um die Waffen darin schmuggeln zu können.

„Wenn es dazu kommt …“, sagte er sich und zuckte mit den Schultern.

Er setzte sich in das Bahnhofsbistro, trank einen Kaffee und ging im Kopf alles durch. Die planmäßige Abfahrt von Warschau war für

17:45 Uhr. In der Grenzstadt *Chełm* musste er in den D-Zug nach Kiew umsteigen. Dort sollte der Zug gegen dreizehn Uhr am folgenden Tag ankommen. Verlass war darauf nicht. Kriegsbedingt fielen Züge aus oder wurden umgeleitet. Die russischen Raketenangriffe ließen Fahrpläne in Sekundenschnelle zu Makulatur werden.

Die Zeit schlich langsam dahin. Als der blausilberne Intercity der polnischen Staatsbahn endlich auf Gleis 14 einrollte, seufzte Grischa erleichtert auf. Er war seinem Ziel ein kleines Stück nähergekommen.

◆ ◆ ◆

Christa erschien zwanzig Minuten früher, als es verabredet war. Armin öffnete und blaffte sie an, warum sie sich so hatte. Er hatte er ihr doch gestern schon erklärt, dass es Karl gutging und auch sonst alles in Ordnung war.

„Du hast mich angelogen!“, schrie sie.

„Schrei hier nicht rum!“ Er zog sie in die Wohnung und schloss die Tür.

„Warum hast du mir nicht vorher erzählt, was ihr mit Karl vorhattet?“

„Das habe ich dir doch schon erklärt, Christa.“

„Nichts hast du!“ Sie starrte ihn wütend an.

Zwanzig Minuten später stand Volker in der Tür. Er sah mürrisch und müde aus. Als er sie erblickte, herrschte er Christa an. Ob sie denn kein Vertrauen habe? Ob es ihr mehr um Karl ging, als um die Gruppe?

„Vertrauen!?“ Sie spukte das Wort aus. „Ihr habt mir nichts davon gesagt, was ihr vorhattet. Das war nicht verabredet, dass Karl gekidnappt wird und dazu noch so brutal. Wer war dieser Mistkerl, der mich mit dem Messer bedroht hat? Ein Mucks von mir und der hätte zugestochen!“

„Du solltest möglichst unbefangen sein, als du mit Karl losgezogen bist. Nur deswegen haben wir dir nichts davon erzählt.“

Christa verzog ihr Gesicht. Es stimmte. Wenn sie im Bilde gewesen wäre, was sie planten, wäre sie nicht darauf eingegangen. Sie starrte für einen Moment ins Leere. Jetzt war es zu spät und sie brauchte das Geld.

„Vertraut ihr mir oder nicht!?“

„Natürlich vertrauen wir dir!“, sagten beide unisono.

„Okay. Dann möchte ich zwei Sachen von dir wissen, Volker. Hast du in dem Auto gesessen?“

„Das spielt doch keine Rolle!“

„Und wer ist der Typ mit dem Messer?“

„Der wird uns bei der Aktion mit dem Botschafter unterstützen. Das hatte ich dir schon gestern erklärt!“, sagte Armin.

„Ich will es aber von Volker selbst wissen!“

„Es stimmt, was Armin gesagt hat. Er besteht darauf, dass ihn keiner aus der Gruppe kennt.“

„Komisch!“, erwiderte sie. „Wir tauschen uns doch alle untereinander aus.“

„Wir schon, aber er gehört nicht zu uns!“

„Wieso vertraust du ihm dann?“

„Wir brauchen ihn und er braucht uns, Punkt“, erwiderte Volker.

„Und wo ist Karl jetzt?“

„In Sicherheit!“

Volker sah sie verächtlich an. „Wieso zweifelst du daran? Liegt dir was an ihm, oder warum fragst du?!“

Christa hielt ihre Tränen nicht mehr zurück. „Du Arsch! Was soll der Scheiß!? Ihr macht aus mir eine Komplizin und dich interessiert nur, ob ich mich in ihn verliebt habe!“

Sie schniefte und wischte sich über ihre Augen. „Du Scheißkerl!“

Volker trat näher an Christa heran. Als sie sein Gesicht sah, wich sie einen Schritt zurück.

„Falls Armin dir das nicht genug erklärt hat, sage ich es nochmal! Du hängst bei Karls Entführung genauso drin wie wir. Bilde dir nicht ein, du könntest dich deiner Verantwortung entziehen. Wenn dir etwa einfällt, jemanden von uns zu denunzieren, bist du selbst dran!“

„Mitgefangen, mitgehangen.“ Armin grinste blöd.

„Das habe ich zu Genüge verstanden! Was ist jetzt mit meinem restlichen Geld?“, fauchte sie.

Volker sah sie fragend an.

„Die siebenhundert Euro! Die du mir versprochen hast, Armin!“

„Klar, die bekommst du!“

Er holte einen Umschlag aus seinem Schreibtisch. „Volker ist Zeuge, dass zwischen uns alles wie abgesprochen gelaufen ist.“

Christa nahm das Geld und stopfte sich die Banknoten hastig in ihre Jackentasche. „Ich muss heute noch meine Miete bezahlen, sonst sitze ich bald auf der Straße.“

Sie hielt es in Armins Wohnung nicht länger aus.

„Wir sehen uns beim nächsten Gruppentreffen“, rief Armin ihr hinterher.

Christa antwortete ihm nicht und schlug die Tür hinter sich zu.

„Na das war ja was! Glaubst du, dass sie dichthält?“, fragte Volker.

„Na klar! Die braucht das Geld und bisher ist doch weiter nichts groß passiert.“

Er zuckte mit den Schultern. „Was guckst du so bedröppelt, Volker? Das ist doch nur Freiheitsberaubung! Sowas geht zur Not als Scherz durch, oder?“

Volker nickte, ohne etwas zu sagen.

„Kümmert sich dein Freund denn um Karl? Wenn wir ihn für ein paar Tage festhalten, ist das doch notwendig!“

„Mach‘ dir darum keine Sorgen, Armin.“

Volker sah vor sich auf den Boden. „Ich habe noch nichts von Grischa gehört. Hoffentlich läuft alles so wie geplant.“

Armin bekam einen Schreck. Da war wieder der Gedanke, dass der Ukrainer auf Nimmerwiedersehen mit dem Geld verschwunden blieb. Wenn die SET dann die Geduld verlor, war es zu spät.

„Ich werd mal los, Armin!“

„Bevor du gehst, Volker. Wie läuft es weiter mit dem Botschafter?“

„Zuerst brauchen wir Waffen. Du bekommst Bescheid, sobald ich etwas von Grischa höre.“

„Aber am Ende hängt alles von deinem Freund ab, oder?“

„Ein wenig schon. Weder du noch ich wissen, wie die Gepflogenheiten des Botschafters aussehen!“

Volker nickte zum Abschied und zog die Tür hinter sich zu.

TAG 15

Montag

Grischa wurde nervös, nachdem er in Chełm den Zug gewechselt hatte. Bis zur ukrainischen Grenze war es jetzt nicht mehr weit. Draußen herrschte Dunkelheit. Die Uhr zeigte auf 23:12. Dreißig, höchstens vierzig Kilometer, dann war es soweit.

Er saß im Wagen der 1. Klasse. Das teure Ticket schreckte die meisten seiner Landsleute davor ab, und so würde er nicht mit zu vielen Ukrainern in einem Abteil sitzen. Tatsächlich saßen dort nur ein Engländer, der die ganze Zeit las und zwei Männer unterschiedlichen Alters, die sich auf Polnisch unterhielten.

Grischa griff einige Male in seine Jackentasche und tastete nach dem Pass. Seine ukrainischen Papiere und die deutsche Aufenthaltserlaubnis steckten zusammen mit dem Geld in seiner Gürteltasche.

„Wenn sie Verdacht schöpfen, fliegt meine Schweizer Identität schneller auf als der Schall“, hatte er sich gesagt. Es war besser, auch seine echten Papiere dabeizuhaben, bevor sie ihn etwa verdächtigten, ein russischer Spion zu sein.

Der Zug verlangsamte sein Tempo, bis er mit einem nicht enden wollenden Quietschen stehenblieb. Er hielt an einer Station, die nur durch eine nackte Plattform erkennbar war.

Im trüben Licht der Bogenlampen sah er einige Gestalten in Uniformen, die sich längs des Zuges aufstellten. Türen klappten und Schritte hallten durch den Gang. Die Schiebetür flog ruckartig auf und die entstandene Öffnung wurde von einem schwergewichtigen, uniformierten Grenzbeamten fast gänzlich ausgefüllt. Er warf einen raschen Blick über die vier Reisenden.

„Pasportnyy kontrol'“.

Grischa zwang sich, nicht dem vertrauten Klang seiner Muttersprache zu folgen, und nach dem Pass in seiner Jacke zu greifen. Er sah den Beamten mit großen Augen an, nachdem die Polen ihre Dokumente bereits gezückt hatten.

„Passport“, sagte der Uniformierte knapp.

Sein Blick flog zwischen Grischa und dem Engländer hin und her. Der Brite nickte und hielt seinen Pass dem Grenzer vor die Nase. Grischa griff zögerlich in seine Jackentasche. Jetzt kam es darauf an.

Der Uniformierte hatte die Pässe der Polen und des Briten bereits abgestempelt. Als er den roten

Schweizer Pass sah, riss er die Augen auf.

„Shveytsars'kyy!", sagte mit breitem Lächeln.

Er blätterte in dem Pass, wobei er jede Seite voller Neugier betrachtete. Auf Grischas Stirn bildeten sich feine Schweißtropfen. War damit etwas nicht in Ordnung? Der Grenzer war noch darin vertieft, nachdem er den Polen und dem Engländer ihre Reisedokumente wieder ausgehändigt hatte. Er schien etwas zu überlegen.

„Grüezi!", sagte er.

Grischa sah ihn verständnislos an. „Wie bitte?"

Das Lächeln des Grenzers erlosch. Er stempelte Grischas Pass und reichte ihn mit einer brüsken Bewegung zurück.

„Heißt das nicht so?", murmelte er auf Ukrainisch, bevor er die Schiebetür mit einem Ruck wieder schloss.

Die beiden Polen tuschelten und lachten dann laut auf. Grischa rutschte tiefer in seinen Sitz. Was hatte das zu bedeuten? War der Grenzbeamte einmal in der Schweiz gewesen und hatte sich etwas von dort aufgeschnappt? Er wischte mit einem Taschentuch über seine nasse Stirn und starrte aus dem Fenster in die Dunkelheit.

Nach langen Minuten hörte man erneut das Schlagen der Zugtüren. Die entstandene Stille zerriss ein schriller Pfiff. Grischa atmete erleichtert auf, als sich der Zug langsam in Bewegung setzte.

◆ ◆ ◆

Armins Worte hallten immer noch in Volkers Kopf. „Es hängt ja alles von deinem Freund ab…“

Es war ein Fehler gewesen, Christa mit nach Bogensee genommen zu haben. Sie war jetzt eingeweiht und das ließ sich nicht mehr rückgängig machen. Nur ihre Angst, als Komplizin der Beihilfe bei Karls Entführung beschuldigt zu werden, hielt sie noch bei der Stange.

Er fragte sich, wie lange das noch ging. Wenn ihr einfiel, die Flucht nach vorn anzutreten und sie beide als Zeugin einer Straftat anzuzeigen? Das wurde wahrscheinlicher, je länger Karl verschwunden blieb.

Auf der Rückfahrt von Bogensee hatte Adil zweimal nachgefragt, ob Christa die Aktion gefährden konnte. Er hatte das vehement abgestritten, aber jetzt war er sich dessen nicht mehr sicher.

Und wenn Adil durchdrehte, wenn bei der Entführung etwas schieflief? Erst jetzt hatte sich gezeigt, wie wenig er den Uiguren kannte.

Doch nun war es zu spät, alles abzublasen. Nach dem, was mit Karl geschehen war, würde Adil das keineswegs akzeptieren. Volker war der einzige Zeuge, den der Uigure zu fürchten hatte. Wenn er Verrat roch, war Volker der Nächste.

Trotz der Augusthitze fröstelte es ihm. Solange

Grischa nicht mit den Waffen zurück war, blieb noch Zeit. Nur das allein garantierte halbwegs Sicherheit. Aber er brauchte eine Unterstützung. Jemand, der auf seiner Seite stand.

Aus der Gruppe kamen nur Grischa oder Michael in Frage. Grischa hatte schon das Risiko auf sich genommen, seine Familie und die Waffen aus der Ukraine herauszuschmuggeln. Es war unwahrscheinlich, dass er sich an der Entführung beteiligen würde.

Damit blieb nur Michael übrig. Der brannte darauf, sich endlich als nützliches Mitglied der Gruppe zu beweisen. In Volkers Kopf nahm ein Plan vage Gestalt an. Doch dafür musste ihm der Ablauf, die Zeit und der Ort der Geiselnahme des Botschafters bekannt sein.

◆ ◆ ◆

Michael ließ es keine Ruhe, dass die Verräterin Anke ungeschoren davonkommen sollte. Zwar hatte Volker ihn ermahnt, von Rachegelüsten Abstand zu nehmen, doch mit ihrem verlogenen Brief an die Bildzeitung hatte Anke die Gruppe der Hetzpresse zum Fraß vorgeworfen. Ihre Stelle am PIK war ihr wichtiger, als persönlich gegen die drohende Klimakatastrophe zu kämpfen. Solche Heuchler kannte er nur zu gut. Diese Karrierefrau war genauso korrumpiert wie sein Vater.

Volker war der Meinung, die Gruppe müsste

verstärkt werden, bevor sie neue Aktionen planten. Aber dafür brauchte es zuverlässige Aktivisten und nicht Luschen wie Justus, die ständig Gewaltlosigkeit predigten.

Anke hätte nie gewagt, die Gruppe anzuschwärzen, wenn die Antifa dahintergestanden hätte. Die war nicht zimperlich, wenn es um die Bestrafung von Verrätern und Nazis ging.

Michael kannte zwei Frauen, die bei *Fridays for future* und bei der Antifa aktiv waren. Als er ihnen von sich erzählte, hatten sie Interesse an der Endzeit-Gruppe gezeigt. Ihm kam eine Idee, wie er die beiden einbinden und der Verräterin Anke einen gehörigen Denkzettel verpassen konnte.

◆ ◆ ◆

Nachdem der Zug die ukrainische Grenze passiert hatte, fiel die Anspannung von Grischa ab. Sie hatte ihn seit dem Abflug von Berlin auf Trab gehalten. Er schlief ein und wachte erst wieder auf, als der Zug mit einem heftigen Ruck zum Stehen kam. Er sah auf die Uhr. Es war kurz vor Mittag.

Grischa schaute aus dem Fenster. Neben den Gleisen standen Baumaschinen und in einem weiteren Umkreis lagen Trümmerteile herum. Die Spuren eines Bombenangriffs.

Nach einer halben Stunde fuhr der Zug

wieder an und gewann allmählich an Fahrt. Die vorbeiziehenden Felder und Waldstücke wechselten in dicht besiedelte Gebiete. Grischa überschlug, wie lange der Zug schon unterwegs war. Kiew konnte nicht mehr weit sein.

Er sah sich im Abteil um. Es hatte sich gefüllt. Der Engländer war verschwunden und neben den beiden Polen saß ein Paar mit einem halbwüchsigen Jungen. Sie sprachen Ukrainisch und als Grischa anfing, sich in seinem Sitz zu bewegen, sprach der Mann ihn an.

Grischa schüttelte den Kopf. „Verstehe leider nicht", sagte er auf Deutsch. Sein Gegenüber zuckte mit den Schultern und wandte sich wieder seiner Familie zu.

Ihm fiel das Geld ein und ihm fuhr ein Schreck durch die Glieder. Er tastete nach dem Bauchgurt und war beruhigt, als er das Knistern der Euroscheine unter seinen Finger spürte. So etwas durfte nicht passieren. Er hatte so tief geschlafen, dass es leicht gewesen wäre, ihm unbemerkt alles abzunehmen.

Nach weiteren zwei Stunden rollte der Zug in den Hauptbahnhof von Kiew ein. Grischa freute sich, den vertrauten Klang seiner Muttersprache aus vielen Mündern zu hören. Er mischte sich unter die Leute, die den Zug verließen und zum Ausgang strebten.

Am Gleisende war ein Kontrollpunkt errichtet, den die Fahrgäste passieren mussten. Eine Gruppe Uniformierter kontrollierte die

Ausweise, vor allem von Männern im wehrfähigen Alter. Als Grischa fast bis zur Sperre gelangt war, führten sie einen etwa Zwanzigjährigen ab, der laut beteuerte, seine Papiere vergessen zu haben.

Als sie ihn ansprachen, schüttelte Grischa unverständig den Kopf. Wortlos hielt er ihnen den Schweizer Pass entgegen. Er zuckte zusammen, als einer der Polizisten ihn auf Deutsch fragte. „Wohin reisen Sie?"

„Ich bleibe in Kiew", antwortete Grischa knapp und hoffte, dass sein Akzent dem Beamten nicht auffiel.

„Als Tourist oder geschäftlich?"

„Tourist", erwiderte Grischa. Der Polizist runzelte die Stirn, gab ihm dann aber seinen Pass zurück und wünschte ihm einen angenehmen Aufenthalt.

Grischas Herz klopfte. In der Haupthalle sah er sich nach einem Fahrkartenschalter um. Dort erkundigte er sich nach den Zugverbindungen nach Kramatorsk.

„Der nächste Zug fährt um 22:30 Uhr. Ankunft planmäßig um 7:10 Uhr." Der Mann verzog resigniert seinen Mund. „Aber du weißt ja, was bedeutet in diesen Zeiten schon planmäßig!"

Er erzählte, dass der Bahnhof von Kramatorsk vor wenigen Monaten Ziel eines russischen Raketenangriffs gewesen war. Grischa nickte. Mascha hatte ihm davon berichtet. Die Schäden waren soweit behoben, dass der Zugverkehr wieder möglich war.

„Ich nehme den Zug heute Abend!“

„Zurück an die Front?“, fragte der Beamte.

„Ja, der Urlaub ist vorbei!“

„Manche kommen nicht mehr aus dem Urlaub zurück“, sagte der Uniformierte und kratzte sich am Kopf. „Zu viele sind bereits ins Ausland abgehauen.“

Er zeigte auf die Sperre an den Gleisen. „Schau da! Sie suchen Deserteure und Drückeberger.“

Grischa nickte wortlos. Er bezahlte das Ticket mit den ukrainischen Griwna, die er schon vor seiner Abreise in Berlin eingetauscht hatte.

Nachdem er in einem Restaurant etwas gegessen hatte, verbrachte er die Wartezeit mit dem Lesen von Zeitungen. Die Lage an der Front wurde positiver dargestellt, als es der Fall war. Zumindest nach dem, was Mascha erzählt hatte.

Er hätte gerne mit ihr und Volker telefoniert, doch sein Handy lag im Koffer. Er hatte es schon seit seiner Abfahrt in Warschau ausgeschaltet. Es gab das Risiko, dass seine Verbindungen abgehört wurden.

Der Zug nach Kramatorsk steckte voller Frontsoldaten. Grischa saß in einem Sechser-Abteil zusammen mit vier uniformierten Männern und einer älteren Frau, die eine vollgefüllte Reisetasche mit sich trug.

Sie ließen ihn in Ruhe, nachdem er auf ihre Fragen mit Deutsch und Schulterzucken reagiert hatte. Er hörte zu, wie sie eine Weile über ihn herumrätselten. Dann wechselten sie das Thema und sprachen über Frauen und den Krieg. Als das Licht in dem Abteil abgedunkelt war, verebbten die Gespräche und machten vereinzelten Schnarchgeräuschen Platz.

◆ ◆ ◆

Nachdem alle Versuche, Karl zu erreichen, vergeblich waren, erstattete Kai Wegmann eine Vermisstenanzeige. Er hatte Karl nie nach seinen Verwandten gefragt. Die hätten vielleicht Auskunft geben können. Aber Karl hatte auch nie etwas über seine Familie erzählt.

Auf dem Revier verwies man ihn an Polizeikommissar Nowakowski, ein Mann Mitte dreißig, der seine blonden Haare zu einem Pferdeschwanz gebunden trug.

Bisher wäre keine solche Anzeige für Karl Neuendorf eingegangen, sagte der Beamte nach einer Computerrecherche. Ohne die Namen von Verwandten käme er im Moment nicht weiter. Ob denn Verdacht auf ein Verbrechen vorläge.

Kai schüttelte den Kopf. „Direkt nicht, aber Herr Neuendorf steckt mitten in einer dringenden Recherche und er hätte mir etwas gesagt, wenn …“

„Gab es denn in der Vergangenheit schon Episoden, in denen Ihr Mitarbeiter eine Zeitlang nicht erreichbar war?“

Kai gab zu, dass es früher Momente gegeben

hatte, wo Karl für ein paar Tage verschollen blieb. Das lag an seinem Alkoholproblem, das sich am besten mit dem Begriff Quartalstrinker beschreiben ließ. In letzter Zeit hatte Karl schon lange keine solchen Anwandlungen mehr gehabt.

„Nun ja, in derartigen Fällen beträgt der Abstand zwischen Etappen mit exzessiven Alkoholkonsum und Abstinenz manchmal viele Monate“, gab der Polizist zu bedenken und machte sich eine Notiz.

„Liegen denn irgendwelche Hinweise, wie Drohschreiben oder Anrufe vor, die den Verdacht nahelegen, dass ihr Mitarbeiter verfolgt wird?“, fragte er.

„Nein, davon hat er mir nichts erzählt. Aber er ist als verdeckter Reporter in einer Gruppe von Klimaaktivisten unterwegs“, erwiderte Kai.

Der Kommissar runzelte die Stirn. „Klimaaktivisten!? Von dieser Seite besteht doch kein dringender Tatverdacht, oder?“

Kai zuckte mit Achseln und sagte lieber nichts. Möglich, dass der Polizist mit diesen Leuten sympathisierte.

„Sehen Sie, wir von der Polizei haben ja Erfahrung mit verschiedenen politischen Gruppen. Die Klimaschützer sind nie durch physische Gewalt gegen Personen aufgefallen, sondern leisten höchstens gewaltfreien, passiven Widerstand.“

„Trotzdem ist das doch eine Spur!“

„Ein Hinweis, mehr auch nicht. Ich habe ihre Anzeige aufgenommen. Wir warten besser zwei Tage, bevor wir ihren Mitarbeiter zur Fahndung ausschreiben. Erfahrungsgemäß tauchen die meisten Vermissten von alleine wieder auf. Sie wollen ihren Kollegen doch nicht in Erklärungsnot bringen?“

Enttäuscht fuhr Kai zurück in die Redaktion, nachdem er den Zettel mit der Vorgangsnummer und die Visitenkarte des Kommissars eingesteckt hatte.

Es stimmte schon, die Endzeit-Gruppe war, ebenso wie die Aktivisten der *Letzten Generation* nicht durch Gewalt gegen Menschen aufgefallen. Und Karls Andeutungen über das „große Ding“ was sie vorhatten, basierten bisher nur auf Vermutungen.

Aber sie brauchten Karl in der Redaktion und Kai sorgte sich auch persönlich um ihn. Als er in die Tiefgarage des Verlagsgebäudes einfuhr, kam ihm etwas anderes in den Sinn. Da gab es doch die Christa Barkowski, diese Amateurnutte, mit der Karl etwas angefangen hatte. Die konnte er anzapfen und mit Geld würde sich da bestimmt etwas machen lassen.

TAG 16

Dienstag

Grischa döste vor sich hin. Jedes Mal, wenn er vermeinte, einzuschlafen, riss er sich gewaltsam hoch. Er leerte die 1,5 Literflasche Cola, die er sich in Kiew am Bahnhof gekauft hatte.

Die Stunden vergingen, allmählich wurde es hell. Grischa sah aus dem Fenster. Der Zug durchquert eine Landschaft, die mit jedem weiteren Kilometer deutlichere Narben des Krieges trug. Er erkannte Orte, die er vor Kriegsausbruch schon gesehen hatte. Kramatorsk war nicht mehr weit und seine Mitreisenden begannen sich allmählich zu rühren.

Als der Zug in den notdürftig reparierten Bahnhof der Frontstadt einrollte, war es Viertel nach zehn. Der Bahnsteig wimmelte von Soldaten und Grischa mischte sich unter die

Menge.

Nur wenige hier trugen Zivilkleidung und zumeist waren das Frauen, die ihre Männer begrüßten oder verabschiedeten. Sein Blick fiel auf ein Paar, dass sich innig umarmte. Er wurde sich seiner Einsamkeit bewusst und dachte an Alina, seine Freundin aus Kramatorsk. Vor seiner Flucht hatte er ihr gesagt, er würde seinen Vater in Lettland besuchen und käme bald danach wieder zurück.

Hinter sich hörte er, wie jemand seinen Namen rief, doch er brachte es nicht mit sich in Verbindung. Er lief weiter und als man ihm auf die Schulter tippte, drehte er sich um.

„Mein Gott, Grischa!“

Er kannte das Gesicht des Mannes in Uniform. Es war Gregori, ein Freund seiner Schwester Mascha aus der Zeit vor dem russischen Einmarsch. Der Kriegsalltag hatte ihn verändert. Gregori sah müde aus und tiefe Furchen zogen sich von der Nase zu den Mundwinkeln.

Vor dem Krieg war Gregori öfter bei ihnen zu Besuch gewesen. Einige Male hatten sie gemeinsam mit Mascha und Alina etwas unternommen, doch eine richtige Freundschaft zwischen den beiden Männern hatte sich daraus nicht entwickelt. Seine Schwester beendete die Beziehung zu Gregori, noch bevor der Krieg begonnen hatte.

„Sag mal, wie geht es Mascha? Und dich habe ich ewig nicht mehr gesehen. Kommst du aus dem Urlaub?“

„Mascha geht es gut! Ich war in Kiew, musste dort etwas erledigen“, log Grischa.

„Bei welcher Einheit bist du? Ich bin beim 35. Regiment und hab noch zwei Tage frei, bevor ich wieder zurück an die Front muss.“

„Ich darf nicht darüber reden, wo ich stationiert bin“, sagte Grischa.

„Geheimes Spezialkommando? Du als Informatiker – ich tippe mal auf Cyber-Krieg. Das ist ja doll!“

Grischa zuckte mit den Schultern. „Ich muss leider los, Gregori!“

Er verabschiedete sich von Maschas Ex und beschleunigte seinen Schritt. Es fehlte bloß, dass der Alina von ihrer Zufallsbegegnung erzählte. Grischa wusste nicht, ob die beiden noch Kontakt miteinander hatten, und er hatte ihn absichtlich nicht nach Alina gefragt. Er musste so schnell als möglich mit seiner Familie aus der Stadt verschwinden, bevor es weiter herumging, dass er zurückgekommen war.

◆ ◆ ◆

Von der Tiefgarage fuhr Kai bis in den 5. Stock des Verlagshauses, wo sich die Redaktionsräume der Bildzeitung befanden. Auf dem Flur kam ihm Stephan entgegen und erzählte aufgeregt, es hätte einen Vorfall gegeben, der die Endzeit-Aktivisten in die Richtung einer kriminellen

Vereinigung rückte.

Auf das Potsdamer Institut für Klimaforschung war ein Brandanschlag verübt worden. Dabei wurden zwei elektrisch betriebene Fahrzeuge mit Messinstrumenten abgefackelt. Der Schaden belief sich auf über dreihunderttausend Euro.

Obwohl die Feuerwehr schnell vor Ort war, blieb ihr nichts anderes übrig, als das Übergreifen des Brandes auf weitere Fahrzeuge zu verhindern. Auf Stephans Fotos waren zusammengeschmolzene, kaum erkennbare Autowracks zu sehen.

„E-Autos brennen ab wie Fackeln", sagte Stephan.

Kai betrachtete die Fotos. „Das kommt garantiert aus der rechten Ecke", folgerte er. „Verschwörungstheoretiker oder andere Querdenker. Auf jeden Fall interessant, nur passt es nicht zu unserer laufenden Berichterstattung über die Radikalisierung der Klimaspinner."

Stephan grinste. „Diesmal liegst du falsch!"

„Wieso? Warum denn?!"

„Du hast noch nicht alles gesehen! Die Rückwand des Institutsgebäudes ist mit Parolen in orangener Farbe besprüht."

„Na und?"

„Die Sprüche passen nicht so recht zur rechten Ecke! Schau mal hier!".

Auf dem Foto war die beschmierte Wand des PIK zu sehen. „Hier arbeitet Anke Scheumann,

Verräterin und Klimaschwein."

Stephan zeigte ihm ein weiteres Foto: „PIK: Institut für Heuchler und Greenwashing", stand da geschrieben.

„Anke Scheumann! Das ist doch die von der Stadtautobahn!", rief Kai.

„Eben! Und das weist auf die Endzeit-Gruppe hin!", erwiderte Stephan.

Kai war wie elektrisiert. „Stephan, das ist der Renner. Das kommt auf die Titelseite!"

Er klopfte seinem Redakteur auf die Schulter.

„Was ist jetzt mit Karl?", fragte Stephan.

Kai winkte ab. „Die Polizei hat gestern meine Vermisstenanzeige aufgenommen. Aber sie warten zwei Tage mit der Fahndung, falls er vorher wieder von allein auftaucht."

„Versteh ich nicht!"

„Ich habe ihnen blöderweise sein Alkoholproblem nicht verschwiegen."

„Scheiße", entfuhr es Stephan.

„Aber mit dem Anschlag und deinen Fotos gibt es eine neue Story und dafür brauchen wir Karl im Moment nicht."

„Mir macht es nur Sorgen, dass sein Handy nicht erreichbar ist. Wir telefonieren manchmal!", sagte Stephan.

„Vielleicht ist der Akku alle und er hat sich nicht darum gekümmert?! Wenn seine Ische ihn versetzt hat und er sich deswegen besäuft?! Diese Christa Barkowski, da werde ich mal nachbohren. Vielleicht weiß die mehr. Aber zuerst bringen wir das mit dem PIK groß raus."

„Sag mal, Kai. Die Anke Scheumann, die hatte ich bei der Blockade von der Straße geholt. Ich würde die gerne mal kennenlernen."

Kai grinste. „Ich weiß. Du hast ihr die Bluse zerrissen und dich dann in sie verguckt."

„Und wenn ich sie mal im PIK aufsuche? Ich bitte sie um ein Interview und schieße ein paar Fotos. Was hältst du davon?"

„Für die Story wäre das optimal, aber sie wird dir die Augen auskratzen!"

„Ach, ich lasse meinen Charme spielen und ...! Außerdem war die damals total gestresst. Die erkennt mich nicht wieder!"

„Probier dein Glück", sagte Kai. „Mich hat sie voll abblitzen lassen!"

◆ ◆ ◆

Grischa verließ den Bahnhof von Kramatorsk, der immer noch deutliche Spuren des russischen Raketenangriffs trug. Er überquerte die Brücke in Richtung Hauptstraße und bog dort links ab.

Die neue Wohnung der Familie in der Druzhbystraße kannte er nicht. Nachdem zuerst sein Vater und dann er geflüchtet waren, hatte Mascha für sich und Mutter ein kleineres Zuhause gesucht, das von ihrem Gehalt noch bezahlbar war.

Zu Fuß brauchte es etwa eine Stunde bis dorthin. Normalerweise hätte Grischa den Bus genommen, doch die Gefahr, dass ihn jemand erkannte, war ihm zu groß. An diesem frühen Nachmittag waren auch nur wenige Leute zu Fuß unterwegs.

Das Haus in der Druzhbystraße 5 erstreckte sich quer zur Straße als ein gelblicher Riegel. Als er vor der Haustür stand, öffnete diese eine Frau mit einem Hund an der Leine. Sie ließ ihn grußlos hinein.

Das Haus war ärmlich im Vergleich zu ihrer alten Wohngegend. Die Luft war abgestanden und im Treppenhaus roch es nach Kohl. Er stieg hoch bis in den zweiten Stock. An der mittleren der drei Wohnungstüren stand ihr Familienname: Komarow.

Der Schlüssel lag unter der Fußmatte. Mascha hatte seine Botschaft verstanden. Er öffnete und sah in einen Flur, dessen Ende den Blick auf das Wohnzimmer freigab. Seine Mutter war nicht zu sehen. Hinter einer geschlossenen Tür hörte er es Schnarchen. Anastasia schlief. Seine Schwester hatte ihm erzählt, dass ihre Mutter regelmäßig Beruhigungsmittel einnahm.

Es zog es vor, auf Mascha zu warten, bevor er Anastasia weckte. Die Küchentür war offen und auf dem Tisch stand ein Teller mit Brot, Wurst und Käse. Daneben lag ein Zettel. „Bin heute gegen achtzehn Uhr zu Hause, Mascha."

Grischa aß mit großem Appetit. Nachdem er auf die Toilette gegangen war, setzte er sich ins Wohnzimmer und wartete. Dort stand eine

Couch, auf der Bettzeug lag.

Auf dem Tisch lag ein zusammengeklapptes Notebook, Grischa erkannte das Bild an der Wand, das im Hintergrund zu sehen war, wenn sie miteinander skypten. Er ging zurück in die Küche, bereitete sich einen Kaffee und horchte an der Wohnungstür. Seine Mutter schlief und im Haus blieb es still.

Das Klingeln des Telefons ließ ihn aufschrecken. Er war eingeschlafen. Er zögerte, den Hörer abzunehmen, doch nachdem es nicht aufhörte zu läuten, kam ihm der Gedanke, es könnte Mascha sein.

Er hob ab.

„Grischa?"

Er erkannte Alinas Stimme sofort.

„Grischa! Ich weiß, dass du da bist. Gregori hat mich angerufen und mir alles erzählt."

Er unterdrückte den Impuls aufzulegen. „Alina, ich darf nicht darüber reden!"

„Ja. Gregori hat es mir gesagt. Ich freue mich so, dass du wiedergekommen bist. Wir müssen uns unbedingt sehen, Grischa!"

Er seufzte. Er hatte Alina geliebt, vermutlich liebte er sie noch immer. Es war ihm schwergefallen, mit seiner Flucht auch sie aufzugeben.

„Ihr wohnt jetzt in der Druzhby-Straße. Ich komme nachher mal bei euch vorbei, ja?", bettelte sie.

„Heute nicht, ich hab noch viel zu erledigen.

Lass uns morgen um zehn Uhr treffen. Am besten hier in der Nähe im Puschkin-Park an der Gedenksäule."

Früher waren sie dort manchmal spazieren gegangen.

„Bis dann, Alina." Er unterbrach die Verbindung.

Die Tür zum Schlafzimmer öffnete sich. Er ging in den Flur.

„Grischa!"

Anastasias Mund stand offen. Ihr Gesicht war fleckig und aufgedunsen. Der Kummer und die Medikamente, dachte er.

Er stürzte auf sie zu und sie umarmten sich.

„Du bist endlich zurück!! Alles wird gut!! Alexej wird auch bald zurückkommen!"

Hatte ihr Mascha nichts erzählt?

„Mutter, ich komme, um euch beide zu mir nach Berlin zu holen! Es ist zu gefährlich, in Kramatorsk zu bleiben!"

„Nach Berlin?" Sie schüttelte heftig den Kopf. „Das geht nicht! Dein Vater wird uns dort nicht finden! Wir müssen hierbleiben!"

Grischa stöhnte. Er musste sie anlügen, sonst würde alles scheitern, was er geplant hatte. „Vater kommt auch nach Berlin! Solange der Krieg andauert, kann er unmöglich nach Kramatorsk zurückkehren!"

„Weiß Mascha schon davon?"

„Ja, und ich habe genug Geld, damit wir alle zusammen wegfahren können!"

Seine Mutter sah ihn an. Ihre Verwirrung mischte sich mit Freude, Tränen rannen ihr von den Wangen.

„Mein Sohn!" Sie umarmte ihn mit ihrem tränennassen Gesicht und ließ ihn lange nicht mehr los.

◆ ◆ ◆

Grischa war wieder auf dem Sofa eingenickt. Er wachte auf, als sich der Schlüssel in der Wohnungstür drehte. Er sprang auf und lief in den Flur.

„Mascha!!" Sie fielen sich in die Arme.

„Du bist verrückt, dass du gekommen bist! Es ist viel zu gefährlich." Sie sah ihn an, lachte und hörte trotzdem nicht auf, ihren Kopf zu schütteln.

„Mascha! Dein Vater wird kommen! Es wird alles gut!", rief Anastasia aus dem Wohnzimmer.

Seine Schwester sah ihn erstaunt an. Doch bevor Sie etwas sagte, legte er ihr seinen Finger auf dem Mund.

„Ich musste ihr das erzählen! Sonst kommt sie nicht mit!", flüsterte er.

„Was stellst du dir vor? Grischa!"

„Ich habe genug Geld dabei, damit du deinen Vorgesetzten bestechen kannst, um dir einen Urlaubsschein auszustellen. Und dann fahren wir alle zusammen nach Berlin. Ihr könnt bei mir wohnen. Ich habe Freunde, die mir helfen."

„Kommt doch rein!“, rief Anastasia den beiden zu, die noch an der Wohnungstür standen.

Mascha setzte sich neben Mutter an den Tisch und schüttelte den Kopf. Was Grischa erzählte, klang völlig verrückt.

Doch selbst wenn die Front jetzt wieder ein Stück weiter entfernt war, Kramatorsk würde früher oder später Kriegsschauplatz werden. Dessen war sie sich sicher.

„Wie sollen wir denn nach Berlin fahren?“

„So, wie ich hergekommen bin, mit der Eisenbahn!“

„Hat man dich nicht kontrolliert?“

„Natürlich, aber ich habe den hier.“

Er zeigte ihr seinen Schweizer Pass und Maschas Augen quollen fast über.

„Wie lange wird es dauern, bis du den Urlaubsschein bekommst?“

„Ich weiß nicht. Das hängt davon ab, wie viel ich dafür bezahle, Grischa!“

„Ich koche uns einen Tee!“, sagte Anastasia und ging in die Küche.

„Danke“, erwiderten beide wie aus einem Mund.

„Du brauchst die Genehmigung ab morgen. Wir müssen so schnell wie möglich hier weg. Stell dir vor, auf dem Bahnhof habe ich Gregori getroffen. Er hat mich erkannt und angesprochen!“

„Gregori!“ Mascha seufzte. „Er ruft manchmal an. Er hofft, da wieder anzuknüpfen, wo wir aufgehört haben."

„Ich habe ihm erzählt, dass ich für die Armee in geheimer Mission unterwegs bin!"

Mascha kniff ihre Lippen zusammen und schüttelte den Kopf. „Du weißt, Gregori kann nichts für sich behalten!"

„Das stimmt. Er hat Alina gesagt, dass ich zurückgekommen bin. Sie hat, bevor du kamst, hier angerufen und wollte gleich vorbeikommen."

Mascha stöhnte. „Was?!"

„Ich habe mich für morgen Vormittag mit ihr im Puschkin Park verabredet. Was uns betrifft, es gibt einen Zug nach Kiew um vierzehn Uhr, wirst du das schaffen?"

„Ohne Urlaubsschein komme ich nicht über die Grenze, Mama schon!", erwiderte Mascha.

Grischa öffnete seine Bauchtasche. Sie riss die Augen auf, als sie das viele Geld sah.

„Was schätzt du, wie viel wirst du brauchen?"

„Mindestens viertausend!"

„Okay. Aber da ist noch etwas!"

„Ja?"

„Ich muss zwei Pistolen nach Berlin mitbringen, sonst hätte ich das Geld nicht bekommen!"

„Du Verrückter, was hast du vor?!", rief sie entsetzt.

„Die sind nicht für mich, sondern für die Leute, die mir das Geld gegeben haben. Ich hätte es sonst nicht aufbringen können!"

„Mit wem hast du in Berlin Kontakt, Grischa? Mit der Mafia?“

„Ich habe weiter nichts mit denen zu schaffen!“, erwiderte er unwillig. „Sie wussten, dass ich in die Ukraine fahre und Geld brauche, um euch herauszuholen!“

„Ich will nicht, dass etwas Unrechtes geschieht, Grischa!“

Grischa schüttelte den Kopf. Er hatte nicht vorgehabt, bei der Entführung des chinesischen Botschafters mitzumachen. Es war nur die Gegenleistung für Volker, der ihm so viele Male geholfen hatte. Wenn Volker glaubte, alles im Griff zu haben, dann war das allein seine Sache.

„Mascha, könntest du die Waffen besorgen?“

Sie lachte freudlos. „Das ist die einfachste Übung. In der Asservatenkammer der Kaserne lagert genug von dem Schießzeug, das sie von den gefallenen Russen eingesammelt haben! Eine Pistole habe ich hier in der Wohnung, zu unserer Sicherheit!“

„Also kann ich auf dich zählen?“

Anastasia kam mit dem Tee und Keksen aus der Küche zurück.

Mascha seufzte und nickte ihrem Bruder zu.

„Nicht traurig sein, meine Lieben, bald wird alles wieder gut!“, sagte ihre Mutter, als sie die beiden so ernst am Tisch sitzen sah.

◆ ◆ ◆

„Frau Dr. Scheumann, unter diesen Umständen können wir Sie leider nicht weiter am PIK beschäftigen!“

Die Personalchefin sah in Ankes verheultes Gesicht. Sie schätzte die Mitarbeiterin für ihre Zuverlässigkeit, aber der Institutsleiter hatte so entschieden.

„Vermutlich wissen Sie es noch nicht. Zu dem nächtlichen Anschlag, der einen großen Sachschaden verursacht hat, wurde dem Institut ein dazugehöriges Bekennerschreiben übersandt. Darin wird mit erneuten Angriffen auf unsere Einrichtung gedroht, wenn wir Sie hier weiter beschäftigen.“

Anke wischte sich die Tränen aus den Augen. „Aber Sie können sich doch nicht so ohne Weiteres erpressen lassen!“

„Ich entscheide das nicht alleine. Wir nehmen diese Drohung jedoch ernst und müssen im Interesse aller Beteiligten abwägen. Leider waren Sie es, die sich mit diesen Extremisten eingelassen hat. Offenbar sind die Leute gewalttätig und zu strafbaren Handlungen entschlossen. Nach unseren Überwachungskameras waren an dem Anschlag mindestens zwei Personen beteiligt.“

„Kann man die nicht identifizieren?“, fragte Anke.

„Nein, die waren vermummt und die Aufnahmen lassen leider keine weitere Identifizierung zu!“

„Wann genau ist das passiert?“

„Um 1:37 Uhr. Aber das hilft uns nicht weiter, Frau Dr. Scheumann. Ich schlage Ihnen daher vor, wir lösen ihren Vertrag in gegenseitigem Einvernehmen. Es wird für Sie mit Ihrer Qualifikation nicht schwer sein, eine adäquate Beschäftigung an anderer Stelle zu finden.“

Die Personalchefin fuhr sich mit der Hand über ihre feuchte Stirn. Sie hasste solche Gespräche, die manchmal unvermeidbar waren.

„Können Sie uns denn eine Person nennen, die für den Anschlag in Frage kommt?“

Anke biss sich auf die Lippen. „Am wahrscheinlichsten ist es jemand aus der Endzeit-Gruppe, aber …“

„Oder Sympathisanten, die von der Sache Kenntnis haben. Sehen Sie, wir haben außer den Aufnahmen und der Uhrzeit keine konkreten Hinweise und daher erscheint uns diese Lösung als der gangbarste Weg. Nicht zuletzt für Sie, denn es ist nicht auszuschließen, dass sich der nächste Anschlag gegen Sie persönlich richtet.“

Anke zuckte mit den Schultern. Vielleicht war es das Beste, woanders von vorne anzufangen. Dort, wo sie niemand kannte. Bevor sie die Stelle am PIK angenommen hatte, hatte sie ein verlockendes Angebot von der Universität Princeton in den USA bekommen. Sie hatte sich damals für das PIK entschieden, nicht zuletzt, weil sie sich wegen Armin Hoffnungen machte. Aber jetzt …

„Unser Vorschlag, Frau Dr. Scheumann: Sie erhalten Ihr volles Gehalt bis zum Ende der Probezeit und sind ab sofort vom Dienst freigestellt! Das sind fast vier Monate. So bleibt Ihnen genügend Zeit, sich eine neue Stelle zu suchen."

Anke trocknete ihre Tränen und nickte.

„In Ordnung, ich bin einverstanden, Frau Offergeld."

„Das ist die beste Lösung, Frau Dr. Scheumann. Dann bringen Sie mir heute zu Dienstschluss ihren Schlüssel und den Transponder und ich bereite den Auflösungsvertrag inzwischen vor!"

◆ ◆ ◆

Anke nahm den kürzesten Weg zurück in ihr Büro. Aber ein Spießrutenlaufen ließ sich trotzdem nicht vermeiden. Auf dem Weg durch das PIK erntete sie böse Blicke und man tuschelte hinter ihrem Rücken.

Ich hätte hier eh nicht mehr weiterarbeiten können, ging ihr durch den Kopf. Norbert, ihr Teamkollege klopfte an ihrer Tür. „Anke, es tut mir leid …!"

„Mir auch. Es war schön, mit dir zusammen zu arbeiten, aber lass mich jetzt besser allein …"

Sie räumte den Schreibtisch auf und packte ihre persönlichen Sachen in eine Kiste. So viele Hoffnungen hatte sie mit dieser Stelle verknüpft. Die Möglichkeit, endlich etwas für den Klimaschutz zu bewegen. Aber hier saßen auch nur Menschen und die wählten das kleinere Übel.

Es klopfte erneut. Bevor sie reagieren konnte, öffnete sich ihre Bürotür.

„Ich bitte um Entschuldigung! Frau Dr. Scheumann?“

Anke drehte sich erschrocken um. In der Tür stand ein Mann, den rechten Arm hielt er hinter seinen Rücken. Sie hatte ihn nie im Institut gesehen. Trotzdem kam ihr sein Gesicht bekannt vor.

„Wer sind Sie und was wollen Sie?!“

„Sie kennenlernen!“

„Ist es wegen des Anschlags?“ Anke kniff ihre Augen zusammen und sah ihn genauer an. Eine leichte Rötung erschien auf seinem Gesicht.

„Woher kenne ich Sie denn?“

„Stephan Polter. Wir sind uns vor knapp zwei Wochen auf der Stadtautobahn begegnet und ich wollte mich dafür entschuldigen, dass ich damals so grob zu Ihnen war.“

Sein rechter Arm kam hinter seinem Rücken hervor. In seiner Hand hielt er einen Strauß roter Rosen.

„Für Sie!“

„Ach! Sie sind das!“ Jetzt erinnerte sie sich. Um die dreißig, kräftige Statur und seine grünen Augen, die sie um Verzeihung bittend ansahen.

„Woher haben Sie meine Adresse? Wie sind Sie überhaupt hier hereingekommen?“

Er streckte ihr die Blumen entgegen. „Haben Sie eventuell eine Vase?“

Sie nahm die Rosen und legte sie auf ihren Schreibtisch. „Es ist eh mein letzter Tag hier am PIK! Woher wissen Sie überhaupt, dass ich hier arbeite?“

„Ach, das stand im Internet.“

Er stockte. „Ich konnte Sie seit damals nicht mehr vergessen. Um ehrlich zu sein, habe ich mich in Sie verliebt, seitdem ich Sie das erste Mal sah!“

Anke schüttelte den Kopf. Er sah gut aus und hatte Manieren. Ganz anders, als sie ihn in Erinnerung hatte.

„Sie sind ein Witzbold. Uns trennen Welten!“

„Vielleicht nicht so sehr, wie Sie denken!“

„Von Klimaschutz halten Sie doch nichts, oder?“

„Ich weiß nicht, ob wir das Klima schützen können, unsere Umwelt jedoch schon. Aber, Sie sagten, es wäre Ihr letzter Tag am PIK?“

„Ja. Dem PIK wurde mit neuen Anschlägen gedroht, falls ich hier weiter beschäftigt werde. Ich bin das Bauernopfer, das gebraucht wird, um das zu verhindern!“

„In der Presse stand aber nichts von einem Drohbrief.“

Anke lachte auf. „Was in den Zeitungen steht, können Sie sowieso vergessen.“

Er sah den Anflug eines Bedauerns in ihrem Gesicht. „Unter anderen Umständen hätten wir uns vielleicht näher kennenlernen können. Doch so wie die Dinge jetzt stehen ..."

„Aber ich möchte Ihnen doch nur mein ..."

„Gehen Sie jetzt lieber."

Sie zeigte ein Lächeln. „Sie wollen doch nicht, dass ich Sie rauswerfen lasse?"

Er zog eine Karte aus seiner Jackentasche und hielt sie ihr hin. Sein Name stand dort und eine Telefonnummer.

„Vielleicht sehen wir uns ein andermal? Ich würde mich freuen!"

Anke lachte und legte seine Karte auf den Schreibtisch.

„Jetzt gehen Sie schon!"

Er lief zur Tür.

„Trotzdem, danke für die Rosen", rief sie ihm nach.

TAG 17

Mittwoch

Kai sah auf die Liste der Namen, die ihm Monika gegeben hatte. Karl hatte die Bildredaktion mit den persönlichen Daten der Endzeit-Aktivisten versehen, soweit sie ihm bekannt waren. Von Christa Barkowski gab es nur den Namen und die Mobilnummer.

Sie war die Einzige, die vielleicht wusste, was mit Karl nach seinem plötzlichen Verschwinden geschehen war. Er rief sie mit einem der Handys aus der Redaktion an, die unter verschiedenen Namen registriert waren.

Es klingelte lange, bis sich eine müde Frauenstimme meldete.

„Ja?"

Kai gab sich als Herbert Richter und Freund von Karl aus. Seit Tagen versuche er vergeblich, ihn zu erreichen. Er entschuldigte sich, sie damit zu behelligen, doch Karl hätte ihm von ihr erzählt und ihm für den Notfall ihre Telefonnummer gegeben.

Christa war daran einfach aufzulegen. Karl hatte nie von einem Herbert Richter gesprochen. Doch vielleicht konnte der Anrufer ihr helfen, sich aus der Sache mit der Entführung herauszuwinden.

„Ich weiß überhaupt nicht, wer Sie sind."

„Ich verstehe vollkommen. Sie kennen mich nicht, warum sollten Sie mit mir reden? Aber Karl hat mir so von Ihnen vorgeschwärmt. Wissen Sie, er hat sich so gefreut, dass er zum ersten Mal seit langem wieder in eine Frau verliebt war, so wie er es nicht mehr gehofft hatte."

Christas Herz klopfte. Karl lag also doch etwas an ihr. Dieser Herbert musste ihn gut kennen, denn sie hatte mit niemanden über ihre Gefühle gesprochen. Vorsicht war trotzdem geboten. Vielleicht hatten Armin und Volker ihn vorgeschickt, um zu erfahren, ob sie Freunden von Karl etwas erzählte.

„Ich habe schon eine Weile nichts mehr von Karl gehört", sagte Christa.

„Dann geht es ihnen so wie mir! Wie wäre es, wenn wir uns treffen? Wir können gemeinsam überlegen, was mit ihm passiert sein könnte", schlug Kai vor.

„Ich hab' kaum Zeit. Muss arbeiten und brauche dringend Geld."

„Wenn Ihnen dadurch finanzielle Umstände entstehen, vergüte ich das gerne“, sagte Kai.

Christa überlegte. Sie musste nichts preisgeben, aber wenn der Typ bereit war, für ihr Treffen zu zahlen ...

„Was halten Sie davon, wenn wir uns heute zum Abendessen treffen? Karl hat mir erzählt, dass Ihnen sein Stammitaliener *Il sole* gefällt. Ich war schon mit ihm dort, zwar nicht oft, da ich weiter entfernt wohne. Würde Ihnen neunzehn Uhr passen?“

Christa hielt den Atem an. Wenn er das Restaurant kannte, dann war es ausgeschlossen, dass Armin oder Volker ihn vorgeschickt hatten. Selbst wenn dieser Herbert auch für die Bildzeitung arbeitete, im Grunde war ihr das egal. Sie stand allein, wurde erpresst und es war kein Fehler, sich Verbündete zu suchen.

„Einverstanden!“, sagte sie. „Aber ich habe wenig Zeit. Wie erkenne ich Sie?“

„Ich stelle eine Flasche von dem Prosecco auf meinen Tisch, von dem Karl gesagt hat, dass Sie ihn gerne trinken.“

Ihr stieg die Röte ins Gesicht. Ob Karl ihm von ihren sexuellen Begegnungen erzählt hatte? Aber eigentlich war ihr das egal.

„Gerne. Bis nachher dann“, sagte sie.

Es blieb noch Zeit, bis zu ihrer Verabredung. Christa machte sich zurecht, so gut es ihr möglich war. Seit Karls Entführung war sie so durcheinander, dass sie sich noch weniger um ihren Alltag kümmerte, als sonst.

◆ ◆ ◆

Christa erschien pünktlich im *Il Sole* und erkannte Herbert sofort. Er hatte ein markantes Gesicht, war schlank und braungebrannt. Sie schätzte ihn auf Anfang fünfzig. Vor ihm stand eine Flasche Prosecco, daran lehnte ein Briefumschlag.

„Sie müssen Herbert sein?“, fragte Christa scheu, als sie an seinen Tisch kam.

Er lächelte. Als er aufstand, war er einen Kopf größer als sie. Trotz seines Alters strahlte er etwas aus, dass ihm Attraktivität verlieh. Sie taxierte ihn in Sekundenschnelle. Seine Bekleidung, der Ring, die Rolex am Handgelenk. Der Mann hatte keine Geldsorgen. Er war wie der Sugardaddy, den sie sich manchmal gewünscht hatte, um endlich ihrer finanziellen Sorgen ledig zu sein.

„Christa! Ich freue mich, dass Sie gekommen sind.“

Er schob ihr den freien Stuhl heran.

„Bitte, setzen sie sich doch. Karl hat mir so viel von Ihnen erzählt. Aber dass Sie so umwerfend aussehen, hat er mir verschwiegen!“

Kai hatte etwas übertrieben. Doch wie es aussah, hatten er und Karl einen ähnlichen Geschmack, was Frauen betraf.

„Kennen Sie Karl beruflich?“, fragte sie.

„Nein, wir haben uns vor zwei Jahren auf der Party eines gemeinsamen Bekannten getroffen. Karl ist Schriftsteller und ich besitze einen kleinen Verlag. Er hatte mir versprochen, sein Buchmanuskript vorbeizubringen."

„Was? Er schreibt?"

„Ja, wussten Sie das nicht? Da bin ich aber erstaunt. Er sitzt an einem Liebesroman und hatte vor, mir das fertige Manuskript zu schicken!"

Er sah, wie Christas Augen größer wurden, lächelte und zuckte mit den Schultern. „Und seitdem, keine Spur mehr von ihm!"

„Und ich hatte gemeint, er wäre bei einer Zeitung!"

Ihr forschender Blick war ihm nicht entgangen.

„Hat er Ihnen das erzählt? Er schreibt gelegentlich etwas, um seinen Unterhalt zu finanzieren. Aber das interessiert ihn nicht sonderlich. Seine wahre Leidenschaft sind Bücher!"

Er spürte, bei ihr ins Schwarze getroffen zu haben. Sie war in Karl verliebt und er hatte es geschafft, eine Brücke zu ihr zu schlagen.

„Und?!", fragte sie gespannt.

„Er hat großes Talent! Darum suche ich ihn dringend, damit wir sein Buch endlich herausbringen!"

Das war es also, überlegte sie. Karl war Schriftsteller und selbst wenn er gelegentlich für

Zeitungen schrieb, bedeutete das nicht, dass er ein bezahlter Verräter war.

„Damit wir es nicht vergessen. Das hier ist für Ihren Aufwand!“ Kai schob ihr den Briefumschlag hin.

„Darf ich?“, Christa lugte in das Kuvert und sah ein Bündel Geldscheine.

„Soviel! Das war doch nicht nötig.“ Sie wurde rot und biss sich auf die Unterlippe.

Er schüttelte mit dem Kopf. „Das ist es mir wert!“

Der Kellner kam an den Tisch und servierte das Essen.

„Wir haben doch noch nichts bestellt?!“, fragte Christa verwundert.

„Da Sie wenig Zeit haben, hatte ich mir erlaubt, etwas für uns beide zu bestellen. Saltimbocca. Es ist das Gericht, von dem Sie Karl so vorgeschwärmt hatten. Die Rechnung geht auf mich.“

„Vielen Dank!“

„Gern geschehen. Christa, darf ich Sie mit Ihrem Vornamen ansprechen? Ich liebe es, in angenehmer Gesellschaft zu speisen! Als Geschäftsmann bin ich meistens allein unterwegs!“

Sie nickte und lächelte zum ersten Mal.

Kai räusperte sich. „Wann haben Sie Karl denn das letzte Mal gesehen, Christa?“

Christa senkte ihren Blick. „Es war vor seiner Haustür. Wir hatten uns verabschiedet.“

„Und wann war das?"

„Vor fünf Tagen", seufzte sie.

„Liegt Ihnen etwas auf dem Herzen, Christa?"

„Ach, ich weiß nicht! Etwas schien ihn zu bedrücken. Er wollte aber nicht darüber reden!"

„Steht das vielleicht im Zusammenhang mit seinem Verschwinden?"

„Keine Ahnung. Aber ich sorge mich um ihn."

Sie blickte an ihm vorbei. „Als hätte er vor irgendetwas Angst!"

Du weißt genau, was mit ihm passiert ist, dachte Kai.

„Gehen Sie zu Polizei, wenn Sie etwas wissen oder hören, Christa. Sonst werden Sie ungewollt in eine üble Sache hineingezogen."

Sie biss sich auf die Lippen. Herbert hatte recht. Wenn Volker nicht mit der Sprache rausrückte, musste sie Anzeige erstatten.

„Es ist nichts!", erwiderte sie.

Kai gab ihr seine Karte. „Nur für alle Fälle."

Herbert Richter, Verleger, stand dort zusammen mit der Telefonnummer, unter der er sie angerufen hatte.

Nachdem sie gegessen hatten, verabschiedete er sich von ihr.

„Ich habe leider noch dringende Pflichten. Es freut mich, sie kennengelernt zu haben, Christa. Genießen Sie den restlichen Abend. Wie gesagt, die Rechnung ist beglichen."

Er stand auf und holte ein elegantes Jackett von der Garderobe und kam zurück an den Tisch. „Ich hoffe, wir sehen uns wieder, Christa?“

Sie stand auf und er küsste ihre Hand, bevor er zur Tür ging.

◆ ◆ ◆

Kai lief die paar Schritte bis in die Seitenstraße, wo er seinen BMW geparkt hatte. Sowie er im Auto saß, rief er die Telefonnummer an, die auf der Vermisstenanzeige vermerkt war.

Ein Polizist meldete sich und fragte nach seinem Namen und der Vorgangsnummer. Er bestätigte: „Der von Ihnen vor zwei Tagen als vermisst gemeldete Karl Neuendorf?“

„Ja genau! Ich habe jetzt einen konkreten Hinweis, dass an Herrn Neuendorf ein Verbrechen verübt wurde.“

Kai gab Christa Barkowski als mögliche Tatzeugin an.

„Wohnort?“

„Den kenne ich leider nicht, aber ich habe ihre Mobilfunknummer!“

◆ ◆ ◆

Grischa wachte auf, als sich die Tür zum Schlafzimmer öffnete. Ein Streifen fahlen Lichts schien ins Wohnzimmer, wo Mascha ihm die Couch für die Nacht zum Schlafen überlassen hatte. Sie hatte sich zu Anastasia ins Schlafzimmer gelegt. Er schaute zur Uhr. Es war kurz vor halb sechs!

Grischa stand auf und traf seine Schwester im Flur. Sie bereitete sich darauf vor zur Arbeit zu gehen.

„Hast du das Geld dabei, Mascha?“

„Ja!“

„Sei vorsichtig!“

„Mach dir keine Sorgen. Es wird schon klappen!“

Grischa hatte ihr geraten, lieber sechstausend Euro mitzunehmen, falls ihr Vorgesetzter sich von einer niedrigeren Summe nicht überzeugen ließ. Dann blieben ihnen noch viertausend für die Reise, und genug, um die Behandlung ihrer Mutter Anastasia in Berlin zu bezahlen.

Volker würde ihm glauben, wenn er sagte, dass er die zehntausend Euro für Bestechungen und die Waffen gebraucht hatte. Außerdem musste Armin und nicht Volker für die Rückzahlung aufkommen.

„Hast du eure Sachen gepackt?“

Mascha nickte. Sie hatte die Kleidungsstücke auf ihren eigenen und Grischas Koffer verteilt.

Sie umarmten sich und Mascha zog die Wohnungstür hinter sich zu.

Grischa verbrachte die Zeit bis zum Treffen mit Alina in der Wohnung. Seine Mutter war gegen acht Uhr aufgestanden. Sie hatte sich zu ihm an den Tisch gesetzt, etwas gegessen und sich danach wieder hingelegt.

Um halb zehn lief er los zum Puschkin-Park. Es waren nur ein paar Minuten bis dorthin und viel zu früh, aber er hielt es in der Wohnung nicht mehr aus. Als er an ihrem Treffpunkt ankam, saß Alina auf den Stufen der Gedenksäule. Ihr blondes Haar wehte im Wind.

Ihre Blicke trafen sich. Alina sprang auf und rannte ihm entgegen. Sie nahmen sich bei den Händen, doch zögerten sie, einander in die Arme zu fallen.

„Warum hast du dich die ganze Zeit nicht gemeldet?“, fragte Alina traurig und schüttelte ihren Kopf.

„Ich wurde unmittelbar nach meiner Heimkehr zur Armee eingezogen. Es war ein geheimer Auftrag und mir war streng verboten, darüber zu reden. Es tut mir leid, Alina!“

Grischa hätte ihr gerne alles erzählt. Jetzt war ihm bewusst, dass er sie immer noch liebte. Am Abend des Tages, bevor er die Ukraine verließ, hatte er ihr gesagt, er würde für ein paar Wochen verreisen. Alina wäre nicht mit ihm nach Berlin gegangen. Sie lebte bei ihrer Familie und wurde im Geschäft ihres Vaters gebraucht.

Alina sah ihn an. Sollte sie ihm glauben oder nicht? Dann überwältigen sie ihre Gefühle. Sie fielen sich in die Arme und gaben sich einen vorsichtigen Kuss.

„Und was ist jetzt?“, fragte sie.

„Nur noch einen Monat Geduld, Alina. Wenn du mich noch willst, machen wir da weiter, wo wir aufgehört haben!“

„Nicht wir! Wo du aufgehört hast, Grischa!“

Ihr Gesicht war ernst, doch ihre Augen lachten. Sie umarmten sich fest und küssten sich so leidenschaftlich, wie zu Beginn ihrer Liebe.

Wenn die Familie in Sicherheit ist, werde ich ihr die Wahrheit erzählen, sagte er sich. Es blieb dann Alinas Entscheidung, ob sie ihn in Berlin besuchen, oder sogar für immer dort hinkommen würde. Er hasste es, sie anzulügen, aber für diesen Moment war es das Beste.

Alina erzählte, was sich in der langen Zeit ohne ihn zugetragen hatte. Sie verschwieg ihre Liebschaft mit einem alten Schulkameraden, die sie bald wieder beendete, weil sie Grischa nicht vergessen konnte.

Grischa hörte ihr gerne zu. Über seinem angeblichen Spezialauftrag für die Armee durfte er nicht reden. Es war ihm lieber so.

„Wie lange hast du heute Zeit, Grischa?“

„Nicht lange, Alina! Ich muss heute noch zurück zu meiner Einheit!“

Sie sagte es nicht, doch hatte gehofft, wenigstens für diese Nacht mit ihm gemeinsam zu verbringen. „Versprich mir, dass wir uns spätestens in einem Monat wiedersehen und du dann bleibst, Grischa!“

Sie drohte ihm mit ihrem Zeigefinger. „Sonst überlege ich es mir!“

Grischa nickte und küsste sie. Das Schicksal würde entscheiden, was geschah.

◆ ◆ ◆

Gegen elf Uhr war er zurück in der Wohnung. Seine Mutter war aufgestanden. Als er eintraf, stand sie in der Küche, um das Mittagessen vorzubereiten.

Eine Stunde später hörte er, wie die Wohnungstür aufgeschlossen wurde. Mascha erschien, verschwitzt und mit hochrotem Gesicht.

„Es hat geklappt!“ Sie war außer Atem, denn sie war den Weg von der Kaserne bis zur Wohnung gerannt.

„Mascha? Bist du schon da?“, rief Anastasia aus der Küche.

„Ja, alles gut, Mutter!“

Sie flüsterte Grischa ins Ohr. „Ich habe meinem Chef erzählt, ich bräuchte Sonderurlaub. Es gäbe die Zusage einer psychiatrischen Klinik in Deutschland, die unsere Mutter aufnehmen würde. Aber der Platz für sie könne nicht lange freigehalten werden.“

„Und? Was hat er gesagt?“

„Er sah mich zuerst nur an und sagte nichts. Ich bin nicht sicher, ob er mir das abgenommen hat.

Dann meinte er, ich sollte einen Urlaubsantrag schreiben und ihm persönlich vorlegen. Doch hätte er wenig Hoffnung auf eine Genehmigung, da ich dienstverpflichtet und unabkömmlich wäre.“

Sie grinste verschmitzt. „Da war mir klar, dass er eine Gegenleistung erwartete. Zehn Minuten später brachte ich ihm den ausgefüllten Antrag in einem dicken Umschlag zusammen mit den viertausend Euro."

„Und, was hat er gesagt?"

„Er nahm das schwere Kuvert und meinte, du hörst von mir! Ich ging ins Büro und saß an meinen Schreibtisch wie auf Kohlen. Nach einer Stunde kam seine Sekretärin und brachte mir den Urlaubsschein. Gültig für eine Woche ab heute!"

Sie klatschte in die Hände. „Freust du dich nicht?"

„Aber wie! Mascha!"

Er zögerte. „Und die Waffen?"

„Die habe ich gleich nach meiner Ankunft in der Kaserne aus der Asservatenkammer geholt!" Mascha grinste.

„Fällt das nicht auf, wenn da was fehlt?"

Sie schüttelte den Kopf. „Bei der Menge Schießeisen! Da liegen weit größere Sachen herum, als nur Handfeuerwaffen. Ich vermute, da bedienen sich noch ganz andere Leute ..."

Sie öffnete ihre Handtasche und ließ ihn hineinschauen. Dort schlummerten zwei russische Makarov sowie drei Schachteln Munition.

„Deine Pistole nehmen wir auch mit!" Grischa ging ins Schlafzimmer und verstaute die Waffen im Koffer hinter dem doppelten Boden.

Mascha lief derweil in die Küche und erzählte ihrer Mutter, dass sie sofort nach dem Essen zum

Bahnhof müssten.

„So schnell?", rief Anastasia entsetzt. „Das geht nicht! Unmöglich!"

„Doch! Wir schaffen den 14 Uhr Zug sonst nicht, Mutter. Nimm jetzt deine Tabletten, dann ist dir besser!"

Nachdem sie zu Mittag gegessen hatten, bestellte Mascha ein Taxi.

„Zum Bahnhof?" Der Chauffeur schüttelte den Kopf. „Seid ihr sicher, dass da überhaupt Züge fahren? Es heißt, die Russen haben das nahe gelegene Stellwerk bombardiert und die Zugverbindungen sind seitdem unterbrochen!"

◆ ◆ ◆

Nachdem Herbert gegangen war, blieb Christa noch am Tisch. Sie genoss die Atmosphäre des *Il Sole*. Als sie dachte, es wäre Zeit zu gehen, brachte ihr der Kellner eine Nachspeise. Sie sah ihn erstaunt an, doch er sagte, der Signore hätte alles bezahlt. Sie ging auf die Toilette des Restaurants, öffnete den Umschlag und zählte das Geld. Herbert war großzügig, es waren fünfhundert Euro!

Christa verließ das *Il Sole* in freudiger Stimmung. Das Geld und den Prosecco deponierte sie in ihrer Wohnung. Sie war zu aufgekratzt, um den Abend so früh zu Hause zu beschließen, und machte sich auf den Weg in ihre nahegelegene Stammkneipe, den

Leuchtturm. Der Ort, wo man sie als Fuffi-Christa kannte, und wo sie Armin und andere Männer kennengelernt hatte.

Christa setzte sich an den Tresen und bestellte ein Bier. Ihr fiel wieder ein, was Herbert erzählt hatte. Karl war Schriftsteller und saß an einem Liebesroman. Davon hatte er ihr kein Wort gesagt. Sie hoffte, es wäre deswegen, weil er sich dabei von ihrer Liebesaffäre inspirieren ließ. Er hatte sie nicht beeinflussen wollen und nur deshalb behauptet, er wäre Schlosser und zurzeit arbeitslos.

Selbst wenn er für Zeitungen schrieb, ihr war das egal. Von irgendetwas musste der Mensch leben, genau wie sie, wenn sie manchmal mit einem Kerl vögelte, um ihre Kasse aufzubessern. Armin, der vorgab, ein selbstloser Kämpfer für das Klima zu sein, war genauso käuflich. Er ließ sich von der SET aushalten und lebte in einer teuren Wohnung.

Sie starrte gedankenverloren auf das Flaschenregal hinter dem Tresen, als sich jemand auf den Barhocker neben sie setzte.

„Na Christa, was grübelst du?"

Sie hob ihren Kopf. Es war Jochen, mit dem sie ein loses Verhältnis verband. Als Armin vor fünf Tagen morgens bei ihr an der Tür stand, war Jochen gerade vor einer halben Stunde gegangen. Als sie dann mit Armin im Bett war, hatte der was gemerkt und so blöd geguckt. Christa lachte innerlich, als sie an diese Szene dachte.

„Grübeln? Ach, über nichts Besonderes, Jochen!"

Wenn Herbert Richter sie heute Abend in ein nobles Hotel eingeladen hätte, wäre sie mitgegangen. Mit ihm hätte sie vielleicht den Sugardaddy gefunden, von dem sie manchmal träumte.

Jochen legte seinen Arm um ihre Schulter. „Hast du heute Abend noch was vor?"

Ihr Handy vibrierte in ihrer Tasche, sie hatte es im Restaurant auf stumm geschaltet. Auf dem Display stand eine unbekannte Nummer. Sie ließ es klingeln, bis es aufhörte.

„Weiß nicht, Jochen."

Nach ein paar Minuten erhielt sie eine Textnachricht. „An Frau Christa Barkowski. Sie werden aufgefordert, sich spätestens morgen wegen einer Zeugenaussage bei der Polizeidienstelle unter folgender Telefonnummer zu melden." Es war die gleiche Nummer, unter der man gerade versucht hatte, sie anzurufen.

Christa durchfuhr es eiskalt. „Jochen, ich muss dringend los", sagte sie und stand auf. Sie bezahlte ihr Bier, nahm ihre Jacke und verließ den Leuchtturm.

Draußen regnete es und sie lief über die nasse Straße zurück zu ihrer Wohnung.

Was hatte das zu bedeuten? Ob es mit der Straßenblockade zusammenhing? Oder war es wegen des Anschlags auf das PIK, worüber sie im

Radio gesprochen hatten?

Oder jemand hatte sie erkannt, als sie an dem bewussten Abend mit Karl vor seiner Haustür stand! Sie sah auf ihr Handy, es war kurz vor dreiundzwanzig Uhr. Volker war bestimmt noch wach. Nur er wusste, wo Karl versteckt war. Sie überlegte nicht lange und rief ihn an.

Er meldete sich nach dem ersten Klingeln. „Ja?"

„Ich bin's Christa. Du, ich habe gerade eine SMS von den Bullen bekommen. Ich soll morgen für eine Zeugenaussage auf dem Revier erscheinen!"

Volker nahm sich einen Moment Zeit, bevor er antwortete. „Und was wirst du tun?"

„Keine Ahnung, was die von mir wollen. Ist es wegen der Straßenblockade? Hast du denn auch so eine Nachricht bekommen?"

„Ja!", sagte er.

„Und was wollen die von dir?"

„Haben Sie mir ebenso wenig mitgeteilt wie dir, Christa! Aber lass uns reden, bevor wir dahin gehen. Wir müssen uns absprechen!"

„Und wenn es wegen Karl ist?"

„Das habe ich dir doch erklärt! Mit dem ist alles okay!"

„Ja schon, aber heute hat sich jemand bei mir gemeldet, der Karl vermisst!"

„Was!?"

Volker stockte der Atem. „Wer denn? Wie kommt der auf dich?"

„Es ist ein Freund von ihm. Karl hat ihm von mir erzählt."

Ihre Stimme überschlug sich. „Volker! Wenn das von den Bullen was mit Karl zu tun hat!?"

Aus ihrer aufgeregten Stimme sprach nackte Angst. „Karl muss heute noch freikommen, Volker! Das geht sonst beschissen für uns aus!"

Für einen Moment blieb er still.

„Bist du noch dran, Volker?"

„Ja, ich überlege. Du weißt, dass es eigentlich zu früh ist, um ihn rauszulassen!"

„Das ist jetzt egal, ich mach sonst nicht mehr mit!"

„Beruhige dich! Vielleicht hast du ja recht", antwortete er.

„Aber wenn wir ihn von da abholen, kommst du mit. Du wirst ihm das alles besser erklären, als ich. Du sagst, dass es nur ein blödes Missverständnis war!"

„Aber wann holen wir ihn und wo ist er überhaupt?"

„Auf jeden Fall, bevor wir zur Polizei gehen."

Volker räusperte sich. „Am besten gleich. Ich hol dich mit dem Auto ab. Wo bist du?"

Christa nannte ihm die Adresse.

„Gut. In einer halben Stunde bin ich bei dir!"

◆ ◆ ◆

Der Bahnhof von Kramatorsk war voller Menschen. Abseits vom größten Getümmel fanden sie eine freie Sitzgelegenheit, wo Mascha und Anastasia die Koffer abstellten und sich hinsetzten. Grischa ging in die Bahnhofshalle, um sich nach den möglichen Zugverbindungen zu erkundigen. Eine halbe Stunde später tauchte er wieder auf.

„Um 15:00 fährt ein Zug nach Kiew. Wohl über eine andere Strecke, die nicht durch den Bombenangriff blockiert ist. Erst hieß es, es gäbe keine Tickets mehr. Als ich dem Beamten vorschlug, die Tickets in Euro zu zahlen, und noch etwas draufzulegen, gab es plötzlich welche."

Er grinste und wedelte mit den Fahrkarten in seiner Hand.

„Zum Glück!", sagte Mascha.

„Ich habe dafür sogar Sitzplätze in der 1. Klasse bekommen." Er lächelte seine Mutter an. „Es wird alles gut!"

Der Zug nach Kiew erschien pünktlich und wurde sofort von einer dichten Menschenmenge umlagert. Grischa und Mascha nahmen ihre Mutter in die Mitte und kämpften sich durch die Menge bis zum Zug. Im Zuginneren drängelten sich die Menschen.

Die drei quetschten sich mit ihren Koffern nach vorn zu den Wagen der 1. Klasse. Doch auch dort war schon alles besetzt. Ein jüngerer Mann machte bereitwillig Platz, als Mascha ihn darum bat, ob ihre Mutter sich setzen konnte.

Die beiden Geschwister blieben neben Anastasias Sitzplatz stehen.

„Wie geht es weiter, wenn wir in Kiew

angekommen sind?“, fragte Mascha.

„Wir sehen zu, dort einen Zug nach Warschau zu bekommen. Von dort aus fahren regelmäßig Anschlusszüge nach Berlin.“

Er winkte sie näher zu sich heran und flüsterte: „An der Grenze zeigst du eure Pässe und deinen Urlaubsschein. Damit dürft ihr legal ausreisen. Ich setze mich weiter weg von euch, das ist sicherer!“

„Wieso?“, fragte seine Schwester.

„Ich reise mit einem Schweizer Pass, spreche offiziell nur Deutsch und will nicht riskieren, dass Mutter mich vor den Grenzern auf ukrainisch anspricht. Du sagst ihr, ich hätte nur einen Platz in einem der hinteren Wagen bekommen. Das wird sie verstehen.“

Mascha sah auf Anastasia, die in ihrem Sitz eingenickt war. „Das gefällt mir alles nicht, Grischa!“

„Es geht nicht anders. In Kiew nimmst du die beiden Koffer mit zu euch. Zwei allein reisende Frauen werden sie nicht groß kontrollieren!“

„Und wenn doch?“

„Da müssten sie schon die Koffer durchleuchten, um die Pistolen zu finden!“

Sie sah ihn besorgt an.

„Das wird nicht passieren. Mach dir keine Sorgen Mascha, es wird alles klappen!“

◆◆◆

Die Zugreise verlief ohne Zwischenfälle. Je weiter sie sich von der Front entfernten, desto weniger Kriegsschäden waren zu sehen. Als der Zug in den Hauptbahnhof von Kiew einrollte, war es längst Nacht geworden. Doch ein Bistro hatte noch geöffnet.

„Setzt euch beide schon mal da rein. Ich besorge die Fahrkarten und komme dann zurück“, sagte Grischa.

Er überbrachte gute Nachrichten. Es gab einen Nachtzug nach Warschau, der um 23:50 Uhr abfuhr. Für Mascha und Anastasia hatte er Plätze im Liegewagen reserviert, für sich selbst einen im Wagen der 1. Klasse. Die Fahrt sollte etwa fünfzehn Stunden dauern.

Grischa schob seiner Schwester heimlich die Bauchtasche mit dem Geld zu und gab ihr einen Briefumschlag.

„Was ist das für ein Brief?“, fragte sie.

„Der ist für meinen Freund Volker in Berlin. Da steht alles Notwendige drin, falls wir getrennt werden sollten. Außerdem hast du hier die wichtigsten Telefonnummern und Adressen.“

„Warum? Wir bleiben doch zusammen!“

„Nur zur Sicherheit, Mascha! Wenn doch etwas sein sollte, ruf Volker an, er spricht Russisch!“

„Rechnest du denn damit, dass was passiert?“

„Nein, aber es ist besser, wenn du das Geld und die Adressen bei dir hast!“

Nachdem sie sich mit Proviant für die lange Fahrt eingedeckt hatten, gab Grischa Mascha ihre Fahrkarten und verabschiedete sich. „Wir treffen uns erst wieder, wenn die Grenze nach Polen hinter uns liegt."

„Wo geht Grischa hin?", fragte Anastasia.

„Er fährt mit uns, aber er hat nur einen Platz in einem anderen Wagen bekommen!", sagte Mascha.

„Dann sehen wir ihn nachher?"

„Später, aber jetzt machen wir es uns gemütlich. Wir haben sogar Plätze im Liegewagen. Da kannst du dich ausruhen.

TAG 18

Donnerstag

Nach Christas Anruf überlegte Volker, ob er mit Armin reden sollte. Aber was nutzte das? Armin wusste ebenso wenig wie Christa, dass Karl tot war. Was Volker blieb, war die Gewissheit, auf sich allein gestellt zu sein.

Zum Glück hatte er noch den Leihwagen, mit dem sie Karl nach Bogensee gebracht hatten. Christa war in Panik und er musste sich beeilen. Womöglich ging sie noch in dieser Nacht zur Polizei. Er schnappte sich seine Jacke und zog sie sich über, während er die Treppenstufen hinunterrannte. Der weiße Skoda Fabia stand nicht weit entfernt.

Es regnete, doch nach Mitternacht war nicht mehr viel los auf den Straßen. Er brauchte keine halbe Stunde bis zur Riesaer Straße, um zum verabredeten Treffpunkt, der Bushaltestelle Ecke

Nossener Straße zu gelangen.

Das Licht der Straßenlaternen brach sich in den Tropfen auf der Windschutzscheibe und blendete seine Sicht. Dann sah er die dunkel gekleidete Gestalt auf einer überdachten Bank der Haltestelle sitzen, fuhr näher heran und hielt. Die Frau wendete ihm ihr Gesicht zu. Es war Christa und sie war allein.

◆ ◆ ◆

Christa schaute hoch, als die sich nähernden Scheinwerfer größer wurden und ein weißes Auto vor dem Wartehäuschen hielt. Durch die geöffnete Beifahrertür sah sie in Volker bleiches Gesicht.

„Steig ein!“

„Gut, dass du schnell gekommen bist!“

„Hast du mit jemanden darüber gesprochen, dass wir Karl abholen?“

Sie schüttelte den Kopf.

„Schalte dein Handy aus, bevor wir weiterreden.“ Er hielt ihr sein ausgeschaltetes Mobiltelefon vors Gesicht. Christa zögerte und zog dann ihres aus der Jackentasche.

„Gut!“

„Fahren wir jetzt zu Karl?“

„Ja.“

„Wo steckt er denn?“

„In Bogensee. Da, wo wir neulich zusammengesessen haben!“

„Und wer kümmert sich da um ihn?“

„Er ist eingesperrt und hat genug Vorrat an Essen und Trinken. Alles ist kein Problem, Christa. Wir holen ihn und bringen ihn zu seiner Wohnung. Aber es ist besser, wenn du es ihm erklärst! Sag, es war nur ein Irrtum.“

Sie fuhren durch die nächtlichen Straßen von Hellersdorf. Von der Altlandsberger Chaussee gelangten sie auf die Autobahn A10.

„Was ist das denn für ein Freund von Karl, mit dem du gesprochen hast, Christa?“

„Ein Verleger! Ich kenne ihn nicht. Er sagte mir, Karl wollte ihm ein Manuskript für eine Buchveröffentlichung geben und hat sich dann nicht mehr gemeldet.“

„Ach so!“ Volker nickte.

Es war höchste Zeit gewesen, Karl zum Schweigen zu bringen. Dieses Buch konnte nur eine Abrechnung mit der Klimabewegung oder eine andere rechte Scheiße sein. Aber damit war es jetzt vorbei.

Ihre Unterhaltung blieb einsilbig, bis Volker von der Autobahn abbog. An der Kreuzung fuhr er über eine Landstraße weiter.

„Wo sind wir denn hier? Ich erkenne das gar nicht!“, fragte sie besorgt.

„Kein Wunder. Mit den Rädern sind wir von einer anderen Richtung nach Bogensee gefahren.“

Christa starrte angestrengt in die Dunkelheit und versuchte immer noch, etwas wiederzuerkennen. Durch das halbgeöffnete Seitenfenster drang der Gestank von Gülle.

„Hier ist eine Schweinemastanlage." Volker schloss die Fenster. „Bald sind wir da, dann wirst du es schon wiedererkennen!"

Nach drei Kilometern nahm er einen Abzweig in eine kleinere Straße, die nach ein paar hundert Metern zu einem unbefestigten Weg wurde.

Christa hatte immer noch keine Vorstellung, wo sie waren. Volker fuhr ein paar Meter in den unbeleuchteten Weg hinein und hielt in einer Parkbucht.

„Es ist besser, wir fahren nicht ganz bis auf das Gelände. Es gibt da einen Hausmeister und es fällt auf, wenn nachts ein Auto dort ankommt."

Das Motorengeräusch erstarb und wich der nächtlichen Stille. Sie stiegen aus.

„Zum Glück hat der Regen aufgehört!" Christa sah in den klaren Sternenhimmel.

„Warte." Volker kroch auf den Hintersitz des Autos und murmelte etwas.

„Was suchst du?"

„Die Taschenlampe."

Er kroch aus dem Auto. „Hier! Ich hab sie!"

„Wo ist Karl denn nun untergebracht?"

Sie waren ein paar Schritte gelaufen und die Umrisse der Häuser von Bogensee tauchten schemenhaft aus der Dunkelheit auf.

„Nicht hier, er ist da, wo wir den chinesischen Botschafter unterbringen werden."

Volker lief vorweg. Sie kamen an dem Gebäude

vorbei, wo sie sich bei ihrer Radtour versammelt hatten.

„Hier, oder?“ Sie sah ihn fragend an.

„Noch ein Stückchen weiter.“

Inzwischen lag das bebaute Gelände hinter ihnen. Der Weg verlief in Richtung des Sees. Nach wenigen Schritten tauchten im Lichtkegel der Taschenlampe mit Gras bewachsene Treppenstufen auf, die ein paar Meter in die Tiefe führten. Volker leuchtete nach unten. Das Licht fiel auf eine eiserne Tür, vor der die Treppe endete.

◆ ◆ ◆

„Hier sind wir!“

Volker geht voran. Er zieht einen Schlüssel aus der Tasche und öffnet die Eisentür. Drinnen ist es stockdunkel. Im Lichtkegel der Taschenlampe erkennt Christa einen Vorraum, der zu einer weiteren Tür führt.

Sie zögert weiterzugehen. „Das ist total gruselig hier!“

„Es ist die Anlage eines ehemaligen Luftschutzbunkers.“

Er drückt auf einen Schalter neben der zweiten Tür, und öffnet diese mit einem Schlüssel.

Christa wird von dem grellen Neonlicht geblendet. Sie wartet und nach ein paar Sekunden sieht sie sich um. In diesem Raum ist niemand. Auf dem Boden liegen Decken, ein Schlafsack. Daneben steht ein Sechserpack Mineralwasser, ein Toastbrot, ein paar Büchsen und Verpackungen.

Volker steht hinter ihr, sie dreht sich zu ihm um. Ihre Augen sind voll Unverständnis. „Aber wo ist denn Karl?!"

„Hier im Raum nebenan."

Sie sieht nach rechts. Dort ist eine verschlossene Luftschutztür, deren Riegel Volker jetzt öffnet.

„Hier ist er drin." Er zieht die Tür auf.

„Karl? Volker, mach doch mal Licht."

Ein heftiger Stoß in ihren Rücken wirft Christa in den dunklen Nebenraum. Etwas rutscht ihr über den Kopf. Der Schreck lähmt sie und als sie sich umdrehen will, zieht sich der Kabelbinder um ihren Hals zusammen. Sie stößt mit ihren Ellenbogen hinter sich, trifft auf etwas Weiches. Sie hört ihn fluchen und spürt den Druck seines Knies in ihren Rücken. Der Zug um ihren Hals verstärkt sich. Christa röchelt und sieht Sterne, als er sie tiefer ins Dunkle schiebt und die Würgeschlinge zusammenzieht.

Christa versucht zu schreien, doch es gelingt ihr nicht. In ihrem Kopf beginnt es zu hämmern und sie schlägt verzweifelt um sich, als sie bäuchlings auf dem Boden liegt. Er drückt sie weiter nach unten.

„Es muss sein", hört sie ihn reden. „Es gibt keinen Weg zurück."

Christa will antworten. Sie krächzt und stößt

einen grässlichen Laut aus. Dann umschlingt sie völlige Dunkelheit. Ihre Bewegungen werden schwächer, bis sie gänzlich ersterben.

◆ ◆ ◆

Als Christa reglos auf dem Boden lag, ließ Volker von ihr ab. Er lauerte darauf, ob sie sich erneut rührte, und war bereit, weiterzumachen, wenn nötig. Im schmalen Lichtkegel des Vorraums sah er Christas Körper unter sich auf dem Boden.

Sein keuchender Atem beruhigte sich allmählich. Er stützte sich ab, stand mühsam auf, und doch es war ein Gefühl der Befreiung.

Adil hatte ihn einen Schwächling genannt, doch er konnte das Gegenteil beweisen. Wenn Grischa mit den Waffen zurück war, lag die Initiative wieder in seiner Hand.

Sein Herz raste noch immer. Volker wich zurück in den hell erleuchteten Raum, wo die Essensvorräte standen. Mit seinem Körpergewicht drückte er die eiserne Tür zu und zog die beiden Riegel nach unten. Bei verschlossener Tür würde man den Leichengeruch nicht bemerken. Diese Bunker waren auch gegen Gasangriffe hermetisch isoliert.

Volker schloss die beiden Türen ab und löschte das Licht. Er wartete am Fuß der Treppe und horchte in die sternenklare Nacht hinein. Nur das Zirpen der Grillen war zu hören.

Nachdem er sich vergewissert hatte, unbemerkt geblieben zu sein, stieg er vorsichtig die mit Moos bedeckten steinernen Stufen hoch. Oben schaute er sich um. Es war niemand zu sehen.

Seine Füße brachten ihn wie automatisch zum Auto zurück. Soweit er wusste, hatte nur der Hausmeister einen Schlüssel für die Bunkeranlage.

So wie es aussah, war alles unverändert, seitdem er den Bunker als Versteck ausgekundschaftet und die Lebensmittelvorräte dorthin gebracht hatte. Wenn überhaupt, kam hier selten jemand zum Nachschauen. Der Hauswart hatte schon Arbeit genug, das weitläufige Gelände mit seinen Gebäuden vor Vandalismus zu schützen.

Volker wendete den Skoda und fuhr über Feldweg bis zur Straße zurück. Als die Reifen den Asphalt berührten, gab er Gas.

◆ ◆ ◆

Nachdem Grischa Mascha und Anastasia zu ihren Betten in dem Liegewagen gebracht hat, suchte er nach seinem reservierten Platz in einem der Wagen am Ende des Zuges. Der Sitz ihm gegenüber war frei und so konnte er nach der unbequemen Reise bis Kiew endlich seine Beine ausstrecken.

Sie waren jetzt kurz vor dem Ziel und Grischa machte sich Gedanken darüber, wie es in Berlin weitergehen sollte. Nachdem die Familie ohne den Vater wieder vereint war, wuchs in ihm der Wunsch, sein Leben neu zu ordnen. Sollte Alina ihn in Berlin besuchen, wollte er ihr einen Anreiz bieten, bei ihm zu bleiben.

Er hatte Volker viel zu verdanken und nur deswegen die Pistolen besorgt. Aber nun war das Kapitel Endzeit-Gruppe für Grischa abgeschlossen. Er hofft immer noch darauf, Volker diese verrückte Idee mit dem Chinesen auszureden.

Nach einer Weile schlief Grischa in dem bequemen Sitz ein und wachte erst wieder auf, als der Zug im Bahnhof der westukrainischen Stadt Lviw hielt. Von hier war es nicht mehr weit nach Polen. Draußen wurde es langsam Tag.

Der Zug fuhr wieder an und Grischa zählte die Minuten bis zur Grenze. Um kurz vor zehn Uhr hielt der Zug auf freier Strecke. Grischa sah aus dem Fenster auf einen nackten Bahnsteig. Ein Stück entfernt standen zwei Gebäude. Die Grenzstation, dachte er, der Ort, den ich vor drei Tagen passiert habe.

◆ ◆ ◆

Die Türen des Zuges knallen, Schritte stapften durch den Gang und die Stimmen der Grenzer, die nach den Ausweispapieren fragten, kommen näher. Grischa denkt an seine Familie und presst seine Finger zu Fäusten zusammen.

Der Uniformierte steht jetzt vor ihm und fragt auf Ukrainisch nach seinem Pass. Grischa zögert und hebt fragend die Schultern.

„*Passport!*"

Er nickt und zieht den roten Schweizer Pass aus seiner Innentasche. Der Zöllner blättert darin herum, bis er den Einreisestempel findet.

„Ein kurzer Besuch", sagt er auf Deutsch.

Grischa ist erstaunt. „Ja!"

Er zuckt mit Achseln.

„Wo waren sie gewesen?"

„In Kiew."

„Was haben sie dort gemacht?"

Ein zweiter Grenzpolizist taucht hinter seinem Kollegen auf.

„Schweizer Pass", sagt der erste Uniformierte auf Ukrainisch.

Der Hinzugekommene nimmt den Pass und hält ihn auf eine Art Scanner. Grischa gibt sich den Anschein von Gleichmut. Der Grenzer sieht auf das Gerät und runzelt die Stirn. Er flüstert seinem Kollegen etwas zu.

„Stehen Sie bitte auf und kommen Sie mit.", sagt der Erste zu Grischa auf Deutsch.

„Wieso, ist etwas nicht in Ordnung?"

„Kommen sie mit, wir müssen etwas überprüfen."

„Aber was ist mit meinem Zug?"

Der Grenzer schüttelt den Kopf. Er geht weiter

durch den Gang, um die wenigen anderen Fahrgäste zu kontrollieren. Sein Kollege mit dem Scanner hält Grischa am Arm fest und lotst ihn zur nächsten Tür.

„Was ist denn los?“, fragt Grischa erregt auf Deutsch.

„Das wirst du schon sehen!“, antwortet der Grenzer auf Ukrainisch.

Grischa zuckt die Achseln. Er gibt noch immer vor, als ob er nichts versteht. Aber ihm dämmert, dass sein Spiel verloren ist. Draußen führt ihn der Uniformierte über den Bahnsteig, der nur eine Betonplattform ist. Sie laufen am Zug entlang. Grischa schaut in die Fenster, als sie den Liegewagen passieren, wo Mascha und Mutter sitzen. Doch er kann nicht hineinsehen.

Rührt euch bitte nicht, hofft er.

Der Grenzpolizist führt ihn in das kleinere der beiden Gebäude. Drinnen ist es stickend heiß. Obwohl es Sommer ist, läuft die Heizung. Sie gelangen in einen Raum, der wie ein Büro ausgestattet ist. Hinter dem Schreibtisch sitzt ein anderer Beamter, der mehr Litzen an seiner Uniform trägt. Sein Vorgesetzter, denkt Grischa.

„Taschen leeren! Alles auf den Tisch!“ Sie geben sich keine Mühe mehr, mit ihm Deutsch zu sprechen. Grischa gehorcht wortlos. Es hat keinen Sinn, er ist enttarnt. Jetzt wäre es hilfreich gewesen, Bestechungsgeld dabeizuhaben, doch er ahnt, dass das hier nicht funktioniert.

Er muss sich vollständig ausziehen. Die Männer durchsuchen ihn. Sie finden seinen ukrainischen Pass mit der Aufenthaltsgenehmigung in Deutschland. Er hat noch fünfhundert Euro bei sich, die jetzt auch auf dem Tisch liegen.

Die beiden sehen sich an und grinsen.

„So ist das", sagt der hinter dem Schreibtisch. „Wolltest mal kurz in der Heimat vorbeischauen, dir aber nicht die Finger für sie schmutzig machen."

Der mit dem Scanner legt Grischa inzwischen Handschellen an.

Grischa spricht jetzt Ukrainisch. „Ich habe eine Aufenthaltsgenehmigung in Deutschland. Ihr könnt mich nicht festhalten!"

„Aber du hast eine Straftat begangen", sagt der am Schreibtisch.

Grischa schüttelt den Kopf. „Überhaupt nicht!"

„Das Mindeste deiner Verbrechen ist der Grenzübertritt mit einem gefälschten Pass. Aber du könntest ebenso gut ein Spion sein. Grischa Komarow. Dein Name ist russisch, oder?"

Der andere tippt mit dem Zeigefinger auf den Scanner. „Da staunst du, was! Das haben uns die Engländer überlassen. Damit findet man heraus, ob ein Pass gefälscht ist. Und deiner ist schlecht gemacht!"

Sein Vorgesetzter lacht: „Weißt du was jetzt passiert?"

Grischa zuckt hilflos mit den Schultern. Er

hofft nur, dass Mascha und Anastasia im Zug bleiben.

„Du kommst ins Gefängnis und danach geht es ab an die Front in ein Strafbataillon."

„Was!?"

„Schau mal. Alle anderen kämpfen und du sitzt gemütlich in Deutschland! Wir brauchen dringend Soldaten."

Grischa zuckt mit den Schultern. Er sieht die beiden an, die lachen, als wäre alles hier ein Scherz unter Freunden. Ihm schwant, es ist nicht das erste Mal, dass dieses Spiel hier abläuft.

„Aber mit uns hast du Glück. Es gibt noch eine andere Möglichkeit", sagt der hinterm Schreibtisch.

„Und was für eine?"

„Du meldest dich gleich hier freiwillig zum Wehrdienst, dann können wir den Vorfall mit dem Schweizer Pass vergessen. Mit dem Geld, er deutet auf die fünfhundert Euro, zahlst eine Buße für die illegale Einreise. Was meinst du dazu?"

Draußen klappen die Zugtüren. Ein Pfiff ertönt. Grischa hört, wie sich der Zug langsam in Bewegung setzt. Er wünscht sich nur, dass Mascha und Mutter nicht ausgestiegen sind, sondern sicher nach Berlin kommen.

„Bleibt mir denn eine andere Wahl?"

Beide lachen, als hätte er ihnen einen Witz erzählt.

„Wie man`s nimmt", antwortet der

Kontrolleur aus dem Zug. Er befreit Grischa von den Handschellen. „Zieh deine Sachen wieder an, wir möchten ja nicht, dass du dich erkältest."

Sein Vorgesetzter nickt gönnerhaft und lässt den Pass zusammen mit dem Geld in der Schreibtischschublade verschwinden.

◆ ◆ ◆

Mascha und Anastasia werden nur flüchtig kontrolliert und man interessiert sich nicht für ihre beiden Koffer in der Gepäckablage. Mascha sieht angestrengt aus dem Fenster. Die ersten Grenzbeamten verlassen den Zug.

„Wo ist Grischa? Warum kommt er nicht zu uns?", fragt Anastasia und zupft sie am Ärmel.

„Er kommt gleich! Bestimmt", sagt Mascha.

Als sie wieder hinausschaut, sieht sie ihren Bruder, der von einem Uniformierten in das Gebäude geführt wird, vor dem die ukrainische Fahne weht.

„Was ist los, Mascha?", fragt Anastasia, als sie die Unruhe ihrer Tochter bemerkt.

„Grischa wird gleich kommen …",

Mascha starrt angespannt auf die Tür, hinter der Grischa verschwunden ist. Er hat doch den Pass. Sie dürfen ihn nicht festhalten. Doch die Tür öffnet sich nicht.

Nach einigen Minuten zerreißt ein schriller Pfeifton die Stille und gleichzeitig Maschas Hoffnung. Sie zwingt sich dazu, nicht aus dem

Zug zu springen und zu ihrem Bruder zu rennen. Aber jetzt ist es dafür zu spät.

Sie presst ihre Hände so zusammen, bis sie weiß werden, als der Zug anruckt und sich langsam in Bewegung setzt. Es ist nur eine Kontrolle, beruhigt sie sich. Er wird mit dem nächsten Zug nachkommen.

Anastasia bemerkt ihre Unruhe. „Wo sind wir, Mascha?"

„Wir sind gleich in Polen", sagt sie. „Schlaf ein bisschen, die Fahrt ist noch lang."

„Wo ist Grischa?"

„Er kommt bald zu uns."

Mascha unterdrückt ihre Tränen. Sie steht auf, damit ihre Mutter nicht bemerkt, was in ihr vorgeht.

„Ich muss mal!", sagt Mascha.

Auf der Zugtoilette kann sie sich nicht mehr zurückhalten. Sie weint, bleibt minutenlang dort sitzen. Sie kann immer noch nicht fassen, was sie gesehen hat. Er wird es schaffen, sagt sie sich.

Nach einem Moment holt sie den Briefumschlag von Grischa aus ihrer Handtasche. Es gibt zwei Schreiben. Ein Brief an Volker Friedmann ist zu ihrer Enttäuschung auf Deutsch. Doch der andere Brief ist für sie bestimmt.

Liebe Mascha.

Wir sind getrennt worden, aber mach dir keine Sorgen. Auf der Rückseite steht meine Adresse in

Berlin. Dort könnt ihr wohnen. Meine Nachbarin, Susanne Schönholz kümmert sich um unsere Katze Swenja und sie hat den Schlüssel zu meiner Wohnung. Susanne weiß Bescheid, dass ihr kommt. Sag Mutter, ich bin aufgehalten worden und komme bald nach. Du hast ja genug Geld für die erste Zeit.

Bitte ruf Volker an, gleich wenn ihr angekommen seid, und gib ihm den Koffer. Er spricht Russisch. Sag nicht, dass du noch etwas von dem Geld übrighast. Richte ihm nur aus, dass Grischa ihm seinen Koffer zurückgibt. Er wird sich um euch kümmern, falls ihr Hilfe braucht. Du wirst sehen, das Leben in Berlin ist nicht so schwer und mit deinem Englisch kommst du da gut zurecht.

Ich hoffe, dass wir uns bald wieder in die Arme schließen. Sollten wir länger getrennt werden, wird Volker euch helfen. Er sagt dir, wo du mit Mutter zur Behandlung gehen kannst. Ukrainische Flüchtlinge bekommen von den Deutschen eine finanzielle Unterstützung und ich werde euch schreiben, sobald wie möglich.

Dein Bruder Grischa

Mascha verbirgt ihren Kopf in den Händen und bricht erneut in Tränen aus. Doch sie muss sich zusammenreißen, ihre Mutter braucht sie jetzt. Sie werden es schaffen. Von Grischas Geld sind etwa fünftausend Euro übrig. Eine unvorstellbare Summe für ukrainische Verhältnisse. Nachdem sich Mascha die Hände gewaschen und ihr tränenüberströmtes Gesicht mit Wasser abgespült hat, geht sie zurück in den Liegewagen.

„Was ist mit Grischa?“, fragt Anastasia besorgt.

„Er hat noch etwas zu erledigen und wird mit einem späteren Zug nachkommen“, sagt sie ihrer Mutter.

Im Grenzort Dorohusk hält der Zug erneut. Dort steigen polnische Grenzbeamte ein, die die Pässe der beiden Frauen abstempeln. Am Bahnhofsgebäude weht neben der rot-weißen Fahne auch die blaue, sternenbesetzte der EU. Mascha ist erleichtert, doch sie kann sich nicht freuen, solange Grischas Schicksal ungewiss ist.

◆ ◆ ◆

Am Warschauer Bahnhof stiegen Mascha und ihre Mutter mit allen anderen Fahrgästen aus. Dort wiesen Schilder auf eine Anlaufstelle für ukrainische Flüchtlinge hin und es gab freiwillige Helfer, die sich um die Ankommenden kümmerten.

Als Mascha sagte, sie hätte Verwandtschaft in Berlin, half man ihr, Tickets für den Zug nach Deutschland zu kaufen. Eine Ukrainerin, die schon vor längerer Zeit emigriert war, erklärte ihnen ihre Weiterreise. Die beiden waren gerührt, als sie ihnen noch eine Tüte mit Reiseproviant mitgab.

Ihr Zug nach Berlin fuhr am späten Nachmittag. Maschas Befürchtung, dass die

Deutschen die Waffen im Koffer entdecken würden, erwies sich als unbegründet. Ihr Gepäck wurde nur oberflächlich kontrolliert, nachdem sie sich als ukrainische Flüchtlinge zu erkennen gegeben hatten. Als Mascha erklärte, sie könnten bei ihrem Bruder in Berlin wohnen, ließ man sie bereitwillig mit dem Zug weiterreisen.

Nach sechseinhalb Stunden Fahrt stiegen sie am Ostbahnhof aus. Es war fast Mitternacht, als Mascha Volker anrief, und ihm erzählte, dass sie mit dem Zug in Berlin eingetroffen waren.

„Was ist mit Grischa?“, fragte Volker.

Mascha fing an zu weinen. Sie flüsterte: „Sie haben ihn an der Grenze aus dem Zug geholt.“

„Warum weinst du, Mascha?“ Anastasia sah besorgt auf ihre Tochter.

„Nichts Mutter! Es ist alles in Ordnung!“

„Wo seid ihr jetzt?“, fragte Volker.

Mascha las das Schild. „Ostbahnhof“ buchstabierte sie den fremden Namen.

„Bleibt auf dem Bahnsteig, wo ihr angekommen seid. Ich hole euch ab.“

Nach einer halben Stunde traf Volker auf die beiden. Sie saßen auf einer Bank. Mascha gab ihm Grischas Brief.

Er las und nickte. „Wir fahren zu Grischas Wohnung. Er hat mir einen Schlüssel dagelassen. Ich schreibe seiner Nachbarin ein paar Zeilen, damit sie über euch Bescheid weiß.“

Nachdem sie in der Friedastraße angekommen waren, nahm Mascha ihre Kleidung aus dem

Koffer, wo die Pistolen versteckt waren. Sie überreichte ihn Volker.

„Das ist deiner, nicht wahr? Mein Bruder hat gesagt, ich soll ihn dir unbedingt wiedergeben!"

Als Volker das Gewicht des geleerten Koffers in seiner Hand spürte, war ihm klar, dass Grischa sein Wort gehalten hatte. Mascha tat unwissend, was die Waffen betraf und er wollte sie nicht danach fragen.

„Grischas Nachbarin meldet sich morgen bei euch. Ihr seid sicher müde. Ich melde mich."

Mascha brachte ihn zur Tür, während sich ihre Mutter in der Wohnung umsah.

„Was genau ist mit Grischa passiert?", fragte er leise.

„Sie haben ihn an der Grenze herausgeholt. Unser Zug fuhr ohne ihn weiter. Mehr weiß ich nicht!", flüsterte Mascha.

Anastasia kam in den Flur und sah die beiden fragend an.

„Bis bald. Wir reden später." Volker lief mit dem Koffer in der Hand eilig die Treppen hinunter.

„So ein netter Mann", sagte Anastasia. „Und er spricht so gut Russisch."

Mascha konnte lange nicht einschlafen. Sie und ihr Bruder hatten unfreiwillig die Rollen getauscht. Sie werden ihn nicht gehenlassen, dachte sie. Hoffentlich musste er nicht an die Front. Sie weinte und warf sich vor, ihn durch ihre Klagen dazu gebracht zu haben, sie beide aus Kramatorsk zu holen. Nun saß er dort in der Falle.

TAG 19

Freitag

Der Aufmacher in der Bildzeitung war nicht zu übersehen. Auf den Fotos waren die Überreste der verkohlten Messwagen und die Schrift an der Wand des PIK zu sehen.

Ankes Namen, der in großen Lettern geschrieben stand, ließ für Armin nur einen Schluss zu. Wer dafür verantwortlich war, gehörte zur Endzeit-Gruppe.

Er war ganz entspannt, als er von Mehmet die Bildzeitung verlangte.

„Liest du jetzt immer die Bildzeitung?", fragte ihn der Kioskinhaber und zwinkerte ihn an.

„Nur solange, bis ich genug Türkisch gelernt habe. Dann lese ich die Hürriyet."

Mehmet lachte schallend.

Nachdem Armin den Artikel gelesen hatte, war ihm klar, wer dafür in Frage kam. Michael hatte doch lautstark gefordert, Anke müsste für ihren Verrat büßen. So eine Aktion passte zu ihm und zu seinen Antifa-Freunden. Kein anderer aus der Gruppe kam dafür in Betracht. Grischa war in der Ukraine, Karl in Bogensee eingesperrt und Volker hatte es abgelehnt, sich an Anke zu rächen. Christa besaß nicht das Format und hatte außerdem schon genug Schiss, wegen Karl in den Knast zu gehen. Somit kamen nur noch Michael oder Freunde von ihm in Betracht.

Seit Karls Entführung wuchsen Armins Bedenken gegen den Plan, den Chinesen zu kidnappen. Spätestens nach dem Anschlag auf das PIK stand die Endzeit-Gruppe im Fadenkreuz der Ermittlungen. Die Forderungen, die mit Freilassung des Botschafters verknüpft waren, wiesen ebenfalls in ihre Richtung. Und wenn die Chinesen denselben Verdacht schöpften? Allein der Gedanke daran erschreckte ihn.

Es war zu spät, um Volker den Plan auszureden. Armin hatte mitbekommen, dass dessen Freund bei der Sache die Führung übernommen hatte. Bei dem Gedanken brach ihm der Schweiß aus, denn er konnte nicht einfach aussteigen, ohne bei den beiden als Verräter zu gelten. Volker würde ihm das nicht verzeihen und sein Freund mit dem Messer noch weniger.

Doch nach dem Anschlag auf das PIK bot sich vielleicht ein Weg, glimpflich aus der Sache herauszukommen. Armin schickte Michael eine Nachricht. „Muss dringend mit dir reden. Es geht um uns! Heute Abend um achtzehn Uhr im Nachtcafé?“

Zwei Minuten später sendete ihm Michael einen Smiley und einen Daumen nach oben.

◆ ◆ ◆

Um sie herum ist es dunkel. Der stechende Schmerz hat sie geweckt. Als er sie würgte, war sie für einen Moment ohnmächtig geworden. Jetzt schreit ihre Lunge nach Luft.

Sie tastet mit der Hand nach dem Taschenmesser in ihrer engen Jeans, zieht es heraus und verletzt sich am Hals, als sie mit letzter Kraft die Plastikschlinge durchtrennt. Christa lässt ihren Kopf erschöpft auf den Boden sinken. Luft strömt in ihre Lungen. Sie betastet ihren Hals, berührt die Stelle, die so brutal eingeschnürt war. Dort ist es klebrig vor Blut aus der frischen Wunde, die sie sich gerade zugefügt hat.

Ihre Finger streichen über das kühle Metall des Amuletts. Ihr Horusfalke, den sie an einer Halskette trägt. Horus hat sie gerettet, ohne ihn hätte ihr der Kabelbinder die Kehle abgeschnürt.

Sie liegt kraftlos auf dem Boden, presst ihr Gesicht auf den feuchten Zement, auf den ihre Tränen tropfen. Langsam kommt sie zu sich. Sie horcht in die Dunkelheit. Wie viel Zeit seit seinem Angriff vergangen ist, weiß sie nicht. Er kann noch in der Nähe sein und nur darauf warten, dass sie sich rührt, um sein Werk an ihr zu vollenden. Doch Christa hört nichts, außer den steten Klang eines Wassertropfens, der auf dem Estrich aufschlägt.

Ihre Finger tasten erneut über ihre Jeans. Das Feuerzeug ist in ihrer linken Gesäßtasche. Manchmal ist es gut, Raucherin zu sein! Sie spürt die eckige Wölbung unter dem Stoff und bewegt sich ein Stück. Sie behält das Messer in der Hand, bereit, sich mit Klauen und Zähnen zu wehren.

Doch es bleibt still. Christa knipst das Feuerzeug an und sieht sich im spärlichen Licht um. Sie ist allein. An der Decke des Raumes verläuft ein Rohr, wo sich an einer Muffe Wassertropfen sammeln, die in regelmäßigen Abständen zu Boden fallen. Sie spürt das Kratzen im Hals und ihren Durst.

Christa robbt vorsichtig zu der verschlossenen Tür, durch die Volker sie vorhin gestoßen hat. Sie hält ihr Ohr an das kalte Metall. Doch sie hört nichts. Sie stützt sich mit den Armen an die Tür und drückt ihren Körper nach oben. Ihr Hals ist angeschwollen, aber die Blutung ist versiegt.

Im Licht des Feuerzeugs findet sie den oberen der beiden Riegel, mit denen die Tür verschlossen ist. Sie schiebt ihn hoch und ein stärkerer Luftzug zeigt an, dass die Tür nicht von außen zugeschlossen ist. Sie sucht nach dem unteren Riegel, sperrt ihn auf, um danach kraftlos wieder zu Boden zu sinken.

Doch hier kann sie nicht bleiben. Christa

wartet ab, bis sie genug Energie gesammelt hat, stellt sich kampfbereit hin und zieht die Luftschutztür auf. Vielleicht lauert er draußen, doch sie ist bereit, ihm das Messer in die Brust zu stoßen, wenn er angreift.

Auch der Raum, durch den sie gekommen waren, liegt im Dunkel. Im Licht des Feuerzeugs sieht sie schemenhaft den Sechserpack mit den Wasserflaschen und die Lebensmittel. Sie trinkt gierig, bis eine Flasche fast leer ist.

Es ist der Ort, den sie für den Botschafter vorbereitet haben. Karl war hier nie gewesen. Die Vorräte sind nicht einmal angerührt. Vermutlich haben sie ihn ebenso ermordet, wie Volker es mit ihr vorgehabt hatte.

Wenn es mit der Entführung klappt, werden sie mit dem Botschafter hierherkommen. Und wenn nicht?

Christa leuchtet die Wände ab, doch sie findet nichts. Sie erinnert sich, der Lichtschalter war vor der verschlossenen Eingangstür, als sie mit Volker gekommen ist. Sie versucht zu rufen, aber bekommt nur ein heiseres Krächzen heraus. Ihr Telefon liegt in Volkers Auto. Sie hat es dort gelassen, nachdem er sagte, sie solle es ausmachen. Jetzt weiß sie warum.

Sie muss mit dem Essen und dem Wasser sparsam sein, wenn sie eine Chance haben soll, hier lebendig herauszukommen. Sie nimmt die leergetrunkene Plastikflasche und stellt sie unter das tropfende Rohr im Nebenraum. Verdursten geht schneller als verhungern, denkt sie.

Das Feuerzeug darf sie nur im Notfall benutzen. Die Dunkelheit raubt ihr die Sicht, doch sie schärft das Gehör. Bei dem kleinsten Geräusch wird sie an der Tür stehen und diesem Scheusal das Messer in den Bauch stoßen, auch wenn er mit dem Botschafter kommt.

Wenn ...

Die Polizei wird nach ihr suchen, weil sie nicht zu der Zeugenaussage erscheint. Aber es ist fraglich, dass sie sie hier rechtzeitig finden werden. Christa streckt sich auf den Schlafsack aus, der neben den Essensvorräten liegt. Daneben liegt eine Fleecedecke.

Irgendwann wird Volker mit seinem Komplizen kommen, um den Botschafter in das Versteck zu bringen. Dieser Moment ist ihre einzige Chance. Den Botschafter befreien und Karls Mörder das Messer in den Wanst jagen.

Christa überfährt ein Schauer. Trotz des Sommers ist es hier unten im Bunker kühl. Sie zieht die Fleecedecke über sich und schläft erschöpft ein.

◆ ◆ ◆

Im Nachtcafé war am späten Nachmittag nichts los. Draußen herrschte eine sommerliche Hitze, die die Leute mehr in die Biergärten als in eine stickige Kneipe trieb, in der zudem noch geraucht werden durfte. Armin war das nur recht, er lotste Michael an einen kleinen Tisch, wo sie ungestört waren. Vor ihnen standen zwei Bier.

Armin wollte sich nicht mit langen Erklärungen aufhalten. „Das mit dem PIK gestern war deine Handschrift, oder?“

Michaels Miene verschloss sich.

„Wie kommst du darauf?“

„Mir gegenüber brauchst du dich nicht verstellen. Ankes Name steht da an der Wand. Es ist doch jedem klar, dass diese Botschaft aus unserer Gruppe kommt.“

„Finde ich nicht!“

Armin schüttelte den Kopf und zischte. „Du wirfst uns den Bullen damit zum Fraß vor, ist dir das klar?!“

„Überhaupt nicht! Das kann sonst wer gewesen sein! Die Verräterin hat ihren Lügenbrief an die Bildzeitung mit ihrem Namen unterschrieben! Jeder weiß jetzt, wer sie ist und wo sie arbeitet!“, sagte Michael laut.

Er gab sich zu empört, um ihm das ernsthaft abzunehmen. „Nun bleib mal ruhig. Ich verstehe dich ja.“ Der Junge zuckte zusammen, als Armin ihm die Hand auf den Oberarm legte.

„Meinst du das ehrlich, oder tust du nur so?“

„Doch! Ich kann das vollkommen nachvollziehen! Anke hat uns übel reingeritten. Aber überleg doch mal. Es ist besser, wenn wir unsere Energie für Aktionen aufwenden, die politisch etwas bewirken, als dass wir uns mit einer Person befassen, die sowieso keiner mehr ernst nimmt, oder?"

„Und was meinst du damit?"

„Ich bin überzeugt, dass du ein aufrechter Kämpfer für den Klimaschutz bist, selbst wenn andere in der Gruppe das nicht so sehen wollen."

Er sah Michael ins Gesicht. Dort mischte sich Skepsis mit Stolz. Armin war zufrieden. Jetzt hatte er ihn da, wo er hinsollte.

„Versprichst du mir über das zu schweigen, was ich dir jetzt sagen werde?"

„Okay!"

„Du bist so weit, dass ich dich in meinen entscheidenden Plan einweihen kann. Es handelt sich um eine Aktion, die die Regierung zwingen wird, ihren Wankelmut bezüglich Klimaschutz aufzugeben!"

Armin beobachtete, wie seine Worte auf den Jungen wirkten, und lehnte sich mit wissendem Gesicht zurück.

Michael war aufgeregt. „Und die anderen aus unserer Gruppe? Sind die einverstanden? Glauben die das auch?"

„Volker wird wegen der Sache mit dem PIK stinkwütend sein, aber ich werde mit ihm reden. Aber die anderen? Lass das nur meine Sorge sein und halte dich an mich!"

Michael war froh, dass Armin auf seiner Seite stand. Sie stießen an und nachdem er sein Bierglas wieder auf den Tisch gestellt hatte, hingen seine Augen an Armins Mund, der anfing, ihm seinen Plan offenzulegen.

Als sie eine Stunde später auseinandergingen, umarmten sie sich als beste Freunde.

◆ ◆ ◆

Nachdem er die beiden Frauen in Grischas Wohnung untergebracht hatte, fuhr Volker nach Hause. Dort öffnete er den Koffer, entfernte den doppelten Boden und fand vier in Tüchern eingewickelte Päckchen. Unter den Tüchern lagen drei schwarzglänzende Pistolen und ebenso viele Schachteln mit Munition. Volker kannte die Waffen aus seiner Zeit bei der Volksarmee: Es waren sowjetische Makarov, Kaliber 9 Millimeter.

Ihm fiel ein Stein von Herzen. Grischa hatte sein Wort gehalten. Vermutlich hatte Mascha sich nur den Anschein gegeben, nichts von der Sache zu wissen. Es war bedauerlich, dass Grischa nicht mit seiner Familie zurückgekommen war.

Mascha hatte ihm gesagt, sie hätte ausreichend Geld, um vorerst über die Runden zu kommen. Vermutlich war es der Rest von den zehntausend Euro, die Grischa mitgenommen hatte. Volker war das egal. Armin musste dafür aufkommen, aber der hatte bisher auch nichts weiter riskiert.

Volker nahm eine der Pistolen in die Hand. Eine für mich, die andere bekommt Adil, überlegte er.

Die dritte war für Armin vorgesehen, doch je länger er darüber nachdachte, desto mehr kamen ihm Zweifel. Auf Armin war kein Verlass. Volker war froh, ihm nicht erzählt zu haben, dass Karl mit durchgeschnittener Kehle auf dem Grund des Bogensees lag. Doch zumindest, bis der Botschafter in ihrer Gewalt war, musste er dafür sorgen, dass Armin bei der Stange blieb.

Für ihn selbst waren die Weichen längst gestellt. Nach der Eliminierung von Christa hatte er unwiderruflich die Grenze überschritten, die ihn von einer bürgerlichen Existenz trennte. Sie zu töten war ihm nicht leichtgefallen, doch es war notwendig.

Adil hatte ein Gespür dafür gehabt, dass Christa nicht dichthalten würde. Wenn er ihm sagte, dass er die Verräterin eliminiert hatte, waren sie wieder quitt. Er schickte dem Uiguren eine Nachricht und schlug ihm vor, sich morgen um zehn Uhr auf der Fußgängerbrücke an der Bundesallee zu treffen.

Adil war einverstanden und Volker war zufrieden. Er hatte die Initiative wieder in der Hand.

Es war bereits weit nach Mitternacht. Volker legte sich hin und dachte an Grischa, dessen Schwester und ihre Mutter. Mascha gefiel ihm. Unter normalen Umständen hätte er sich trotz ihres Altersunterschiedes vorgestellt, mit ihr etwas anzufangen.

Doch eine tiefere Beziehung zu einer Frau war

ihm nicht bestimmt.

Grischa setzte sein Leben für seine Familie ein. Volker trug seinem Freund die persönlichen Motive nicht nach. Doch für ihn ging es nicht um private Befindlichkeiten, sondern um die Rettung der Erde vor dem Klimakollaps.

Nicht jeder war dazu geboren, wahrhaft Großes für die Menschheit zu leisten. Es waren nur wenige, und das Einzige, was denen blieb, war die Gewissheit, ein Kapitel im Buch der Geschichte mitgeschrieben zu haben.

TAG 20

Samstag

Marion, die Redaktionsassistentin, hatte nach einer knappen Stunde Anke Scheumanns Handynummer herausgefunden. Stephan war zufrieden. Mit viel Glück bekam er eine gute Story und noch dazu ein Date mit dieser Frau, die ihn seit ihrer ersten Begegnung so fasziniert hatte.

Er überlegte, sie anzurufen, doch er wollte sie nicht überrumpeln. Es war besser, ihr etwas Zeit zum Überlegen zu geben.

So schickte er ihr lieber eine Nachricht.

„Hallo Frau Scheumann, ich war an Ihrem letzten Arbeitstag bei Ihnen im PIK. Ich kann dabei helfen, die Verantwortlichen für den Brandanschlag zu enttarnen. Das PIK muss Sie dann rehabilitieren. Ihr Stephan Polter."

Anke saß zu Hause bei einer Tasse Tee. Ihre Bewerbung an die Princeton-Universität hatte sie abgeschickt. Sie dachte darüber nach, welche Möglichkeiten ihr sonst noch blieben, als sie Stephan Polters Nachricht empfang.

Dieser Bursche war wirklich hartnäckig. Nachdem er bei ihr mit den Rosen aufgetaucht war, hatte sich ihr Zorn gegen ihn gelegt. Doch sie war gewarnt. Vielleicht arbeitete der mit der gleichen Masche wie Armin? Erst vorgeben, sich für sie zu interessieren, um dann seine egoistischen Ziele zu verfolgen?

Ihr Verstand riet ihr, vorsichtig zu sein.

„Ich bezweifle, dass Sie mir helfen können. Aber wenn Sie schon meine Telefonnummer herausbekommen haben, können Sie mich ebenso gut anrufen."

Das Telefongespräch dauerte länger, als Anke sich vorgenommen hatte. Stephan schlug vor, eine Kampagne über die Bildzeitung zu starten, mit der die wahren Schuldigen enttarnt würden. Dann wäre ihr Ruf gerettet und das PIK müsste sie wieder einstellen.

Anke überlegte. Sie hatte nichts mehr zu verlieren. Was blieb ihr in Berlin, wenn die Stelle in Princeton schon besetzt war? Ihre Chancen auf eine gleichwertige Position in Deutschland waren gesunken, nachdem ihr Name mit dem Brandanschlag verbunden war. Vielleicht war das der beste Weg, ihren Ruf wieder herzustellen?

Vor ihrem geistigen Auge ließ Anke alle aus der Endzeit-Gruppe Revue passieren. Am wahrscheinlichsten kam Michael dafür infrage. So eine spontane Aktion passte am besten zu ihm und er kannte Leute aus der Sponti-Szene, die ebenfalls so tickten.

Doch was würde es bringen, einen Schüler zu verdächtigen? Als Person war Michael ihr egal. Rachegefühle hegte sie nur gegen Armin, der sie belogen und ausgenutzt hatte.

Selbst wenn es keine Beweise für Armins Täterschaft gab, war das unerheblich für die Art von Journalismus, den die Bildzeitung betrieb. Sie konnte Stephan genau auf diese Spur bringen. Wie hieß es doch so schön: Wo man mit Dreck wirft, bleibt was hängen!

Aber da waren nicht nur ihre Rachegefühle. Je länger sie sich unterhielten, je mehr bekam Anke Lust, Stephan wiederzusehen.

Zumindest war er ehrlich, was seine Rolle bei der Bildzeitung betraf. Vielleicht waren seine Gefühle echt? Schlimmstenfalls waren sie vorgeschoben, um eine gute Story zu bekommen, doch für Anke war der Kontakt mit ihm in jeden Fall kein Verlust.

Unweit von ihrer Wohnung gab es das Café Krümelbiss. Es gehörte zu dem Fitness-Center, wo sie öfter trainierte. Man kannte sie dort und so fühlte sie sich zumindest sicher, falls das Treffen mit ihm eine unangenehme Wendung nehmen sollte. Sie verabredeten sich dort für sechzehn Uhr.

◆ ◆ ◆

Nach dem Treffen mit Armin hatte Michael das Nachtcafé mit dem Gefühl verlassen, ein Stück größer geworden zu sein. Er war stolz, in den großen Plan eingeweiht worden zu sein. Und er hatte recht gehabt. Die Aktion am PIK war eine Bewährungsprobe, die er bestanden hatte.

Genau das hatte er damit beabsichtigt.

Es dauerte lange, bis er einschlafen konnte und er war hundemüde, als Volker ihn am nächsten Morgen anrief. Ihm fiel ein, dass Armin ihn vor Volker gewarnt hatte und er bekam einen Schreck, als dieser vorschlug, sich mit ihm zu treffen.

„Hast du schon mit Armin gesprochen?", fragte Michael.

„Worüber?"

„Na, wegen der Nachrichten. Der Anschlag auf das PIK."

„Nein, darum geht es mir überhaupt nicht. Es geht mir um uns beide."

Michael war ratlos. Armin war überzeugt, Volker wäre auf ihn wegen des Anschlags stinksauer. Doch dem schien das völlig egal zu sein.

„Bis Mittag habe ich Schule!"

„Heute, am Samstag?"

„Die Abiturklassen haben heute zusätzlich Unterricht!"

„Okay. Wir treffen uns dort, wenn du Schluss hast! Ich war da schon mal und hole dich ab!“

„Okay, aber erst um vierzehn Uhr.“

◆ ◆ ◆

Adil stand ungeduldig auf der Fußgängerbrücke, als Volker mit einer Aktentasche unter dem Arm, absichtlich zu spät erschien.

„Da bist du ja endlich! Hast du die Waffen?“

„Bevor wir darüber reden, erzähl mir von deinem Plan, Adil. Was hast du aus der Botschaft gehört? Wie soll es genau ablaufen?“

Adil verzog das Gesicht, doch ihm blieb in diesem Moment nichts anderes übrig. Von seiner Kontaktperson hatte er erfahren, dass der Botschafter Chuan Chen an gewissen Abenden das Chinarestaurant Tiangong in Steglitz besuchte, das für die scharfe Küche seiner Heimat Szechuan bekannt war. An solchen Tagen hatte das Restaurant für Besucher geschlossen. Chuan Chen ließ sich von seinem Leibwächter dort hinfahren und wieder abholen.

An einem Tag, als das Tiangong geöffnet hatte, war Adil dort eingekehrt. Er hatte sich diskret die Räumlichkeiten angesehen. Es gab zwei Gasträume. In den ersten gelangte man vom Haupteingang des Restaurants. Ein kleinerer Raum schloss sich daran nach hinten an.

Die Betreiber waren ein älteres Ehepaar, die

beide in der Küche arbeiteten. Die Frau bediente die wenigen Gäste, die das Tiangong an diesem Mittag besuchten.

Adil nahm an, dass der Botschafter in dem hinteren Raum speisen würde. Wenn vorne niemand saß, sah es aus, als wäre das Restaurant geschlossen.

Neben dem Haupteingang, der durch zwei chinesische Drachenskulpturen gesäumt war, gab es einen Hintereingang, der für Lieferungen benutzt wurde. Er befand sich auf der Rückseite des Hauses in einem Innenhof, der über eine Einfahrt mit der Albrechtstraße verbunden war.

Vom großen Gastraum gelangte man über einen Flur, von dem die Küche und die Toilettenräume abgingen, bis zur Tür des Lieferanteneingangs.

Unter dem Vorwand, auf die Toilette zu gehen, hatte Adil den Flur durchquert und einen Abdruck des Schlüssels genommen, der von innen an der Tür des Lieferanteneingangs steckte. Ein Freund, der bei einem Schlüsseldienst arbeitete, hatte ihm die dazu benötigte, schnellhärtende Formmasse gegeben.

Von nun an lief Adil täglich am Tiangong vorbei. Laut Aushang war es jeden Tag außer Montag geöffnet. Nach Angaben seiner Kontaktperson stand der nächste Besuch des Botschafters am Montag, also in zwei Tagen bevor.

Adil erläuterte, wie die Sache ablaufen

sollte. Der Botschafter besuchte das Restaurant gewöhnlich am späten Nachmittag. Sie würden mit dem Nachschlüssel über den Lieferanteneingang das Tiangong betreten und von dort aus in die Gasträume vordringen, wo sich der Botschafter vermutlich aufhielt. Sie brauchten ihn dann nur mit vorgehaltener Waffe zwingen, mitzukommen.

„Und wo stelle ich das Auto hin?“, fragte Volker. „Es muss dicht am Hintereingang sein, wo uns keiner sieht!“

„Es gibt eine Auffahrt zum Hof, die die Lieferanten benutzen. Da werden wir es hinstellen!“

Volker nickte und beschloss, sich die Örtlichkeiten ungestört vor dem kommenden Montag selbst anzusehen.

„Jetzt weißt du Bescheid. Was ist jetzt mit den Waffen?“, fragte Adil ungeduldig.

Auf der Brücke hielt sich in diesem Moment niemand weiter auf. Volker zog die Makarov aus seiner Aktentasche. Adil nahm sie prüfend in die Hand und ließ das Magazin herausgleiten.

„Es ist voll, zwölf Schuss!“, sagte Volker.

Adil kannte diese Waffe, die auch in China beim Militär verbreitet war. Er steckte sie ein. „Wir sind zu dritt. Bleibt es dabei?“

„Ja. Du, ich und Armin.“

Adil erinnert sich an den Mann, der aus dem Auto ausstieg, kurz bevor sie Karl dort hineinverfrachtet hatten. Er war groß, blond mit einem Bart.

„Ist auf ihn Verlass?“

„Ja!“

Adil hatte ihn nur flüchtig gesehen. Er war damit beschäftigt gewesen, das Paar in Schach zu halten. Der Blonde war derjenige, der sich um die Frau kümmern sollte. Adil war froh, dass Volker diese lästige Zeugin doch noch aus dem Weg geschafft hatte. Sein Freund Armin konnte ihn unter seiner Schutzmaske, mit dem Hut auf dem Kopf und in der Dunkelheit kaum erkannt haben.

„Okay! Dein Freund deckt unseren Fluchtweg. Er hat die Leute aus der Küche in Schach zu halten. Es ist ein älteres Paar, sie werden keine Schwierigkeiten machen, aber notfalls muss er sie neutralisieren! Ist er dazu in der Lage?“

„Er bekommt ebenfalls eine Pistole! Aber was ist mit der Bedienung?“

„Ich nehme an, der Botschafter wird den Kreis der Mitwisser seiner Besuche möglichst kleinhalten. Der Besitzer und seine Frau werden ihn vermutlich bedienen. Und falls noch jemand zusätzlich da herumläuft, wird das für uns kein Problem sein.“

„Du hast auch eine Waffe, Volker?“

Volker nickte.

„Dann läuft es so: Wir gehen zu dritt durch den Hintereingang rein und holen den Botschafter raus. Dein Freund bleibt im Flur und sichert unseren Fluchtweg.“

Volker kannte die Örtlichkeit nicht und hatte

keine bessere Idee. Trotzdem wurmte es ihn, dass Adil wieder den Ton angab.

„Wir treffen uns am Montagnachmittag in der Elisenstraße. Das ist eine Seitenstraße unweit des Restaurants. Die genaue Zeit machen wir noch aus. Du wartest dort auf mich im Auto."

„Okay."

◆◆◆

Volker schaute auf die Uhr. Nachdem Adil gegangen war, lief er die Brücke zum Volkspark Wilmersdorf hinunter, um dort an der Imbissbude etwas zu essen. Ihm blieb noch genug Zeit, um Michael von der Schule in Zehlendorf abzuholen.

Adils Plan klang plausibel, doch er wollte ein paar Änderungen einbauen, von denen der Uigure nichts wusste.

Auf Armin war wenig Verlass, dem würde er nur eine Schreckschusspistole geben. Der würde das nicht einmal bemerken, er hatte keine Ahnung von Waffen und eine Attrappe sollte genügen, die Leute in der Küche in Schach zu halten.

Volkers Trumpfkarte war Michael. Während sie im Restaurant waren, sollte er sich im Hinterhof verstecken. Sein Einsatz war nur nötig, wenn bei der Entführung etwas schiefging. Dafür würde er Michael die dritte der Pistolen geben, die Grischas Schwester mitgebracht hatte.

Alles hing nun davon ab, ob Michael sich überzeugen ließ, mitzumachen.

◆ ◆ ◆

Michael schob sein Rad aus dem umzäunten Hof der Tews-Schule in Zehlendorf und zuckte zusammen, als Volker vor ihm auftauchte.

„Wieso so schreckhaft?", fragte Volker. „Wir sind doch verabredet!"

„Klar, sind wir." Michael brachte diese Worte aus seinem trockenen Mund kaum heraus. „Hast du inzwischen mit Armin gesprochen?"

„Nein. Was hat das mit uns zu tun?"

„Na ja, Armin hatte mir versprochen mit dir zu reden. Wegen der Sache mit dem PIK."

„Da gibt es nichts zu besprechen. Aber sag mal, was wollte Armin denn eigentlich von dir?"

„Lass uns ein Stück weitergehen", sagte Michael, als sich weitere Schüler durch das Tor drängten. Sie entfernten sich einige Schritte vom Schulgebäude, bis sie ungestört waren.

„Armin hat mir ..."

Volker schüttelte den Kopf. „Ach, hör mal auf mit Armin! Es geht um dich! Traust du dir zu, bei einer Sache mitzumachen, die die Welt zum Besseren verändern wird?"

Michael starrte ihn an. „Meinst du die Entführung?"

„Was hat dir Armin darüber erzählt?"

Michael redete, zuerst stockend. Er beobachtete, wie Volker reagierte, doch der hörte ihm aufmerksam zu. Nach ein paar Sätzen sprach er rascher und erzählte alles, was Armin ihm gesagt hatte.

„Das hat er dir also vorgeschlagen!?“ Volker schüttelte den Kopf.

„Ja, wieso?“

„Zum Glück hast du es mir gesagt, Michael. Er sucht nur jemanden, der für ihn die Kohlen aus dem Feuer holt!“

Nach ein paar Metern kamen sie an eine Grünanlage und setzten sich dort auf eine Bank. Volker erklärte, wie die Aktion im Tiangong geplant war. Je länger Michael ihm zuhörte, desto mehr begriff er, dass Armin keinen blassen Schimmer hatte und es ihm nur darum ging, sich selbst zu schützen.

„Hat er dir nicht gesagt, dass du eine Waffe brauchst?“, fragte Volker.

„Nein.“

„So etwas habe ich mir schon gedacht!“

„Wenn du ihm nicht traust, dann nehmen wir ihn nicht mit!“, schlug Michael vor.

„So einfach ist das nicht. Armin muss mit dabei sein, sonst ist die ganze Sache gefährdet!“

Michael verstand nicht. Er starrte für einen Moment auf die Straße. „Egal wie es ist. Ich bin dabei, Volker!“

„Hast du es dir ausreichend überlegt? Ich brauche jemanden, dem unsere Sache mehr wert ist, als die eigene Bequemlichkeit. Ich weiß, dass du genauso denkst. Aber es steht dir frei, Nein zu sagen. Ich vertraue dir, dass du uns nicht verrätst."

Michael schüttelte den Kopf. „Ich habe mich entschieden!"

Volker zog ein Schreiben aus seiner Aktentasche. „Das werden wir publik machen, wenn wir den Botschafter in unserer Hand haben."

Klimarettung jetzt!

Wir dürfen nicht länger zuschauen, wie die Bundesregierung unsere Lebensgrundlagen zerstört. Die Klimakatastrophe verschärft sich immer weiter: Wälder brennen, Flüsse trocknen aus und Ernten werden durch immer neue Hitzewellen vernichtet. Wir müssen dieses radikale Weiter-so durchbrechen!

Wir haben den Botschafter der Volksrepublik China in unseren Gewahrsam genommen, um die Bundesregierung zu zwingen, ihrem Gerede vom Klimaschutz in Deutschland und der EU, endlich Taten folgen zu lassen.

Das staatliche Vorgehen soll uns einschüchtern, uns Angst machen. Doch wir können und werden uns nicht erlauben, in dieser Angst zu verharren. Die Bundesregierung führt uns in die Klimahölle und drückt weiter aufs Gaspedal.

Die Aktivisten!

Nachdem er den Text gelesen hatte, gab Michael ihm das Bekennerschreiben zurück. „Ich bin stolz, dass ich dabei mitmachen darf!"

Volker stand auf und klopfte dem Jungen auf die Schulter. „Ich habe von dir nichts anderes erwartet. Die Sache startet übermorgen am späten Nachmittag. Ich hole dich mit dem Auto von der Schule ab. Dann bereden wir die restlichen Einzelheiten!"

„Einverstanden!"

„Zu keinem darüber ein Wort!", sagte Volker, bevor er sich umdrehte und den Weg zu seinem Auto zurückging.

Michael sah ihm hinterher, bis Volker in einer Seitenstraße verschwand.

TAG 22

Montag

Lei Feng wartete auf dem Hof der chinesischen Botschaft in Berlin-Mitte. Der Botschafter Chuan Chen hatte ihn gebeten, sein Privatauto bereitzuhalten, das in einer Garage auf dem Gelände der diplomatischen Vertretung stand. Es war ein Mercedes Vito mit Berliner Kennzeichen und nur eines der Privilegien, die Chuan Chen ihm zugestanden hatte.

Chuan Chen kannte seinen Leibwächter und Chauffeur Lei Feng schon aus der diplomatischen Vertretung in Paris, bevor er in Berlin akkreditiert wurde und ihn dorthin mitnahm. Lei Feng wusste das Vertrauen zu schätzen, dass Chuan Chen ihm entgegenbrachte.

An diesem Montag würde der Chef seine Dienste für eine private Fahrt um siebzehn Uhr brauchen. Gewöhnlich führten diese Ausflüge den Botschafter in das Restaurant Tiangong in Berlin-Steglitz.

Es war eine kulinarische Sehnsucht, die ihn dort hintrieb, denn das Tiangong, das Himmelspalast bedeutet, bot Gerichte aus seiner Heimatprovinz Szechuan an.

Lei Feng stammte ebenfalls aus Szechuan, doch der Botschafter hatte ihm verboten, den Himmelspalast aufzusuchen. Lei Feng hielt sich strikt daran, wie auch an Chuan Chens Anweisung, mit niemanden über diese Ausflüge zu sprechen. Gewöhnlich stellte er das Auto in der Nähe des Restaurants ab und wartete, bis seine Dienste wieder gebraucht wurden.

Durch die getönten Scheiben war das Innere des Kombis nicht einsehbar und Lei Feng machte es sich in der Wartezeit drinnen bequem.

Der Botschafter konnte jederzeit anrufen. Mitunter war es schon am gleichen Abend, manchmal erst am nächsten Morgen. Dann war er in wenigen Minuten zur Stelle, um Chuan Chen diskret zurück in die Botschaft zu bringen.

◆ ◆ ◆

Volker stand am Hoftor der Tews-Schule und wartete auf Michael. Unter den Schülern, die lärmend und sich gegenseitig schubsend aus dem Ausgang drängten, war von ihm keine Spur. Der Strom der herausdrängenden Jugendlichen verebbte, doch Michael erschien immer noch nicht. Volker gab ihm eine Viertelstunde Frist, bevor er ohne ihn gehen würde.

Gestern hatte er Armin gesagt, dass sie sich heute um siebzehn Uhr in der Elisenstraße treffen werden. Der Treffpunkt war der Mietwagen, ein weißer Skoda.

Armin hatte das ohne zu fragen akzeptiert. Vermutlich nahm er an, Michael würde sich an seinen Plan halten. Ein Plan, der ihm erlaubte, sich zu verkrümeln, sobald es brenzlig wurde.

Hatte der Junge es sich doch anders überlegt?

Als Volker zum Auto zurückkehren wollte, erschien Michael im Eingang des Schulgebäudes und rannte zum Hoftor.

„Was war denn los?" Volker sah in das gerötete Gesicht des Jungen.

„Mein Klassenlehrer hat mich abgepasst, um mit mir über meine Fehlzeiten zu reden. Ich konnte nicht gleich weg."

„Gut so. Nicht jetzt durch irgendetwas auffallen. Okay, dann los!"

Sie liefen bis in eine Seitenstraße, wo das Auto stand.

„Hat Armin sich bei dir wieder gemeldet?", fragte Volker.

„Ja! Gestern Abend. Er meinte, morgen wäre der entscheidende Tag und wollte nur sichergehen, ob alles so bleibt, wie wir es verabredet hatten."

„Und? Wie ist sein Plan?"

„Ich soll mit meinem Fahrrad in den Hinterhof des Restaurants kommen und dort warten. Er deckt euren Rückzug und kann mit dem Fahrrad abhauen, falls ihr schon im Auto sitzt."

„Und du?"

„Ich soll nur wie zufällig mit dem Rad im Hof stehen und die Verfolger für einen Moment ablenken, damit er sich das Rad schnappen und abhauen kann."

„Kennst du den Ort?"

„Er hat mir gestern Abend die Adresse des Restaurants gegeben."

Volker schüttelte den Kopf. Kanonenfutter! Dafür brauchte Armin den Jungen.

„Okay, wir ändern es ein bisschen, Michael. Du kommst mit dem Fahrrad und schließt es auf der Straße an. Du greifst nur ein, wenn etwas schiefläuft. Die Einzelheiten erkläre ich dir später. Vor allem benötigst du eine Waffe, um dich zu verteidigen! Hast du schon mal mit einer Pistole geschossen?"

Michael schüttelte den Kopf.

Volker schaute auf die Uhr. „Wir fahren in den Wald und probieren dort die Pistolen aus. Um diese Uhrzeit stört uns da kaum einer. Nur jeder ein Schuss, dann sind wir weg. Bevor wir das durchziehen, brauchst du ein Gefühl dafür, wie sich so eine Waffe in der Hand anfühlt, wenn man damit feuert."

Michael kniff die Lippen zusammen. Ihm wurde bewusst, dass das längst kein Spiel mehr war.

◆ ◆ ◆

„Hallo Armin, schau mal!“, rief Mehmet, als er an dessen Geschäft vorbeiging. Der Zeitungshändler saß auf einem Stuhl vor seinem Laden und rauchte.

„Was gibt's denn?“, fragte Armin beiläufig, während seine Gedanken um den Ablauf des heutigen Tages kreisten.

„Na hier! Ist doch deine Zeitung!“ Der Türke lachte. „Schau mal rein, da ist wieder so ein Klimading!“

Armin stoppt seine Schritte und sah auf den Zeitungsaushang vor dem Geschäft.

„Terroranschlag auf das Potsdamer Klimainstitut. Gibt es eine erste Spur?“, stand in fetten Lettern auf der Titelseite.

„Ach so? Na, ausnahmsweise!“

„Hab mir schon gedacht, dass es dich interessiert.“ Mehmet grinste. „Ich hab da mal reingeguckt. Da wird einer genannt, der heißt Armin so wie du!“

Armin durchfuhr es kalt.

„Zufall ...“, er zuckte mit den Schultern. „Es gibt auch viele Leute, die Mehmet heißen!“

Der Zeitungshändler lachte erneut.

Armin zahlte und nahm sich ein Exemplar der Bildzeitung aus dem Klappständer. Er lief ein paar hundert Meter weiter und setzte sich auf einen Mauervorsprung.

Er las, was der Bildreporter Stephan Polter aus dem Gespräch mit Anke herausdestilliert hatte, nachdem sie sich zwei Stunden im Café Krümelbiss unterhalten hatten.

Jetzt verstand Armin, warum die Polizei gestern bei ihm an der Wohnungstür Sturm geklingelt hatte. Vor ihm standen zwei Kripobeamte, die fragten, wo er sich in der Nacht zum Dienstag aufgehalten hatte, als es am PIK brannte.

Glücklicherweise verfügte er über ein stichfestes Alibi. Er war auf der Geburtsfeier seiner Studienfreundin Isabelle und nannte die Namen von drei Leuten, die ihn dort gesehen hatten.

„Wir werden das überprüfen", hatten sie gesagt und waren wieder abgezogen.

Anke, dachte er. Das ganze Gesudel in dem Blatt ist auf ihrem Mist gewachsen. Allein, wenn man die Einzelheiten las, die ihn und Christa betrafen.

Er grinste. Pech für sie, dass er ein solides Alibi hatte.

Es gab kein Wort über Michael. Armin war froh darüber. Sonst wären die Bullen bei dem Jungen aufgekreuzt und der hätte sich in seiner Naivität nur reingeritten. Schließlich brauchte er ihn noch.

Er faltete die Zeitung zusammen, stand auf und lief ein paar Schritte weiter. Es war nur merkwürdig, dass Tom sich noch nicht bei ihm gemeldet hatte.

Volker hatte ihm erzählt, dass Grischa verhaftet und dessen Schwester die Waffen nach Berlin geschmuggelt hatte. Von dem Verbleib der zehntausend Euro wusste er angeblich nichts.

Armin kniff die Lippen zusammen. Er brauchte kein schlechtes Gewissen zu haben, weil er Michael zu seiner Rückversicherung gemacht hatte.

Nach ein paar hundert Metern erreichte er das Café am S-Bahnhof-Friedenau. Armin verspürte seine Nervosität, je näher die Stunde der Entscheidung kam. Wenn nun doch etwas schiefging? Er setzte sich an einen Tisch und bestellte einen Cappuccino.

Warum hatte er überhaupt Volkers Plan zugestimmt? Nur deswegen, weil er ihn nicht ernst genommen und noch nichts von dessen Freund Adil gewusst hatte. Der Typ war ihm unheimlich. Seit Karls Entführung lief alles aus dem Ruder.

Er dachte daran, wie er mit Volker damals die Endzeit-Gruppe ins Leben gerufen hatte. Die Rolle des Revolutionärs und Aktionskünstlers hatte ihm gefallen, solange es darum ging, Straßen zu blockieren oder in Museen Kunstwerke mit Farbe zu verschönern.

Außerdem war er auf der Seite des Fortschritts und in einer Partei, welche die klimagerechte Transformation der Gesellschaft betrieb.

Doch mit Entführung wurden sie endgültig zu gewöhnlichen Terroristen. Auf Sympathie war dann nicht mehr zu hoffen. Egal wie es ausging, die Bullen würden bald auf seiner Spur sein.

Er suchte in seiner Jackentasche nach Geld, dabei fiel die Zeitung vor ihm auf den Boden. Als er sie aufheben wollte, entdeckte er auf der Innenseite zwei rot umrahmte Fahndungsfotos mit der Überschrift „Zeugen gesucht."

Auf den Bildern waren Karl und Christa.

Ihm stockte der Atem.

„In Zusammenhang mit einer Straftat werden zweckdienliche Hinweise zum Aufenthaltsort von Christa Barkowski und Karl Neuendorf entgegengenommen. Beide Personen werden dringend als Zeugen gesucht. Für Angaben zum Sachverhalt bitten wir, sich direkt bei der zuständigen Polizeidirektion zu melden!"

Die Bedienung kam und Armin stopfte die Zeitung schnell in seine Jacke. Er zahlte und verließ das Café.

Damit saß er schon viel tiefer in der Patsche, als er geglaubt hatte. Warum suchten sie Christa? War sie abgetaucht oder auf die gleiche Art verschwunden wie Karl?

Auf dem Rückweg zu seiner Wohnung kam er an einem Reisebüro vorbei. Im Schaufenster lagen Werbeprospekte für Reisen nach Südamerika. Er blieb einen Moment stehen und überflog die Auslagen, die sonnige Strände und heiße tropische Nächte versprachen.

Es war höchste Zeit, über einen Ortswechsel nachzudenken.

◆ ◆ ◆

Chuan Chen erschien kurz nach siebzehn Uhr im Innenhof der diplomatischen Vertretung. Nachdem er in den Vito eingestiegen war, fuhr Lei Feng bis zum Tor. Wortlos drehte er sich zu seinem Chef um.

„Bring mich zum Tiangong."

Lei Feng bog in die Wallstraße ein und fuhr in Richtung Märkisches Museum.

Seit nunmehr über einem Jahr brachte er den Botschafter in unregelmäßigen Abständen in das Restaurant. Chuan Chen ließ ihn vor einem Floristen halten, der die Botschaft gewöhnlich mit Blumen belieferte.

„Kauf einen Strauß Chrysanthemen sowie gelbe Orchideen." In China galten diese Blumen als Symbole für Tugend und feste Freundschaft.

Mit der Zeit hatte sich bei Chuan Chens diskreten Besuchen eine gewisse Routine eingespielt. Die Sicherheitslage für die chinesische Botschaft in Berlin war normal, wenn man von gelegentlichen Demonstrationen von Falun Gong Anhängern, Exil-Tibetern oder Uiguren absah. Und auch diese Kundgebungen waren zumeist friedlich und diszipliniert verlaufen.

Als Leibwächter war Lei Feng bewaffnet, doch

hatte er sich in Berlin für den Botschafter nie in die Schusslinie begeben müssen. Anders als in Paris. Dort hatte er knapp verhindert, dass ein Verrückter auf Chuan Chen mit einer Machete losging.

„Es sieht jedes Mal schlimmer aus“, sagte der Botschafter, während sie durch die Straßen der Berliner Innenstadt fuhren. Lei Feng nickte. Die Verwahrlosung des Stadtbildes war nicht zu übersehen. Sie zeichnete ein anderes Bild, als das, was viele in China über die deutsche Hauptstadt dachten.

Lei Feng wohnte auf dem Botschaftsgelände. Trotzdem kannte er die Stadt gut. Der Botschafter erteilte ihm manchmal Aufträge, für die er den offiziellen Fahrdienst nicht in Anspruch nahm. Darunter fielen Briefe, die er von einer Postfiliale abholte, die eindeutig von einer Frau stammen.

Auch darüber schwieg Lei Feng und war froh, dass Chuan Chen ihm sein Vertrauen schenkte. Er hatte sich vorgenommen, ihn niemals zu enttäuschen.

Nach vierzig Minuten setzte er den Botschafter ein paar Meter entfernt vor dem Tiangong ab und wartete ab, bis Chuan Chen durch die von zwei vergoldeten Drachen umsäumte Tür verschwunden war.

Er fuhr den Van in die nahe gelegene Plantagenstraße, wo er einen Parkplatz fand. Eine Thermoskanne mit grünem Tee und Essen hatte er dabei. Lei Feng streckte sich auf der Rückbank des Autos aus und war bereit, Chuan Chen jederzeit abzuholen.

◆ ◆ ◆

Der Skoda mit Volker hinter dem Steuer stand seit einer halben Stunde geparkt in der Elisenstraße. Es war bereits weit nach siebzehn Uhr. Armin hätte schon längst hier sein müssen. Adil hatte geschrieben, er würde zum Auto kommen, wenn es so weit war.

Adil observierte das Restaurant seit dem frühen Nachmittag. Die Besitzer waren kurz nach vierzehn Uhr dort eingetroffen und hatten es seitdem nicht mehr verlassen. Er verbrachte die Zeit, indem er in Sichtweite der Gaststätte spazieren ging.

Nach einer Weile setzte er sich in ein gegenüberliegendes Eiscafé. Er hatte eine Zeitung dabei und wartete darauf, dass der Botschafter eintraf.

◆ ◆ ◆

Volker hatte Michael nach der Schießübung im Grunewald zurück zur Tews-Schule gebracht, wo dessen Fahrrad stand. Er war damit zufrieden, wie sich der Junge angestellt hatte, und ihm die Pistole überlassen.

Bevor sie sich trennten, gab er ihm letzte Anweisungen. Michael sollte mit dem Rad zum

Tiangong in der Albrechtstraße fahren und es ein Stück weiter entfernt an einer Laterne anschließen.

„Du bleibst in der Nähe und beobachtest die Hofeinfahrt. Wenn du siehst, dass wir das Auto dort abgestellt haben, versteckst du dich und wartest. Falls wir schnell verschwinden müssen, schaust du, ob uns jemand folgt. Gegebenenfalls gibst du Warnschüsse in die Luft ab. Das gibt uns die Zeit, mit dir zusammen im Auto abzuhauen. Soweit alles klar, Michael?“

„Und was ist mit Armin?“

„Wenn er mit uns zusammenbleibt, kommt er mit. Falls nicht, kümmerst du dich nicht um ihn.“

„Und wenn alles klappt und ihr mit dem Botschafter herauskommt?“

„Dann lass dich nicht blicken und hau ab, sobald die Luft rein ist. Die Pistole schmeißt du am besten irgendwo ins Wasser.“

◆ ◆ ◆

Christa hatte ihr Zeitgefühl verloren. Die sechs anderthalb Liter Flaschen Mineralwasser teilte sie sich streng ein, und trank nur, wenn der Durst übermächtig wurde.

Sie hatte eine leere Plastikflasche mit ihrem Taschenmesser aufgeschnitten und unter das tropfende Deckenrohr im Nebenraum gestellt. Eine Notreserve für die Zeit, wenn die Vorräte an

Wasser zu Ende gegangen waren.

Sie spürte keinen großen Hunger. An Essbaren waren drei Pakete eingeschweißte Pumpernickel, Kekse und paar Büchsen mit Fleisch und Ölsardinen vorhanden.

Am schlimmsten war das Gefühl, nicht zu wissen, ob es Tag oder Nacht war. So geht es einem, der blind ist, dachte sie. Sie schlief unregelmäßig und schreckte oft auf, weil sie vermeinte, Stimmen zu hören. Da war die allgegenwärtige Angst von Volker im Schlaf überrascht zu werden.

Die nicht endende Dunkelheit brachte sie halb zum Wahnsinn. Wenn sie kommen, werden sie das Licht von draußen anschalten. Für einen Moment werde ich nichts sehen, wie ein geblendetes Wild, dass nachts auf der Straße überfahren wird.

Christa sprach leise vor sich hin, um das Gefühl zu behalten, dass sie existierte. „Die Polizei muss längst nach mir suchen. Ich habe mich nicht auf ihre Nachricht gemeldet. Mein Handy ist nicht mehr erreichbar ...

Sie weinte. Karl war schon viel länger verschwunden. „Wenn Grischa zurück ist, kann er ihnen sagen, wo sie mich suchen müssen, er war damals in Bogensee dabei."

Doch das Gelände war riesig.

„Nur wenn ich Glück habe, suchen sie mich hier ..."

Ihr bleiben noch fünf Zigaretten. Sie hatte eine

fast volle Packung dabeigehabt. Das Rauchen beruhigte, doch diese Stille, nur unterbrochen von den regelmäßig fallenden Wassertropfen, brachte sie fast um den Verstand.

Sie dachte an Volker. Dieses Schwein! Wie er sie kaltblütig in den Hinterhalt gelockt hatte, mit der Absicht, sie zu töten. Wie berechnend er ihr das Handy entlockt hatte. Sie glaubte nicht mehr, dass Karl noch lebte.

„Hier war er nie gewesen.“, sagte Christa laut. „Sie haben ihn umgebracht, genauso wie er mich umbringen wollte.“

Einmal hörte sie näherkommende Geräusche, die zu menschlichen Stimmen wurden. Kinder mit ihren Eltern. Es musste Tag sein. Es kam von einem Belüftungsrohr an der Decke, dass irgendwie mit der Außenwelt verbunden sein musste.

Christa schrie nach Leibeskräften. Doch die Stimmen wurden leiser und verstummten. Spaziergänger, die vor der alten Bunkeranlage Halt gemacht hatten, ohne zu wissen, dass hier jemand eingesperrt war. Sie hämmerte verzweifelt mit den Fäusten gegen die Tür.

Volker hatte von einem Hausmeister gesprochen, der für die gesamte Anlage zuständig war. Aber es sah nicht so aus, als würde hier jemand regelmäßig nach dem Rechten sehen.

Sie ließ sich auf den Boden sinken und krümmte sich zusammen, wie ein Embryo im

Mutterleib.

„Nicht aufgeben. Ich habe seinen Mordversuch überlebt, das ist doch ein Zeichen, dass die Götter mir wohlgesonnen sind."

Sie berührte den Horusfalken sanft mit ihren Fingern.

„Er hat mir das Leben gerettet, ich werde hier nicht verdursten!"

Armin war auch mit in Bogensee gewesen. Aber dem war es scheißegal, ob sie lebte. Er hatte immer nur seinen Vorteil gesucht.

Und Karls Freund, der Verleger? Wie hieß er noch? Er hatte ihre Handynummer herausbekommen und Interesse, sich wieder mit ihr zu treffen. Selbst wenn es nur darum ging, sie in sein Bett zu bekommen, das war egal. Es gab doch genug Leute, die nach ihr suchten. Ich bin dem Tod von der Schippe gesprungen, da kann es doch nicht das Ende sein, hier langsam zu verdursten.

Sie hatte mal gelesen, dass ein Mensch einen knappen Monat ohne Essen auskommen konnte, jedoch nur vier Tage, ohne etwas zu trinken. Wenn ihre Wasservorräte aufgebraucht waren, blieb nur diese Frist.

◆ ◆ ◆

Adil stieß einen Fluch aus, als er Volker allein in dem weißen Skoda antraf. „Wo steckt dein Freund?"

„Er ist nicht gekommen“, brachte Volker heraus.

„Nicht gekommen? Was soll das heißen? Zu zweit sind wir zu wenig!“

„Armin hat gekniffen, ich erreiche ihn nicht, er hat sein Handy ausgeschaltet!“

Adil wurde rot vor Zorn. „Vielleicht verrät er uns in diesem Moment. Ich hätte mich nie mit euch einlassen dürfen!“

„Beruhige dich. Ich habe jemand anderes aus unserer Gruppe, auf den mehr Verlass ist.“

Adil schloss die Augen. Er streckte sich lang in den Beifahrersitz aus und verschränkte seine Arme hinter dem Kopf.

„Wenn das ein falsches Spiel ist, bringe ich euch um!“

Von draußen näherten sich Schritte. Die Hintertür des Skodas wurde geöffnet und Michael setzte sich auf den Rücksitz. Volker griff nach Adils Hand, als der reflexhaft unter seine Jacke langte.

„Lass stecken! Das ist doch unser Mann.“

Adil gab einen Zischlaut von sich. Er drehte sich um und murmelte etwas.

„Ein Kind!“, stieß er heraus.

„Soll ich wieder gehen?“, fragte Michael.

Volker schüttelte heftig den Kopf. „Quatsch! Wir ziehen das jetzt zusammen durch.“

„Sag mal, was ist denn mit Armin?“

„Der hat sich verkrochen. Deswegen habe ich dir geschrieben, dass du zum Auto kommen sollst. Der Plan hat sich geändert und wir ziehen das jetzt gemeinsam durch. Adil und ich holen den Botschafter raus und du deckst unseren Rückzug."

„Kannst du das überhaupt?", fragte Adil und warf einen lauernden Blick auf Michael.

„Bestimmt besser als Armin!"

Adil schnaubte wütend. Er wollte die Entführung nicht im letzten Moment abblasen. Eine so günstige Gelegenheit, es den Chinesen heimzuzahlen, ergab sich so schnell nicht wieder.

„Was ist jetzt?", fragte Volker.

„Fahr endlich los!", antwortete Adil.

Volker startete den Motor und lenkte den Skoda in Richtung Albrechtstraße.

◆ ◆ ◆

Der Duft seiner heimatlichen Küche stieg in seine Nase. Er schloss die Augen und zog die Luft genüsslich ein. Als er sie wieder öffnete, stand Mailin, die Tochter von Lien und Hao Gong vor ihm und gab ihm einen Kuss.

„Mailin! Du Blüte meines Herzens!" Chuan Chen überreichte ihr die Orchidee und schloss seine Geliebte in die Arme.

„Willkommen in unserem bescheidenen Haus." Mailins Eltern verbeugten sich vor Chuan Chen. „Diese Chrysanthemen sind das Zeichen unserer unverbrüchlichen Freundschaft." Er verneigte sich leicht und sah sich im Restaurant um.

„Wir sind ungestört, mein Geliebter."

Mailin führte ihn an den gedeckten Tisch im Nebenraum. Nachdem sie Platz genommen hatten, eilten Lien und Hao in die Küche, um gefüllte Teigtaschen, dazu Reiswein und Tee, zu servieren.

„Heute kann ich über Nacht bei dir bleiben, mein Schatz." Chuan Chen umarmte die sechsundzwanzigjährige Frau, die seit einem halben Jahr seine heimliche Geliebte war.

Mailin half ihren Eltern gelegentlich im Restaurant. Dabei hatte sie Chuan Chen kennengelernt, der eines Abends zu Besuch kam. Damals war er in Begleitung seines Leibwächters. Chuan Chen hatte sich sofort in Mailins Anmut und ihr Lächeln verliebt. Als er die Rechnung bezahlte, gab er sich als der chinesische Botschafter zu erkennen und fragte, ob er das Restaurant an bestimmten Tagen für sich allein haben könnte.

Wenn er zu Besuch kam, bat er, dass Mailin ihm sein Essen servierte. Bald fragte er sie, ob sie ihm nicht Gesellschaft leisten wolle. Nach kurzer Zeit wurde aus ihrer Bekanntschaft eine Liebesbeziehung und Mailins Eltern ermöglichten dem Paar, im Restaurant ungestört zusammen zu sein.

Für Chuan Chen war das nicht ohne Risiko. Er war verheiratet und hatte zwei erwachsene Söhne. Seine Frau An bekleidete in Peking ein wichtiges Regierungsamt. Mit seiner Beziehung zu Mailin verstieß er auch gegen die Sicherheitsauflagen, welche die Regierung ihrem Vertreter auferlegt hatte.

Mailin wusste um seine privaten Angelegenheiten. Sie hoffte, er würde sich eines Tages von seiner Frau An scheiden lassen. Wenn sie zusammen waren, hatte er davon gesprochen.

Die sportliche Mailin malte sich ihr zukünftiges Leben an der Seite des sechsundfünfzigjährigen Chuan Chen aus. Sie freute sich schon darauf, ihn auf diplomatischen Reisen zu begleiten. Schon vor ihrer Bekanntschaft studierte sie fleißig am Zentrum für chinesische Heil- und Kampfkünste und hatte Chuan Chen bereits mehr als einmal mit ihren Künsten überrascht.

◆ ◆ ◆

Der weiße Skoda stoppte vor der schmalen Toreinfahrt zum Innenhof des Tiangong. Volker fuhr das Auto rückwärts soweit in die Auffahrt, dass der Bürgersteig frei blieb.

Solange der Wagen dort stand, war die Einfahrt blockiert. Alle drei trugen jetzt FFP-2 Masken und Basecaps, was nur wenig von ihren Gesichtern preisgab.

Volker hatte Michael letzte Instruktionen gegeben. „Wir laufen zum Hofeingang und schließen auf. Adil und ich gehen über den Flur in den Gastraum. Du bleibst an der Tür des Lieferanteneingangs stehen und sicherst unseren Rückzug. Von dort aus gesehen liegt die Tür zur Küche rechts und die Toilette links. Falls jemand in den Flur kommt, scheuchst du ihn mit deiner Pistole wieder zurück, damit unser Fluchtweg frei bleibt."

„Okay! Und wenn einer sich weigert?"

„Dann gibst du einen Warnschuss ab."

Adil drehte sich um und nahm den Jungen in seinen Blick. „Falls es nötig ist, musst du gezielt schießen! Hast du das verstanden?"

„Nur im äußersten Notfall!", sagte Volker.

„Verstanden."

„Wenn wir mit dem Botschafter kommen, öffnest du die Tür und deckst unseren Rückzug. Adil steigt mit dem Botschafter hinten ein. Du kommst zu mir nach vorne auf den Beifahrersitz!"

Michael spürte, wie sein Herz klopfte. „Ihr könnt euch auf mich verlassen!"

◆ ◆ ◆

Anke war enttäuscht, als sie die E-Mail von der Universität in Princeton las. Sie bedankten sich für ihre Bewerbung, jedoch war die Stelle in der Zwischenzeit schon anderweitig besetzt worden. Mit einer gleichwertigen Stelle in Deutschland war für sie vorerst nicht zu rechnen.

Somit blieb nur die Möglichkeit, die ihr Stephan Polter vorgeschlagen hatte. Als Mann gefiel er ihr, aber sie blieb skeptisch. Hatte sie doch mit dieser Sorte von Journalisten bisher nur üble Erfahrungen gemacht.

Aber Anke war neugierig darauf, was er aus ihrer Unterhaltung im Café Krümelbiss herausgezogen hatte. In dem Gespräch hatte sie den Verdacht auf Armin gelenkt, um ihn als möglichen Drahtzieher des Brandanschlags zu verdächtigen.

Michael, von dem sie annahm, dass er der Täter war, hatte sie nicht erwähnt. Als Stephan sie nach Michael fragte, bezeichnete sie ihn harmlosen Schwärmer und Idealisten, der zu so einem kaltblütigen Anschlag nicht fähig war.

Seitdem Anke nicht mehr arbeitete, waren ihre Nächte lang und sie stand spät auf. Auch heute hatte sie den Vormittag vertrödelt. Sie zog sich an und lief aus dem Haus, um sich die Bildzeitung zu besorgen.

Auf dem Weg zum Kiosk fiel ihr der kleine indische Imbiss ein, der unweit ihres Wohnhauses eröffnet hatte. Sie setzte sich dort hin, bestellte eine Portion Pakoras und las, was Stephan geschrieben hatte.

Demnach hatte ein Hauptverdächtiger schon gestern Besuch von der Kripo gehabt. Dem Verdacht gegen Armin S. wird nachgegangen, stand dort. Von Michael war keine Rede. Ihr Name wurde nur in Zusammenhang mit möglichen Rachegelüsten des oder der Täter genannt.

Als sie die Zeitung durchblätterte, stieß sie auf die Fahndungsfotos von Karl und Christa. Die Ereignisse hatten sich extrem zugespitzt und sie war heilfroh, dass die Gruppe sich schon vorher von ihr getrennt hatte.

Anke sah auf ihr Essen, das sie in ihrer Gespanntheit noch nicht angerührt hatte. Stephan hatte sein Versprechen gehalten.

Im Café Krümelbiss hatte er vorgeschlagen, sie mit einem Auftritt in einer Fernsehdiskussion zu rehabilitieren. Anke beschloss, ihn beim Wort zu nehmen, und suchte nach seiner Telefonnummer.

Doch es war mehr als nur das, was sie daran reizte, Stephan wiederzusehen.

◆ ◆ ◆

Es ist kurz nach achtzehn Uhr, als Volker den Skoda in die Einfahrt abstellt. Er, Adil und Michael rennen über den Innenhof bis zum Lieferanteneingang. Adil steht mit der gezogenen Pistole dicht an der Tür und schließt auf.

Aus dem leicht geöffneten Türspalt sind Stimmen zu hören, doch der Flur ist leer. Adil und Volker geben Michael ein Zeichen und rennen über den Korridor bis zu dem Durchgang, der zum Hauptgastraum führt.

Michael steht mit gezogener Waffe am Hintereingang, um den Fluchtweg zu sichern.

Der große Gastraum ist verwaist und liegt im Halbdunkel. Aus der Tür zum Nebenraum dringt ein warmer Lichtschein und sie hören die Stimmen eines Mannes und einer Frau.

„Er ist da drin!“, flüstert Adil und macht einen Schritt in den leeren Gastraum hinein.

„Zurück, oder ich schieße“, hört Volker den Jungen schreien. Als er sich umdreht, sieht er noch, wie ein Schatten in der Küche verschwindet. Im gleichen Moment verstummen die Stimmen im Gastraum.

Adil stürmt los und ruft etwas auf Chinesisch. Volker zögert, ihm zu folgen. Er will sich vergewissern, ob Michael Hilfe braucht. Adil ist inzwischen im angrenzenden Nebenraum verschwunden.

Bevor Volker sich entschließt, hört er von dort einen erstickten Schrei gefolgt von einem Schuss. Kurz darauf torkelt Adil rückwärts aus der Tür.

Er hält die Makarov in der Hand und fasst sich mit der anderen an seinen Hals. Dort ragt der schmale Griff eines Messers heraus. Aus der Wunde strömt Blut.

Hinter sich hört er Michael schreien. „Hau ab!“

Volker dreht sich um und sieht einen älteren, mit einem Kittel bekleideten Mann mit einem Hackmesser, der auf den Jungen losgeht. Michael gibt einen Schuss in die Luft ab, und der Koch verschwindet rückwärts in der Küche.

Volker hat sich bisher nicht von der Stelle gerührt. Er sieht, wie Adil sich an einem der Tische abstützt. Er stößt gurgelnde Laute aus und sackt zusammen, während sich sein helles Blut weiter aus der Wunde ergießt.

Die Schlagader, denkt Volker.

Adil hat keine Kraft mehr, um sich zu wehren. Er hätte ihm längst beistehen müssen, doch der Gedanke an den, der Adil das Messer in den Hals geworfen hat, lässt ihn zögern.

Hinter seinem Rücken bricht ein Tumult aus. Volker dreht sich um. Der Koch steht mit seiner Frau im Flur. Sie halten eine schwere Metallplatte vor sich und bewegen sich auf Michael zu, der hilflos mit der Pistole herumfuchtelt.

Der Junge lässt sich eher überwältigen, als sie zu stoppen, denkt Volker. Er zielt und schießt dem Koch von hinten ins Bein. Die Eisenplatte scheppert zu Boden und der fasst sich schreiend an seinen verletzten Oberschenkel.

Seine Frau starrt wie gelähmt auf Volker, der jetzt auf sie zustürmt und sie zurück in die Küche schubst. Er macht einen Satz über den am Boden sich windenden Koch und läuft auf Michael zu.

„Bloß raus hier!“, schreit Volker.

Der Junge löst sich aus seiner Starre und reißt die Tür auf.

„Ab zum Auto. Es ist schiefgelaufen!“

Sie rennen über den Hof, reißen die Türen des Skodas auf und springen in die Sitze.

Volker zittert die Hand, bevor er es schafft den Motor zu starten. Er biegt in die Albrechtstraße ein und hat Glück, dass sie in diesem Moment gerade frei ist.

◆ ◆ ◆

Als zwei Polizeiwagen vor dem Restaurant halten, ist der Rettungswagen mit Mailins verletztem Vater längst auf dem Weg in das nahe gelegene Klinikum Benjamin Franklin.

Nachdem sie die Schüsse gehört hatte, war Mailin in den Flur zu ihren Eltern geeilt. Der Angreifer lag auf dem Boden. Er rührte sich nicht und sie nahm seine Pistole an sich.

Die beiden anderen Männer waren durch den Hinterausgang geflüchtet. Mailin alarmierte die Feuerwehr und bis das der Krankenwagen ankam, stillten sie und ihre Mutter das Blut aus Haos Schusswunde mit Küchentüchern.

Dr. Friedrich Stockmeyer, der als Notarzt mit der Feuerwehr im Einsatz war, erkannte sofort, dass es sich um eine Schussverletzung handelte.

Aus den beiden Frauen war nicht viel herauszubekommen. Offenbar hatten sie nur den Rettungswagen informiert. Sie sprachen kaum Deutsch und konnten die Frage, wie es zu der Verletzung des Mannes gekommen war, nicht klar beantworten.

„Übelfall“, brachte die ältere Frau wiederholt heraus.

„Bleiben Sie bitte hier, bis die Polizei eintrifft. Man wird ihnen Fragen zu dem Vorgang stellen!“, sagte der Arzt. Ihm fiel jetzt auf, dass die beiden Frauen nicht so schlecht Deutsch verstanden, wie sie vorgaben.

Während die Rettungssanitäter den Verletzten zum Hof in den Rettungswagen trugen, rief Friedrich Stockmeyer bei der Polizei an und meldete, im Restaurant Tiangong in der Albrechtstraße 34 in Steglitz wäre ein Gewaltverbrechen mit Schusswaffeneinsatz verübt worden.

◆ ◆ ◆

Mailin und ihre Mutter hatten die Tür zum Gastraum geschlossen, noch bevor die Sanitäter eingetroffen waren. Die sollten sich um den verletzten Hao kümmern und nicht um den Verbrecher, der sie überfallen hatte.

Nachdem der Krankenwagen mit ihrem Vater vom Hof gefahren war, sah sich Mailin den Angreifer an, der in einer Blutlache reglos auf dem Boden lag. Sie hatte mit dem Messer gut getroffen. Sonst hätte sein Schuss sie getötet.

Sie war froh, am Zentrum für chinesische Heil- und Kampfkünste auch Kampftechniken geübt zu haben. Nachdem sie Chuan Chen kannte, wollte sie eine erfahrene Kriegerin werden, um ihren Geliebten notfalls zu beschützen.

Nachdem die beiden Komplizen des Toten aus

dem Restaurant geflüchtet waren, hatte Chuan Chen das Tiangong durch den Vordereingang verlassen. „Sagt zu niemanden ein Wort!", hatte er Mailin eingeschärft, bevor er sie zum Abschied umarmte.

„Mutter, sag nichts über unseren verehrten Gast", sagte Mailin, als sie sich um ihren verletzten Vater kümmerten. „Er bekommt sonst die größten Schwierigkeiten und das würde er uns nie verzeihen!"

„Natürlich nicht, Mailin. Wir sagen der Polizei, dass uns drei Männer überfallen und auf uns geschossen haben!"

Mailin rieb sich nachdenklich ihr Kinn.

„Mutter, es ist auch nicht gut, wenn sie die Männer fassen. Sie würden sonst erzählen, dass sie es auf den Botschafter abgesehen hatten, und dann kommt es doch heraus!"

Lien lächelte ihre Tochter an. „Das wird nicht geschehen!"

◆ ◆ ◆

Sie fuhren in Richtung des Steglitzer Kreisels. Volker ordnete sich in den Verkehrsfluss ein, nachdem es nicht so aussah, als ob sie verfolgt wurden. Aus der Gegenrichtung kam ihnen ein Krankenwagen mit Blaulicht entgegen. Mit jeder Minute fiel die Anspannung von den beiden ab. Am Kreisel bog Volker auf die Stadtautobahn ein und fuhr in Richtung Tempelhof.

„Wohin fahren wir?“, fragte Michael und riss ihn aus seinen Gedanken.

„Hab gar nicht überlegt. Du müsstest ja in die andere Richtung nach Zehlendorf.“

„Mein Rad steht an der Laterne in der Elisenstraße.“

„Hol es lieber nicht ab. Sonst erinnert sich noch einer daran, dich gesehen zu haben, wie du in den Skoda eingestiegen bist.“

Michael nickte. „Da hast du recht.“

„Wenn einer fragt, sagst du, dein Rad wurde dir geklaut.“

Volker verließ die Stadtautobahn an der Ausfahrt Sachsendamm. Er fuhr die Martin-Luther-Straße hoch und bog an der Ampel links ab.

„Ich lass dich an der Haltestelle raus, Michael. Da fährt der 148-ziger Bus bis zu dir nach Zehlendorf. Okay?“

„Und wie machen wir jetzt weiter?“, fragte der Junge.

„Gar nicht. Wir warten ab. Gib mir deine Pistole. Du gehst morgen wie üblich zur Schule und verhältst dich normal.“

„Und Armin?“

„Der wird sich wie eine Ratte verkrochen haben. Er allein ist daran schuld, dass alles schiefgelaufen ist!“

„Und unsere Gruppe? Was ist mit Adil?“, fragte Michael, als er bemerkte, wie wütend Volker war. Der antwortete nicht und fuhr rechts ran.

„Hier ist deine Haltestelle.“

Michael sah ihn mit Unverständnis an.

„Adil ist tot und die Endzeit-Gruppe ist Geschichte“, erwiderte Volker. Er umarmte den Jungen, dem seine Enttäuschung ins Gesicht geschrieben stand.

„Und wir beide werden uns nicht wiedersehen.“

Der Junge gab ihm die Makarov und stieg aus.

„Ich danke dir, dass du so solidarisch warst.“, sagte Volker.

Michael warf heftig die Beifahrertür zu. Er hob seinen Arm, als sich der Skoda entfernte und im dichten Verkehr bald aus seinem Blickfeld verschwand.

◆ ◆ ◆

Die vier Polizisten hatten sich aufgeteilt und das Restaurant durch beide Eingänge betreten. Nachdem sie den Tatort gesichert hatten, benachrichtigten sie die Kollegen aus dem Landeskriminalamt.

Auf die Frage nach dem Ablauf der Geschehnisse, war aus den beiden Frauen wenig herauszubekommen.

„Übelfall, Männel“, wiederholte Lien.

Mailin deutete auf den toten Adil. „Der hat mich mit der Pistole bedroht und geschossen. Da habe ich das Messer nach ihm geworfen.“

Sie zeigte ihm die Pistole, die auf einem Tisch

lag. „Da ist sie!“

„Sie haben sie angefasst?“, fragte der Polizist.

Mailin nickte „Ich musste, sie lag dicht neben ihm.“

Polizeimeister Hartwich betrachtete aufmerksam das Gesicht des Toten. „Ist das ein Landsmann von ihnen? Kennen sie ihn?“

Mailin schüttelte den Kopf. „Es sind noch zwei andere Männer durch den Hintereingang gekommen und haben uns mit Pistolen bedroht.“

„Können sie die beschreiben?“

„Sie trugen alle Masken!“, sagte sie.

„Was hatten die denn vor?“, fragte er. „So schwerbewaffnet ein Restaurant zu überfallen, das zudem geschlossen ist?“

Mailin sah den Polizisten an und zuckte mit den Schultern „Es tut mir leid. Ich weiß es wirklich nicht!“

„Vermutlich Schutzgelderpressung“, flüsterte Polizeimeister Hartwich seinem Kollegen zu.

„Das denke ich auch!“, gab dieser zurück.

Er wandte sich an Mailin. „Wir sichern den Tatort solange, bis die Kollegen vom LK11 eingetroffen sind.“

◆ ◆ ◆

Armin war in seiner Wohnung geblieben, nachdem er sich entschieden hatte, nicht zum Treffpunkt in der Elisenstraße zu kommen. Zum vorgesehen Zeitpunkt war er in dem Reisebüro gewesen, um sich die Kataloge anzusehen und damit auch ein Alibi für die Tatzeit zu haben.

Für Volker war er jetzt ein Verräter, und vor dessen Freund hatte er Todesangst.

Am späten Nachmittag schaltete er das Radio an. Im Info-Kanal gab es alle zwanzig Minuten neue Nachrichten. Um neunzehn Uhr kam die erste Meldung von einem Überfall auf ein Restaurant in Steglitz. Dabei hatte es zwei Schwerverletzte gegeben. Aus ermittlungstaktischen Gründen gäbe es von der Polizei keine näheren Informationen. Ihm blieb unklar, ob die Entführung geklappt hatte.

Er versuchte Christa anzurufen, doch ihr Telefon war abgeschaltet. In der Zeitung stand, sie würde als Zeugin gesucht. Offenbar war sie untergetaucht, nachdem man sie mit Karl auf die Fahndungsliste gesetzt hatte.

Im Radio hatten sie von zwei Schwerverletzten gesprochen. Wenn der Botschafter darunter war, konnten sie das nicht lange geheim zu halten.

Armin blieb bis spät in die Nacht vor dem Radio. Doch bis er nach Mitternacht ins Bett ging, gab es keine zusätzlichen Informationen zu dem Überfall in Steglitz.

◆◆◆

Nachdem Volker Michael an der Bushaltestelle abgesetzt hatte, fuhr er nach Kreuzberg in die Nähe des Görlitzer Parks. In der Wiener

Straße kannte er eine Ecke, wo häufig Typen herumstanden, die Cannabis vertickten, und auf Kunden warteten.

Er stellte den Skoda in einem Parkhafen in Sichtweite einer Gruppe von Dealern ab. Er weckte ihre Aufmerksamkeit, indem er ausstieg, zuerst auf sie zuging und die Autotür angelehnt ließ. Der Schlüssel steckte im Zündschloss.

Volker trug noch die FFP-2 Maske, als er an der Gruppe vorbeiging und mit schneller werdenden Schritten in Richtung Kottbusser Tor lief.

Aus dem Augenwinkel sah er, wie zwei aus der Gruppe zu dem weißen Skoda schlenderten. Er hoffte, dass sie das Auto klauten und damit auch seine Spuren verwischten.

Am Kottbusser Tor nahm er in die U-Bahn, stieg am Alexanderplatz um und fuhr fünf Stationen bis zum U-Bahnhof Samariterstraße. Von dort waren es nur drei Minuten bis zu seiner Wohnung.

Gewohnheitsmäßig schaute er in den Hausbriefkasten. Dort lag ein Brief. Er öffnete ihn auf der Treppe, nachdem er den Namen des Absenders gelesen hatte. Der auf Ukrainisch geschriebene Brief war von Grischa, abgesendet von der Militärkommandantur in Kramatorsk.

Lieber Volker,

Ich hoffe, Mascha und meine Mutter sind gut in Berlin angekommen und du hast sie bei mir in der Wohnung untergebracht. Ich konnte leider nicht mit und habe ihnen einen Brief an meine Adresse geschickt, wo ich alles erkläre. Ich habe die Notlage in meiner Heimat gesehen und mich daher freiwillig gemeldet, um den Wehrdienst bei der Armee abzuleisten.

Als Freiwilliger darf ich nahe meiner Heimatstadt Kramatorsk dienen, um sie gegen den Feind zu verteidigen. Es ist besser so. Ich hoffe, dass du mit Maschas Geschenk zufrieden bist und sie und Mutter sich gut in Berlin zurechtfinden. Du kannst mir an diese Adresse schreiben und ich freue mich schon auf den Tag, wenn wir uns wiedersehen.

Mit herzlichem Dank für alles, was du für mich getan hast.

Hoch lebe die Ukraine.

Dein Freund Grischa

Volker legt den handschriftlichen Brief beiseite. Die Sache war eindeutig. Es gab eine Zensur und Grischa hatte auf Ukrainisch geschrieben, um die Militärbehörden nicht misstrauisch werden zu lassen.

Grischa hatte immer gesagt, er wolle für keine der beiden Seiten kämpfen. Es geht entweder gegen meinen Vater oder gegen meine Mutter. Da bleibe ich lieber im Exil, bis dieser Scheißkrieg vorbei ist.

Doch das Schicksal hatte es anders bestimmt.

Volker stützte sein Kinn in beide Hände. Nach dem gescheiterten Entführungsversuch war seine Verhaftung höchstens eine Sache von

Stunden, höchstens von Tagen.

Er hatte in Deutschland nichts mehr zu erwarten. Doch der Brief von Grischa war ein Türöffner zu einer neuen Zukunft. Vermutlich keine angenehme, aber die Wahl fiel ihm nicht schwer, mit der Aussicht auf eine lebenslängliche Freiheitsstrafe mit anschließender Sicherheitsverwahrung. Er war jetzt sechsundfünfzig. Selbst wenn er nach zwanzig Jahren freikam, sein Leben war damit vorbei.

Warum sollte er sich nicht in der Ukraine als ausländischer Freiwilliger melden? Sie brauchten dringend Soldaten, sodass sie auch einen Mann in seinem Alter, der seinen Wehrdienst geleistet hatte und Russisch sprach, akzeptieren würden.

Er konnte sich bei der Militärkommandantur in Kramatorsk melden und sich auf seinen Freund Grischa Komarow berufen, um mit ihm gemeinsam gegen die Russen zu kämpfen.

Volker war überzeugt, dass Grischa versuchen würde, bei der nächsten Gelegenheit zu desertieren. Zu zweit konnten sie es vielleicht schaffen, die Frontlinie zu überqueren.

Bei den Russen galten sie dann als Deserteure und mussten nicht kämpfen. Und falls das nicht gelang, war es besser gemeinsam unterzugehen, als im Knast zu verschimmeln.

Die Entscheidung war getroffen. Jede Minute zählte. Volker stand auf und packte alles

Notwendige in den Koffer, den Grischa für den Waffenschmuggel verwendet hatte.

Den größten Teil seines Ersparten hob er in der Sparkassenfiliale ab. Auf dem Weg warf er die beiden Pistolen in einem unbeobachteten Moment in einen Kanal.

In nur zwei Stunden konnte er über die Grenze nach Polen gelangen und von dort mit dem Zug in die Ukraine reisen.

TAG 23

Dienstag

Als Mehmet seinen Zeitungsladen öffnete, war Armin sein erster Kunde. Der Türke schüttelte entgeistert seinen Kopf. Was war bloß mit dem Mann los, fragte er sich, als er dem ungeduldigen Deutschen die Ausgabe der Bildzeitung über den Tisch reichte.

Auf der Titelseite sah Armin unter der Überschrift „Maskierte überfallen China-Restaurant" ein Foto des Restaurants. Der Eingang war von zwei Drachen gesäumt. In der Pressenotiz stand, dort hätte am Nachmittag ein Raubüberfall stattgefunden, bei dem es einen Verletzten und einen Toten gab. Die Polizei vermutete Kriminalität im Bandenmilieu. Zwei der bewaffneten Täter befanden sich noch auf der Flucht.

Armin überflog fieberhaft den Artikel. Es gab

kein Wort über den Botschafter, und ebenso wenig zu etwaigen Verdächtigen. Außer dem üblichen „ein Mann“ wurden zur Identität des Toten keine Angaben gemacht.

Vielleicht bestand eine Nachrichtensperre, weil es den chinesischen Botschafter betraf. In Fällen von Erpressung hielt sich die Polizei oft bedeckt, um die Opfer nicht zu gefährden.

„Egal“, sagte Armin sich. Es war höchste Zeit, von hier zu verschwinden. Er war froh, gestern Nachmittag dreitausend Euro von seinem Bankkonto abgehoben zu haben. Ihm blieb genug Geld, um einen Flug online zu buchen. Hauptsache weit weg nach Asien oder Südamerika.

Mit der Entführung des Botschafters hatte er nichts zu tun, bei der Sache mit Karl war das jedoch anders. Vielleicht hatte Christa ihn und Volker anzeigen wollen und war dann untergetaucht? Ihm sollte es recht sein, selbst wenn sie für immer verschwunden blieb.

Während er nach günstigen Flügen suchte, klingelte sein Handy. Er nahm den Anruf an und wartete darauf, wer sich meldete.

„Armin, höre mir genau zu!“, sagte Tom.

„Ja!“

„Wir halten es für angebracht, dass du einige Zeit verreist. Auf jeden Fall solange, bis sich alles wieder beruhigt hat.“

„Meinst du?!“

Er gab sich gelassen, obwohl er sich freute.

Tom war auf die gleiche Idee gekommen wie er. Für ein paar Wochen oder Monate verschwinden, genau das hatte er vor. Wenn die SET ihn dazu noch unterstützte, war das umso besser.

„Meinst du etwa nicht?", fragte Tom.

„Doch, doch. Ich hatte schon an diese Möglichkeit gedacht."

„Das trifft sich gut. Wir haben dir ein Flugticket nach Caracas besorgt. In Venezuela bist du sicher, die liefern nicht nach Deutschland aus. Der Abflug ist morgen Nachmittag. Hast du genug Geld für die Reise?"

„Äh, nicht viel ..."

„Wir geben dir was dazu."

„Und was ist mit dem Kredit?"

„Das ist im Moment nicht so wichtig. Wir treffen uns morgen um elf Uhr in der Kirche in der Riemeisterstraße, du erinnerst dich?"

„Klar!"

„Du bekommst dein Flugticket und Reisegeld. Punkt elf Uhr bist du da."

„Aber Tom..."

Doch er hörte nur das Freizeichen, Tom hatte aufgelegt.

Armin rieb sich die Hände. Tom nahm an, dass er wegen des Überfalls gesucht wurde. Woher sollte der auch wissen, dass er nicht dabei gewesen war? Schließlich war er der Einzige aus der Gruppe, der mit ihm in Kontakt stand.

Armin holte seinen Rucksack vom Hängeboden und packte alles Notwendige für die Reise ein. Seine Wohnung konnte er untervermieten. Isabelle, auf deren Geburtstagsfeier er gewesen war, als der Anschlag auf das PIK stattfand, hatte ihm von einer Freundin erzählt, die dringend eine Bleibe suchte.

◆ ◆ ◆

Die Zwölf-Uhr-Nachrichten enthüllten mehr über den Überfall auf das chinesische Restaurant in Steglitz. Demnach waren drei maskierte Männer in das Tiangong eingedrungen und hatten Schüsse auf die dort Anwesenden abgegeben.

Durch den Angriff gab es einen Verletzten und einer der Täter war ums Leben gekommen. Nach den übrigen zwei Tatbeteiligten wurde noch immer gefahndet.

Somit stand fest, dass die Entführung gescheitert war. Armin fragte er sich, wer für ihn eingesprungen war und sein Leben dort gelassen hatte.

Hoffentlich war es nicht Michael. Schließlich hatte er den Jungen dazu überredet, bei der Sache mitzumachen.

Jetzt, wo sie den Botschafter nicht in ihrer Gewalt hatten, würden sich weder Volker noch sein Freund Adil um Karl kümmern, der eingesperrt irgendwo in Bogensee saß.

Armin kratzte sich am Kopf. Er mochte Karl

nicht, auch weil Christa ihn so abwertend mit Karl verglichen hatte. Aber den deswegen elendig in einem Loch verdursten zu lassen, brachte Armin nicht über sich.

Er konnte der Bildzeitung einen Hinweis schicken, wo sie ihren Reporter vermutlich finden würden. Dann hatte er das Notwendige für Karl getan, und brauchte kein schlechtes Gewissen zu haben, wenn er alle Brücken hinter sich abbrach.

Er setzte sich an seinen Computer und schrieb. Auf dem Ausdruck stand nur ein Satz: „Karl Neuendorf wird auf dem Stasi-Gelände in Bogensee gefangen gehalten."

Er steckte den Zettel in einen Briefumschlag mit der Adresse des Zeitungsverlags. Wenn er den Brief heute Abend einsteckte, würde die Bildzeitung ihn morgen im Laufe des Tages bekommen. Bis sie Karl in dem weitläufigen Areal gesucht und gefunden hatten, war er längst in Venezuela.

Armin lehnte sich zurück und war mit sich und der Welt zufrieden. Wie immer hatte er am Ende eine perfekte Lösung gefunden.

TAG 24

Mittwoch

Armin hatte sich den Wecker gestellt, um rechtzeitig am Treffpunkt in der Riemeisterstraße zu erscheinen. Tom hasste es, wenn er sich verspätete und er wollte es nicht darauf ankommen lassen.

Seinen gepackten Rucksack hatte er mitgenommen. Die Zeit war zu knapp, um in seine Wohnung zurückzufahren. Vielleicht warteten Volker und sein Freund dort auf ihn?

Er hatte Isabelle geschrieben, wo der Wohnungsschlüssel versteckt war und sie gebeten, sich um die Untervermietung zu kümmern. Er war froh, alles hinter sich gelassen zu haben, wenn er erst in der Maschine nach Caracas saß.

Die Baustelle an der Kirche war verwaist, wie bei seinem letzten Besuch. Armin wartete, bis eine Frau, die mit ihrem Hund an der Leine dort vorbeiging, in einer Nebenstraße verschwand.

Bis auf einem Mann, der weiter entfernt auf einer Bank saß und Zeitung las, war niemand in der Nähe. Armin schlüpfte durch den Zaun und betrat die Kirche.

Der weiße Zettel hing am Beichtstuhl, als wäre es gestern gewesen. Auch die Spuren auf dem staubigen Boden zeugten nicht davon, dass hier jemand gearbeitet hatte.

Er öffnete die Holztür und setzte sich in den dunklen Verschlag, um auf Tom zu warten.

◆ ◆ ◆

Von der Bank aus hatte Rico gesehen, wie der Mann durch Zaun schlüpfte und auf der Baustelle verschwand. Er wartete noch zehn Minuten, bis er die Kirche auf dem gleichen Weg betrat.

Auf dem mit Staub bedeckten Boden sah er frische Fußspuren, die an einem Beichtstuhl endeten, an der ein weißes Blatt Papier angeheftet war. Er folgte den Spuren und schlüpfte durch die Tür zur anderen Seite, wo der Priester saß, um die Beichte abzunehmen.

Es war dunkel und er hörte den Atem des Mannes, der ihm nur durch eine Holzwand getrennt wenige Zentimeter gegenüber saß.

Rico öffnete den Koffer und nahm sein Werkzeug heraus. Sein Auftraggeber hatte recht behalten, es war eine leichte Angelegenheit.

„Tom?“, fragte der Mann.

„Yes", gab Rico zur Antwort. Er hatte sich angewöhnt, bei seinen Geschäften nur das Nötigste zu reden.

Er musste lächeln, als sein Gegenüber nach dem Flugticket fragte. Er hatte sogar ein Ticket in seinem Koffer. Nur war es für seinen Rückflug nach Palermo heute um siebzehn Uhr.

Rico richtete die Beretta auf die verzierte Trennwand aus Holz und gab drei Schüsse ab. Durch den Schalldämpfer waren sie außerhalb des Beichtstuhls kaum zu hören.

Das Aufstöhnen seines Gegenübers sagte ihm genug. Rico verließ die hölzerne Zelle, öffnete die andere Tür und vergewisserte sich, dass seine Zielperson eine Reise angetreten hatte, von der er nicht mehr zurückkommen würde.

Er verstaute seine Werkzeuge im Koffer und klopfte sich den feinen Mörtelstaub von seinem Anzug. Dann schloss er behutsam die Tür hinter der zusammengesunkenen Gestalt, in dem Beichtstuhl, der zu Armins Sarg geworden war.

Rico verließ die Kirche, nicht ohne sich vor dem Hinausgehen zu bekreuzigen. Es war gegen seine Überzeugung, Aufträge an einem geweihten Ort zu erledigen. Doch er hoffte auf Nachsicht, denn die Kirche war eine Baustelle und als Gotteshaus nicht in Betrieb.

Auf der Straße atmete er durch und hustete den feinen Staub aus. Nachdem er sich eine Zigarette angezündet hatte, sah er auf die Uhr. Dann schickte eine Erfolgsmeldung an seinen

Auftraggeber.

◆ ◆ ◆

Tom saß in einem Büro, dass die SET im Berliner Regierungsviertel angemietet hatte. Die Mitteilung auf dem Handy war kurz und eindeutig. „Job completed!"
Er stieß einen Seufzer der Erleichterung aus. Sein Vorgesetzter hatte ihn unter Druck gesetzt, das Kapitel Endzeit-Gruppe endgültig abzuschließen.
Tom hatte von Anfang an daran gezweifelt, dass die Entführung des chinesischen Botschafters erfolgreich sein würde. Die Idee an sich war gut, doch sie ließ sich nicht von Amateuren umsetzen.

Außerdem hatte die SET einen ihrer Leute als Staatssekretär im Wirtschaftsministerium untergebracht. Sie war damit einflussreich genug, dass es nicht mehr notwendig war, auf diese grobe Art eine Wende in der Energiepolitik zu erzwingen. Die Regierung kam den Vorstellungen der SET weit entgegen, dass es solcher Aktionen nicht mehr bedurfte.

Mit der Eliminierung von Armin Sandler waren alle Spuren, die auf eine Verbindung zwischen der SET und den Endzeit-Aktivisten hinwiesen, für immer gelöscht.

TAG 26

Freitag

Kai Wegmann lehnte sich in seinem Bürosessel zurück und betrachtete die Titelseite der Bildzeitung. „Dramatische Befreiung aus Stasi-Bunker!“

„Nach einem anonymen Hinweis an die Bildredaktion wurde die seit einer Woche vermisste Christa B. aus Berlin-Hellersdorf aus einem Erdbunker in einer Anlage in Bogensee bei Wandlitz befreit.

Christa B. war in körperlich schlechter Verfassung. Nach ihrer Aussage war sie vor einer Woche dort von ihrem Bekannten Volker F. eingesperrt worden, der vorher versucht hatte, sie zu ermorden. Als Motiv gab Christa B. persönliche Streitigkeiten an. Der polizeilich gesuchte Volker F. ist seit fünf Tagen verschwunden, etwaige Hinweise nimmt jede Polizeidienststelle entgegen.

Die Hintergründe des Mordversuchs und der Verbindung zwischen Christa B., Volker F. und Armin S., dessen Leiche auf einer Baustelle in Zehlendorf gestern aufgefunden worden war, sind Gegenstand von Ermittlungen. Die genannten Personen gehörten einer radikalen Klimasekte, den Endzeit-Aktivisten, an.

Auch der Fall des bis heute vermissten Bildreporters Karl N. steht vermutlich im Zusammenhang mit den Aktivitäten dieser Sekte. Nähere Hinweise zu den Personen und ihrer Verbindung zu weiteren Straftaten nimmt die Polizei unter der Rufnummer 030... entgegen."

Kai ließ die Zeitung sinken. Vermutlich handelte es sich bei den Leichenteilen im Bogensee, die der Hund eines Spaziergängers aufgestöbert hatte, um die Überreste von Karl. Dafür sprach der Hinweis in dem anonym verfassten Brief, der vorgestern in der Redaktion eingetroffen war.

Kai Wegmann bedauerte, mit Karl einen ausgezeichneten Reporter und Freund verloren zu haben. Doch das Leben ging weiter und neue Storys gab es jeden Tag.

ANERKENNUNG

Ich danke Antje Scheiner und Erwin Gruin herzlich für ihre wertvollen Anregungen und Korrekturen zu diesem Buch.

ÜBER DEN AUTOR

Lothar Beutin

Lothar Beutin, Mikrobiologe, geboren und aufgewachsen in Berlin. Seit 2009 Autor von Wissenschaftskrimis, Gesellschaftsromanen, Kurzgeschichten und Sachbüchern.
Meine Bücher sind stark von meinen wirklichen Erlebnissen beeinflusst, wobei mir meine Fantasie dabei die nötige Schubkraft verschafft, um daraus Bücher zu schreiben.

Kontakt zum Autor: https://www.lothar-beutin.de

BÜCHER VON DIESEM AUTOR

Rizin: Ein Wissenschaftskrimi

Der unpolitische Mikrobiologe Leo Schneider wird durch Veränderungen in seinem Institut gezwungen, seine Forschung auf Abwehr von Biowaffen umzustellen. Nachdem Schneider wider eigenem Willen eine Biowaffe entwickelt hat, geraten er und sein Umfeld ins Fadenkreuz von skrupellosen Konzernen, Terroristen und Geheimdiensten, die bereit sind, für diese Erfindung über Leichen zu gehen.
"Die Form eines Gesellschaftsromans nutzt Beutin, um auf über 400 Seiten ein Panorama der Zustände im staatlich alimentierten Wissenschaftsbetrieb auszubreiten." (zitiert nach J.T.K.)
Mit der Offenlegung der "Corona-Protokolle" aus dem Robert-Koch-Institut erhält der Roman Rizin eine zusätzliche Aktualität.

Ehec-Alarm: Ein Wissenschaftskrimi

EHEC-Alarm basiert auf einer wahren Begebenheit. Als im Sommer 2011 in Norddeutschland plötzlich eine Seuche mit dem bisher unbekannten Bakterium EHEC104 ausbricht, sind die Experten ratlos. In wenigen Wochen erkranken über 4000 Menschen, 800 erleiden schwere Nierenschäden und auffällig häufig sterben junge Frauen an der Seuche. Der Mikrobiologe Leo Schneider führt einen aussichtslos erscheinenden Kampf gegen ein Kartell aus ignoranten Bürokraten, machtbesessenen Politikern und skrupellosen Kollegen, denen aus unterschiedlichen Gründen sehr daran gelegen ist, den wahren Hintergrund der EHEC-Seuche im Dunkel zu halten, und die dabei auch vor Mord nicht zurückschrecken.

Fallobst: Ein Wissenschaftskrimi

Berlin, kurz nach dem Mauerfall 1990. In einer Behörde für Lebensmittelsicherheit kommt der Mikrobiologe Leo Schneider mit einer Welt in Berührung, in der nur die Bedürfnisse eines bürokratischen Apparates und die persönlichen Vorlieben seines Chefs zählen. Mitten in einer persönlichen Beziehungskrise begegnet Leo Schneider seiner französischen Kollegin Sandrine Martin, die in Frankreich keine Arbeit mehr findet, weil sie mit ihren Forschungen einem kriminellen Geflecht aus Alkoholpanschern und Lokalpolitikern gefährlich geworden ist. Gemeinsam schaffen es die beiden, die wissenschaftlichen Beweise für die kriminellen Aktivitäten eines Netzwerks aus Politik und Wirtschaft zusammenzutragen. Die Rückkehr von Sandrine nach Frankreich und Leos Suche nach der Wahrheit in der Normandie mündet in dem dramatischen und tragischen Höhepunkt dieser Geschichte um Liebe und Treue, Wahrheit und Verrat.

Muttis Erben

Der angepasste Pharmamanager Herbert Hintersinn wird von seiner Firma dazu bestimmt, Geschäftsbeziehungen mit dem syrischen Pharmaunternehmen Erkalaat anzuknüpfen. Herbert merkt schnell, wer hinter Erkalaat steckt: ein Fabrikant von Chemiewaffen, der an Substanzen zur Herstellung des Nervengifts Tabun interessiert ist. Im Spagat zwischen seinem Gewissen und der Loyalität zu seiner Firma versucht Herbert, dieses Waffengeschäft zu verhindern. Die Liebe zu seiner Kollegin Elsa gibt Herbert die Kraft und das Selbstvertrauen, um sich aus gesellschaftlichen Zwängen zu lösen. Bei der entscheidenden Begegnung mit einem skrupellosen Terroristen beweist Herbert seine wahre Größe.

Sie Sind Uns Näher, Als Wir Denken

Mit der "Corona-Pandemie" hat sich unser Leben völlig verändert. Schlagzeilen und Schreckensmeldungen über immer neue Bedrohungen durch Bakterien und Viren verbreiten Unsicherheit und Angst. Wissen ist jedoch die erste Voraussetzung, um mit Bedrohungen durch Infektionserreger besser umzugehen. Unsere Beziehung zu Mikroorganismen geht weit über das bloße Entstehen von Infektionskrankheiten hinaus. Lassen Sie sich überraschen, wie viel Gemeinsames und Lebensnotwendiges uns mit den Mikroben verbindet. Sie werden informierter und gelassener damit umgehen, was uns in den Medien täglich mit angsterzeugenden Schlagworten präsentiert wird.

Ungeschminkt Hält Besser

Jakob und Philomena, zwei Menschen wie sie ungleicher nicht sein können, begegnen sich durch Zufall in der Mensa einer Berliner Universität. Die schonungslose Schilderung der weit über sechzigjährigen Philomena über die Folgen des Alterns weckt in dem zwanzigjährigen Jakob die Neugierde auf weitere Gespräche mit dieser Frau, deren Ansichten den herkömmlichen Erwartungen der Gesellschaft nicht entsprechen. Aus ihren weiteren Begegnungen erwachsen Gespräche nicht nur über das Leben, Krankheit und Tod. sondern auch über unsere Gesellschaft, die sich seit Corona mehr verändert hat, als durch alle Ereignisse seit Ende des Zweiten Weltkrieges.

Berührung - Eine Pilgerin Auf Dem Weg Nach Santiago

Dieses Buch beruht auf den Tagebuchaufzeichnungen der 2008 durchgeführten Pilgerreise meiner im April 2017 verstorbenen Frau Lydia. Ein Reise, die sie in 35 Tagen von den französischen Pyrenäen bis nach Santiago de Compostela in Nordspanien führte. Illustriert mit 72 Fotos, die sehenswerte Eindrücke von den Orten längs des 780 Kilometer langen Pilgerwegs vermitteln. Mit über 400 Anmerkungen zu Unterkünften, Restaurants und den vielen Besonderheiten, die der Jakobsweg durch Nordspanien bietet. Wertvolle Hilfe und Ermutigung für Alle bei der Planung einer eigenen Pilgerreise, egal aus welchem Motiv auch immer diese angetreten wird.

Henrietta Und Die Frage Was Das Leben Ist

Vom Herz in den Kopf und zurück. Zwölf Geschichten über das Leben, die uns berühren, zum Erstaunen und zum Schmunzeln bringen.

Printed in Poland
by Amazon Fulfillment
Poland Sp. z o.o., Wrocław

38602128R00185